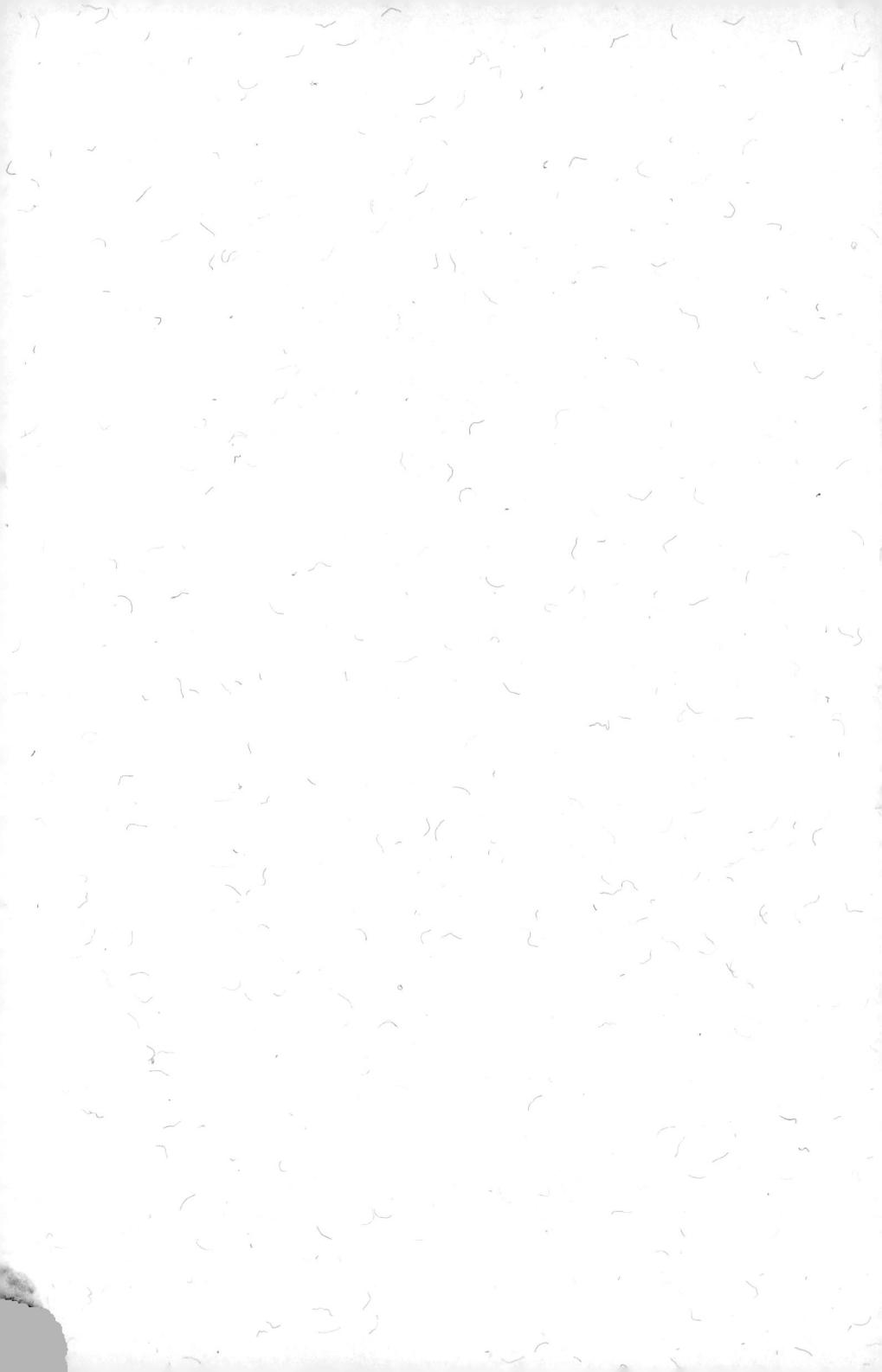

霍达文集

卷七
报告文学卷

仰恩之子

北京出版集团公司
北京十月文艺出版社

作者简介

霍达，女，回族。国家一级作家，第七、八届全国政协委员，第九届全国人大代表，第十、十一、十二届全国政协常委，中央文史研究馆馆员，国务院授予政府特殊津贴。著有多种体裁的文学作品约800万字，其中，长篇小说《穆斯林的葬礼》获第三届茅盾文学奖；长篇小说《补天裂》获第七届全国五个一工程奖的长篇小说和电视剧两个奖项，并被中宣部、文化部、新闻出版总署、广播电视总局、中国文联、中国作协评为建国50周年全国十部优秀长篇小说之一；中篇小说《红尘》获第四届全国优秀中篇小说奖；报告文学《万家忧乐》获第四届全国优秀报告文学奖，中国消费者协会授予保护消费者杯全国个人最高奖及3·15金质奖章；报告文学《国殇》

获首届中国潮报告文学奖；话剧剧本《红尘》获第二届国家舞台艺术精品工程优秀剧本奖；电视剧《鹊桥仙》获首届全国电视剧飞天奖；电影剧本《我不是猎人》获第二届全国优秀少年儿童读物奖；电影剧本《龙驹》获建国四十周年全国优秀电影剧本奖；散文《义冢丰碑》《烟雨文武庙》获香港回归征文全国一等奖；散文《为了那片苍天圣土》获全国政协庆祝香港回归十周年优秀征文奖，散文《听海》获中华散文学会优秀散文获。此外，代表作尚有电影剧本《秦皇父子》、话剧剧本《海棠胡同》等，并曾多次获全国少数民族文学创作骏马奖，以及建国40周年北京优秀文学创作奖、北京文学奖荣誉奖、火凤凰报告文学奖、炎黄杯当代文学奖、花城文学奖等多种奖项。2009年当选全国民族团结进步模范，在国务院第五次民族团结进步表彰大会上受到表彰，2010年获上海世博会联合国千年发展目标主题活动组委会授予民族文化传承和发展卓越成就奖。1999年北京出版社出版六卷本《霍达文集》，2009年人民文学出版社出版八卷本《中国当代作家·霍达系列》、九卷本《霍达文选》。作品有英、法、阿拉伯、乌尔都等多种文版及港台出版的繁体字中文版行世。曾应邀出任开罗电影节国际评委、第四次世界妇女大会代表、《港澳大百科全书》编委，并赴美、英、法、日、俄、意大利、西班牙、新加坡、马来西亚、芬兰、挪威、埃及等十余国进行访问和学术交流，生平及成就载入《中国当代名人录》和英、美版《世界名人录》。

本卷概要

本卷收入长篇报告文学《仰恩之子》。

古城泉州北郊的马甲乡，青山叠翠，碧水流霞。山水之间，掩映着参差错落的房舍，好似海市蜃楼。这不是人间仙境、世外桃源，而是一所集教学、生产和科研为一体的新型民办高等学府——仰恩大学。20世纪80年代初，这里还是一片荒山野岭，人均收入不足二百元。只因为一位华侨老者的到来，改变了马甲乡的命运……

《仰恩之子》以翔实的史料、饱满的激情，记述了吴善仰、吴庆星父子两代人不惜巨资为家乡兴学的不朽业绩，揭示了他们为振兴中华文化而鞠躬尽瘁的高尚情操。

本书曾于2015年4月由人民文学出版社出版。

目 录 Contents

1   自序 大爱永恒

1   第一章 烽烟归途

17   第二章 祖山热土

43   第三章 南国红豆

70   第四章 吾幼人幼

103   第五章 天命在肩

126   第六章 仰恩速度

153   第七章 更上层楼

171   第八章 春江水暖

187   第九章 一夜白头

200   第十章 润物无声

231   第十一章 恩山仰止

目 录 · Contents

271 第十二章 地久天长

284 后 记

附 录

295 仰恩大学建设与发展规划(2005—2020)

309 仰恩大学历届校领导、校务委员会名录

自序　大爱永恒

　　我和吴庆星先生相识数十年，而这本书却是在他死后才写成的。他走得太突然，让我措手不及。如果他还活着，有些细节还可以再追寻，再深挖。不过也别太指望，他这个人不擅言辞，当年中央电视台派摄制组到学校来采访，录像的时候找不着吴庆星，他跑到操场上拿着水管子洒水去了。所以，对这样的人，只能从旁观察，不宜正儿八经地"采访"。

　　多年来我一直在观察吴庆星，琢磨吴庆星。他是个商人，以经商营利为本，为什么把身家性命都投到办学上去？他脾气暴躁，为什么却能耐下心来，二十年如一日地做这一件事？他身为人父，亲生儿子长期卧病，为什么却把巨量的精力和财力投向那些并无血缘关系的仰恩学子？这些问题，都是常人难以理解的。吴善仰老人当年对儿子说："世间最可怕的不是贫穷，而是无知。治穷，先要治愚。大到一个国家，小到一个村庄，如果没有文化，即使有了钱，也不可能真正兴旺起来。"这就是吴庆星一切行动的动力，为了实现父亲的遗愿，他甘愿献出自己的后半生。这就是英雄和常人的区别。常人也会有激情，但未必能持久，而英雄的激情持之以恒；常人也会发誓言，但未必能兑现，而英雄的誓言掷地有声，一言九鼎，致死不渝。

在吴庆星的晚年，曾经向时任仰恩大学校长的官鸣发问："你是学哲学的，你说说，这个世界上，什么东西才是永恒的？"官鸣没想到吴先生会和他谈论"哲学"问题，而且是一个令古今中外多少大哲学家苦苦思索的问题，正要尝试着回答，吴庆星却朝他摆摆手，"你现在不要说，仔细地想一想，等想清楚了再回答我。"

这个问题一直萦绕在官鸣的脑际，直到吴庆星去世后，官鸣在他的遗体前三鞠躬，走出吊唁大厅，抬头仰望星空，突然想起德国哲学家康德的名言：世界上只有两件东西是永恒的：头顶的灿烂星空和心中的伟大精神。

这就是答案。英雄的精神境界，正如灿烂星空，伟大而永恒。

第 一 章

烽烟归途

1942 年春，七岁的吴庆星第一次从缅甸回国。

那是一个血肉横飞的年代，中华国土大半已沦于日寇的铁蹄之下，城市在爆炸，村庄在燃烧，东洋野兽疯狂地杀人取乐，抗日将士在血与火之中与侵略者殊死搏斗。沿海港口被封锁，国境线被包围，随着越南、香港相继陷落，盟国援助中国的战略物资只能从缅甸的仰光港港口上岸，然后通过连接中缅两国的滇缅公路运往抗日前线。滇缅公路，北起昆明，经保山，跨怒江，由畹町出境，在腊戌与缅甸原有的公路相接，向南直达仰光，这条在战时紧急抢修的公路，成为中国与外部世界联系的最后一条国际通道，保障物资供给唯一的一条大动脉。

日本当然不能容忍这条公路的畅通无阻。1941 年 12 月 15 日，日军占领缅甸南端的维多利亚角。12 月 23 日，日军轰炸仰光，城市化为火海，港口夷为废墟。占领仰光之后，日军以五万九千人的总兵力向腹地推进，首要目的便是切断滇缅公路，扼住抗日武装的咽喉。

1942 年 2 月 26 日，中国远征军入缅作战，十万精兵踏上征程，誓以鲜血和生命捍卫这条关乎抗战成败的生命线。

滇缅公路上，车辚辚，马萧萧，坦克车、拖炮车、辎重车、步兵输送车的隆隆轰鸣与慷慨激昂的战歌交织在一起，组成一部惊天动地的乐章，道路两旁的热带雨林飞闪而过，被战火烧焦的丛林，被炮弹撕裂的树皮，像是在朝着战士们嘶喊：上前线，打鬼子！

　　与车队行进的方向相反，一辆罩着篷布的卡车由南向北开来。这是缅甸华侨吴善仰家里的大篷车。司机既是他的雇员，也是他的同乡。吴善仰坐在司机旁边的副驾座上，为的是随时观察路况，应对突发变故。吴太太杜恩和孩子们都坐在后面的车厢里，他们是：长女秀治、长子金良、次子庆星、次女幼治、三女玉华。车上满满当当地装着箱笼细软，甚至还有吃饭用的锅碗瓢盆，几乎能带的生活用品都带上了。

　　这一家人，原本生活在缅甸南部勃固省的小城奥甘，自家一座砖木结构的二层小楼，楼上居住，楼下开店，家即是店，店即是家，这就是所谓"连家铺"。这个铺子，大米、豆类、食品、杂货都在它的经营范围，规模虽然不大，但项目繁杂，既要和商家来往，又要和农户交涉，还要亲自过问粮食加工厂，虽然雇了两三个当地人做店员，妻子儿女也仍然是他的帮手。小镇不大，居民中的华人却不少，吴善仰是个出头露面的代表人物，修桥铺路，捐资办学，扶危济困，常常是由他牵头，在缅人当中也很有威望，尊称他为"吴兄"。吴善仰既要经营生意，又热心公益慈善，一年到头十分忙碌。如果不是战乱，日子就是这样一天一天地过下去，在繁忙中也未必感到多么幸福。现在不同了，在颠沛流离、仓皇逃命的途中，再想想家里那宁静的小镇、温馨的小楼，店铺里来来往往、说着家长里短的熟客，街头挺拔的棕榈树，野外翠绿的山坡，披着夕阳缓缓地移动在草地上的羊群……都是那么值得留恋，在第二次世界大战的烽烟燃遍世界的时候，人间竟然还有这宁静的一角，也实在难得了。是战争改变了这一切，日本飞机丢下成串的炸弹，平静的原野瞬间化为灰烬，这个家住不得了，往哪里逃？这时，也只有在这时，吴善仰才突然意识到，也许这里本不是他的久恋之家？

　　吴善仰 1908 年出生于福建泉州北郊的霞井山边村，1921 年，他刚满十三岁，就跟随堂亲背井离乡，远赴缅甸谋生。这不仅是因为家境贫寒，也是泉州的风气使然，在海上丝绸之路的起点诞生的人，似乎生来就有一股走出家乡、走向世界的闯劲，遗传基因里存在一个信条：机遇不是等来的，而是找来的。初来缅甸，吴善仰先到运乃昌镇，投奔他的四叔吴甘棠，在四叔开的杂货店当学徒。由于他吃苦耐劳，又省吃俭用，几年之后手头便有了积蓄，可以成家立业了。在那个时代，中国人无论走到哪里，对于婚姻大事，仍然保持着"父母之命，媒妁之言"的传统习惯，吴善仰不远万里，返乡成亲，与父母为她订下的妻子杜恩成亲。值得庆幸的是，这桩"先结婚，后恋爱"的婚姻没有失败，两个本不相识的年轻人被命运组合到一起，恩爱和谐，夫唱妇随。当他携妻再度来到缅甸时，已无须依靠四叔了，在奥甘镇上开设了自己的店铺，用十几年的心血，打造出一片小天地。现在，祸从天降，大难临头，这个家只能丢弃了，走，回中国去，回家乡去！

　　家乡的情况又如何呢？自从日本发动侵略战争以来，吴善仰就在关注着来自中国，特别是来自家乡福建的消息。早在 1938 年 5 月 11 日，厦门就沦陷了。1939 年 5 月 26 日，日本宣布封锁中国海域。1940 年 7 月 12 日，日本海军宣布封锁闽浙沿海交通。7 月 16 日，日伪在福建永宁疯狂施暴，制造惨案。报纸上说，当时，驻金门和厦门的日寇，以楼船飞艇掩护驻台湾的伪军，偷渡海滩，登陆永宁，焚毁劫杀，一时烽火冲天，守土军民，肝脑涂地，死伤无数。1940 年 9 月 17 日，在厦门从事抗日活动的缅甸华侨陈康容被伪保安团枪杀。同为缅甸华侨，吴善仰也认识她的父亲，这姑娘原名陈月容，十几年前回到国内，在集美中学读书，毕业后又进厦门大学深造。"七七事变"后，以女儿之躯投入抗日斗争，终遭此难。据说她被捕后，伪保安团连审三晚，陈康容被打得遍体鳞伤，仍未吐一字，从容就义。消息传来，令人悲愤不已。1941年4月，日军集结了两艘航空母舰、三十余艘军舰、百余艘帆船、四十余架飞机，在闽江口海面伺机入侵。4月18日，日军连番对长乐、连江、福州等地进行轰炸，城市在轰炸下浓烟滚滚，大火熊熊，到处是瓦砾、废墟和死伤市民。4月19日，日军在炮舰和飞机的掩护下，从闽江口的长乐、连江两县沿海登陆。4月20日，侵占长乐、连江的日军又分兵数路围攻福州，守军第100军不战自退，省城福州陷于敌手。6月，日军对福州全城实行大搜查，凡认为有"反日"嫌疑者均遭逮捕，并施以酷刑，活埋、电刑、倒悬、火烙、鞭打、剖腹、砍头、枪毙、河水溺死、毒蛇咬死，无所不用其极。日军占领福州后，民众以各种反抗形式，有力地配合国军对日反击，大湖战役歼敌七百余人，重创日军。同时，福州、长乐、连江、福清等地的游击队趁机发起反击，加之福州地区物资奇缺，日军不仅无法继续扩充地盘，而且对已占领的地区也难以固守，在国民党军队和共产党领导的游击队的几路夹击之下，终于被迫撤退，9月3日，福州、长乐、连江等地一举光复。在一连串的惨败之中能获此小胜，让远在海外的游子稍稍感到一些安慰。但自此之后，就再也难得听到好消息。1941年12月8日，又传来凶讯，驻扎在厦门的日本海军陆战队占领鼓浪屿，宣布："今天是大东亚圣战开始，大日本帝国对英、美、荷白魔宣战；皇军奉命占领鼓浪屿，一切故国人员，都成为俘虏。今后要听从命令，不能随意离开外出。"厦门离泉州已经很近了，现在泉州的情况怎样啊？然而，最让吴善仰牵肠挂肚的家乡泉州，却一直不得消息。中国正处于战火之中，邮政通信已经不能正常运行了，吴善仰望穿双眼，也收不到家书，他所了解的信息，只能来源于报纸和广播，而在仰光陷落之后，报纸和广播也成了日本的宣传工具，更不可能得到他所期盼的消息！即便如此，吴善仰仍然率领全家踏上了还乡之路。留在缅甸已经没有活路，那就走吧，哪怕是死，也要把这把骨头埋在祖坟上！年仅三十四岁的吴善仰想到死，未免早了些，但炮火无情，枪弹不长眼睛，愿祖上的在天之灵护佑儿孙不要客死他乡，留下吴氏的血脉吧！

大篷车在颠簸中行进，吴善仰思绪繁乱，心急如焚，回头看着这几个羽翼未丰的孩子，发出一声无奈的叹息。

吴善仰和杜恩的子女中，他们最喜欢的是老二庆星，1935 年出生，今年七岁了。这孩子最像父亲，不仅长得像，国字脸，浓眉大眼，而且性情也像，倔强暴躁，常常是一言不合，拍案而起，路见不平，拔刀相助。他生在缅甸，长在缅甸，热带的烈日把皮肤晒得黝黑，上身穿一件白色短袖衫，腰里围着一条花格子"纱笼"，光脚穿着拖鞋，看上去真像是个缅甸孩子了。所不同的是，他不但操一口流利的缅语，而且会讲闽南话和中国的"国语"也就是后来所称的普通话，这是走南闯北的父亲传给他的。孩子们自幼接受父亲的训导：我们是中国人，要会讲中国话，识中国字；吃饭要用筷子，不能用手抓。缅甸街头有一种随处可见的虾糕，缅语的发音类似汉语的"给"字第四声，是孩子们喜爱的小吃，父亲却不许他们买，并不是因为歧视缅甸食品，而是担心孩子们习惯了异国风味，淡忘了"舌尖上的中国"。

"阿爹，"庆星背靠着车帮，侧脸望着父亲，轻声问，"我们的家，为什么不要了？"

"不是我们不要了，日本兵打过来了，我们得逃命啊！"

"那，我们的兵呢？我们也有兵，打他们啊！"

他所说的"我们的兵"，当然指的是缅甸军队。

"唉!"吴善仰叹了口气,"庆星啊,你还小,国家的事太大了,你不懂。缅甸是英国的殖民地,打不打仗,跟谁打仗,不是缅甸人说了算,要听英国人的。"

　　"为什么要听英国人的呢?"庆星皱紧了双眉,扶在膝上的手也攥起了拳头,"缅甸人真没骨气!"

　　"倒不是缅甸人没骨气,而是英国太强大了,"父亲说,"他们号称'日不落帝国',要在世界的每一个角落都升起米字旗。缅甸是上天赐给人间的一片福地,这里的大米、柚木、石油、矿产,在全世界都是数得着的,英国人怎么能不伸手呢? 天下就像自然界的弱肉强食,狮子、老虎看见什么想吃什么,温驯的牛、羊根本不是它们的对手。一百多年来,缅甸人跟英国人打了多少次恶仗,到底还是败给了英国,这里成了英国的殖民地,一切由英国人说了算。"

　　"哦……"庆星思索着,父亲无奈的结语,倒激起了他的一股怒气,"英国人太可恨了! 可是,他们这么凶,为什么还打不过日本人呢? 难道日本人比狮子、老虎还厉害?"

　　"这些事情,不是我们能说得清的。"父亲燃起一支烟,慢慢地吸着,回忆着近年来的风云变幻,"依我看,日本人进攻缅甸,目的有三个:一是强占缅甸的物产,二是想在吞下缅甸之后乘势再攻占印度,三是切断滇缅公路……"

　　"哎呀,就是这条路吗?"庆星吃惊地看看车窗外面飞速后退的这条公路。

　　"就是这条路,"父亲说,"中国和缅甸,山连着山,水连着水,可是原来并没有这么一条南北贯通的公路,两国的百姓往来,都是徒步走山路。现在,为了打日本,中国的父老乡亲抢修了这条路,我看到报纸上说,这条路修得不容易啊,西南边境的青壮男子都上前线打仗了,老人、妇女带着孩子出来修路，没有车辆，没有机械设备，他们用自家的铁镐、锤子开山打石，为军队铺了这么一条出征的路，也为我们开了一条逃生的路。要是没有这条路，我们就回不了中国了！"

"啊，这条路太要紧了，"庆星听着听着，神经都绷紧了，"可不能让日本人把它切断啊！"

"是啊，"父亲说，"就连你这么一个小孩子都明白的道理，英国人倒还糊涂着哩！前年，他们宣布封闭滇缅公路……"

"为什么？"庆星问。

"是啊，为什么呢？断了中国人的后路，不就是帮了日本人的忙吗？可是，英国人有英国人的想法……"

这时，母亲杜恩插嘴说："英国人的想法，你哪里懂得？算了算了，这些天下大事，你跟一个小孩子啰唆什么？"

"话不能这么讲。"父亲说，"庆星今天还是小孩子，十年、二十年之后就是一个男子汉。人生在世，不能只关心身边的家务事，不能只想着赚钱，要活得明白！"

"嗯，"庆星点点头，"阿爹，你接着说，英国人是什么想法？"

"英国，也是中国的老对头了！"吴善仰叹息着，说起遥远的过去，"这一百多年来，英国发动了两次鸦片战争，从大西洋打到中国来，就是要把中国变成他们的殖民地。中国人被害苦了，那么多人染上了鸦片瘾，成了名副其实的'东亚病夫'，还要低声下气地给英国割地赔款，国家软弱，就难免挨打啊！虽然到头来，英国也没有整个把中国吞掉，但是直到现在还占着我们的香港。现在，日本和全世界为敌，在这个局势下，英国和中国成了暂时的'盟国'，可并不是真正的朋友，英国人关心的只是他们自己的利益。日本人看准了这一点，就吓唬英国人：只要你继续允许美国把军需物资从缅甸运往中国，我就在香港和新加坡下手！

说起来，这天下大事，就像生意场上一样，勾心斗角，你争我夺，都是为了自己的利益，谁心里都有一本账。日本人这么一说，英国人就吓坏了，香港和新加坡都是英国的殖民地啊，怎么舍得让给日本？就赶紧封闭了滇缅公路。这一来，美国和中国都不答应，不够朋友嘛！而且，日本人也并不给英国人留面子，眼看香港、新加坡、马来西亚都保不住，缅甸也危险了，英国人这才重新开放滇缅公路。要不然，我们就走投无路了！"

庆星舒了一口气，没有说话，这个初涉世事的孩子，紧锁着眉头，在回味着父亲的教导。商场如战场，战场如商场，波谲云诡，风高浪恶。父亲所经营的店铺，多年来和那些商家、客户讨价还价，分分合合，这和国与国之间的争斗联合是一样的：父亲每天晚上摊开账簿，打着算盘，精心盘算着，明天向哪家推销，从哪家进货，和哪家签约，跟哪家结账。现在，那些业务突然停止了，父亲放下了他难以放下的一切，带着全家踏上逃难的路，原是迫不得已的，他做出这个决定，是多么痛苦而又无奈啊，可是大局如此，没有别的选择。他们这个小小的家庭，每向前走一步，都连着这个未涉世事的孩子所不认识的世界：缅甸、中国、英国、美国、日本……这个世界太大了，在未来的漫长岁月中，他将用毕生的精力，去读懂这一切。

车子在颠簸中行进，仿佛汪洋大海中飘摇求生的一条小船，不知道什么时候到达彼岸、能不能到达彼岸。

吴善仰一家的大篷车向北奔逃，中国远征军向南挺进。

逃难的途中，不断听到前线传来消息，远征军在缅甸南部、中部和日军交战，仗打得十分惨烈。日军以六个师团的兵力，进犯缅甸腹地，其一路从仰光沿铁路北进，与远征军在派育、同古一带对峙。3月25日拂晓，日军逼近同古，先以三十架飞机猛烈轰炸，继而出动战车，纵横扫射，并且施放糜烂性毒气，整个城市如同炼狱。戴安澜将军率领的第200师官兵以集束手榴弹、汽油瓶与日军拼死搏斗……

这些消息让吴善仰痛心疾首。这些热血男儿，哪一个不是父母所养？为了保国安民，把性命丢到了前线，丢到了异国，恐怕连马革裹尸都做不到了。小时候在家乡看戏，杨家将、岳家军，精忠报国，血洒疆场，让他钦佩不已。现如今，活生生的英雄好汉就在他身边，为包括他们一家在内的同胞而战、而死，也是为友好邻邦缅甸人民而战、而死，想想自己也是个男子汉，却为家所累，不能上阵杀敌，只顾仓皇奔逃，唉，惭愧啊！

大篷车一路颠簸，终于到达了缅甸北部边境，出了九谷，进入畹町，这是中国西南边陲的门户，一步跨过去，就是吴善仰魂牵梦萦的祖国了。和通常的国门概念所不同的是，这里并没有那么戒备森严。中缅两国世代友好，边界民众习俗相近，语言相通，平日里赶集趁圩，走亲访友，跨越国境如同邻居串门，更何况现在是战时，中国人为了帮助缅甸打日本，花费巨大的人力物力修了滇缅公路，派出了远征军第5军、第6军、第66军共十万之众的精锐兵力出征援缅，在云南还集结了二十万兵力，保卫滇缅公路，随时准备开赴前线，共同的利益、共同的敌人把两个国家紧紧连在一起，"患难见真交"，两国关系正处于有史以来最好的时期。

畹町桥不大，长约二十米，宽约五米，高约九米，然而，它却是庄严的国门。桥边一株挺拔的木棉，满树繁花正开得灿烂，在崩龙山影的映衬下更显得鲜红欲滴。

守卫畹町桥的士兵持枪肃立。吴善仰早早地停下车，快步跑上前去，恭敬地递上自己的证件："老总，我是从缅甸回国的华侨……"

这边，司机和杜恩母子也不敢再待在车上，赶紧下来，站在那儿，怯生生地望着守桥的士兵，等他发话。

那士兵从吴善仰手里接过证件，只扫了一眼，便将证件还给他，做了一个通行的手势。什么也没有说，跟哑巴似的。

吴善仰没想到入境手续这么简单。毕竟是进入国境嘛，现在中国正同日本交战，无孔不入的日本特务到处乱窜，不是要"严防奸细"吗？他多虑了，就凭他那一身的风尘仆仆，身后那辆满是泥泞的大篷车，还有奔波多日疲惫不堪的妻子儿女，就已经说明一切了，有这样拉家带口拖儿带女、举家流浪的"奸细"吗？

桥头重地，不得停留，吴善仰不敢怠慢，让妻子儿女赶快上车，自己也跨上车，正要启动，却又觉得意犹未尽，朝着那士兵说："谢谢，国军兄弟，辛苦了！"

士兵这才开口说话，脸上依然没有笑容，保持着持枪肃立的姿势："免客气，这是军人的职责！"

吴善仰听得心里一动，"免客气"——这是闽南话啊，从用字到发音、腔调都和"国语"不同，也和别处的方言不同！便脱口道："老总，听你讲话，好像是闽南人？"

"是啊，"士兵答道，"家在福建漳州。"

"哎呀！"吴善仰兴奋得叫了起来，"我是泉州人，老乡啊！"

一股他乡遇故人的热流从心底涌出，尽管他根本不知道这位士兵姓甚名谁，那与生俱来的乡土情感已经让他亲切得不得了，在海外漂泊了几十年，刚刚踏进国门，在这远离故乡的西南边陲，就能够碰上闽南老乡，简直像说书唱戏那样凑巧。他心里有多少话要说，却又不知从何说起，慌忙中又跳下车来，从衣袋里掏出香烟，递过去："兄弟，吸支烟吧！"

士兵的嘴角动了动，也许被这番乡情所牵动，难免想起家乡的父母亲人，但也仅仅是转瞬即逝的一闪，便又镇定下来，肃然说："不可以的，我在值勤。"

"哦，"吴善仰缩回了递烟的手，却仍然不肯走，总想和这位老乡多说几句话，便问道，"兄弟，咱们家乡那边，情形怎么样啊？"

"战场上瞬息万变，不好讲啊！"士兵说，"先生请吧，路上多加保重！"

"是，谢谢！"吴善仰心里又是一阵感慨，这才上了车，司机把车子发动起来。

大篷车开过畹町桥，进了城，吴善仰贪婪地望着街上鳞次栉比的房舍、熙熙攘攘的人群，其实这里的一切对他来说都是陌生的，却又从心底里感到无比亲切，忍不住放声大笑道："到家了，我们到家了！"

听到父亲这么说，庆星急忙把头探到车篷外："阿爹，这里就是我们的老家泉州吗？"

"不，"父亲笑道，"泉州还远得很呢，我们刚刚踏进中国的大门。中国大得很啊，十几个缅甸也比不上，这里只是西南边境的小小一角。不过，按我们中国人的观念，国就是家，家就是国，只要跨进国门，我们就算到家了！"

吴善仰没有急于再赶路，一家人奔波十来天，已经很疲乏了，路上饥一顿、饱一顿，常常从路边摘一些野果充饥，孩子们都饿瘦了。途中也没个安顿处，好多天不洗澡，一个个都像泥猴似的。所以，进得城来，吴善仰发话：先找个地方洗个澡，然后一家人吃顿像样的饭，庆祝顺利回国。

小城畹町，自然也没有什么豪华餐馆，何况是在战时，兵荒马乱，物资匮乏，燕参鲍翅都没地方弄去了。当然，吴善仰一家也没有这个奢望，家常饭能吃个饱就行了。松茸、牛肝菌这些山货，跟缅甸产的蘑菇味道差不多，只是做法不大一样，让孩子们尝尝新鲜。热气腾腾的过桥米线，吃得他们满脸满身都是汗。

吃饱喝足，一家人没有在畹町停留，继续登程，朝着东北方向，经潞西、龙陵，由通惠桥过怒江，经保山，从霁虹桥过澜沧江，经永平，到大理，又折身向东，经祥云、南华、楚雄、禄丰，过碧鸡关，到达云南省府昆明。这里已是滇缅公路的北端，而吴善仰一家的漫漫征途，其实才刚刚开始。

从前线传来的消息很不好。同古之战伤亡惨重，部队不得不奉命后撤。东吁之战虽重创日军，也未能扭转战场上的不利局势，东吁、腊戍、曼德勒连连失守，日军控制了滇缅公路，进而进攻滇西。1942 年 5 月 4 日，日本飞机先是在保山以西滇缅公路上空侦察扫射，又飞到保山城进行轰炸，往城里城外扔下几十颗炸弹。由于事发突然，政府事先没有发空袭警报，老百姓来不及疏散，伤亡人数很多，民房大半被炸毁，十字街一带繁华地区被炸成废墟。5 月 5 日，日军在滇缅公路上追击北撤的远征军，到达通惠桥。那个地方，吴善仰一家刚刚驾大篷车经过，还记忆犹新，那桥凌空架在怒江之上，脚下江流汹涌，两岸悬崖壁立，好险哪！日军追到桥边的时候，桥已经被炸毁，他们的装甲部队无法前进，乘橡皮船抢渡到怒江东岸，占领桥头堡，继续搜索前进。中国远征军居高临下，和日军展开恶战，消灭了不少鬼子。第二天，远征军的援军赶到，冒着日军的炮火猛烈进攻，经过两天激战，把日军压到怒江边上。

战斗持续到 5 月 8 日，远征军第 36 师全师发动总攻，日军抵挡不住，少数人乘橡皮船逃到西岸，大部分被远征军歼灭在江边，第 36 师在通惠桥稳住了阵地，国军的士气为之一振。然而，5 月 10 日，追击远征军第 5 军的日军向腾冲发起攻击，驻守腾冲的督办、云南省府主席龙云的大儿子龙绳武竟然放弃抵抗，率领卫队，携带着二百多驮鸦片逃回昆明，滇西重镇腾冲被日军唾手轻取，可悲，可叹！于是，日军乘胜而上，一度越过高黎贡山，侵占栗柴坝，封锁远征军退路，于是，兵败如山倒，腾冲、龙陵一带的地方政府机关纷纷弃城逃跑，保山驻军和专员公署的官员也闻风而逃，滇西未经战斗，便遭沦陷，抗战后方唯一的国际交通线，连接中缅两国的生命线滇缅公路就此被切断！

得知这些消息，吴善仰惊得一身冷汗！战局如此，国家不幸，人民不幸。不幸之中的万幸，他们一家出来得早，跑得快，逃过了这一劫难，如若再晚几天，就必死无疑了！

昆明不是久留之地，稍事喘息，他们又该启程了，朝着家乡的方向，向东走。这条回家的路，却又是一条从来没有走过的路，不但隔着千山万水，而且虎狼遍布，怎么走呢？吴善仰逢人便打听，东边的战况如何，可是，正如那位国军弟兄所言，战场上的情况瞬息万变，谁也说不准。日本人早已宣布封锁东南沿海的交通，广州、厦门也早已被日军占领，海边的路是不好走了。吴善仰于是由曲靖出云南，进入广西，经桂林，过湖南永州、郴州，江西的赣州、瑞金，由古城进入福建境内。一路上，他们在中日两军对垒和激战的缝隙中行进，没有确切的情报，没有任何人掩护，也没有任何防御能力，一家子手无寸铁的老百姓，驾着一辆显眼的大篷车，穿行在随时可能爆裂的生死线上，竟然能够横跨南半个中国，行程数千公里，没有丢掉性命，简直是个奇迹，恐怕连神出鬼没的游击队也没有这么好的运气。

脚下已是朝思暮想的八闽大地了。纵览福建全省，丘陵山地占百分之八十以上，仅福州、厦门一带为平原。而吴善仰偏偏放着南部平坦的道路不走，却选择了由西部山区入闽，就是为了安全。这条路，山脉连绵，河渠纵横，十分难走，但每走一步，就离家更近了。

大篷车经长汀、龙岩、漳平，一路向东，7月初，开到永春。

永春，原属南安县。唐长庆二年（公元822年），析南安县二乡置桃林场，已略具立县的雏形。五代后唐长兴四年（公元933年），升南安县桃林场为县，归属泉州。因境内众水会于桃溪，县名桃源。后晋天福三年（公元938年），改县名为永春，因此地长年温暖，草木四时不变，永如春天。从此，永春这个县名就流传下来。

吴善仰的大篷车到来的时候，永春是民国福建省第四专署区的驻地，由福建省保安五团驻防。城墙残破不堪，而且带有焦黑的过火痕迹，但城楼上仍然悬挂着青天白日旗，这意味着，这里还是中国人的天下，没有陷入日寇之手。但当地人说，这几年天天是枪声、炮声、飞机声，日子过得胆战心惊。去年春天，二十多架日本飞机狂轰滥炸永春县城和五里街一带，炸弹轰鸣，火光冲天，血肉横飞，惨哪！

吴善仰急于打听泉州的情况。

当地人说，泉州周边这几个县，哪一个没出事啊？就是泉州城里，日本飞机也曾经轰炸过，你家住哪条街啊？

吴善仰焦躁地摇摇头。他的家不在泉州城里，而是在城北郊外的大山里面，一个小小的村庄，它太小了，恐怕十里地之外就没人听说过了，他只能拣一个大些的目标。

"听说过仙公山吗？"

"啊，仙公山？知道知道，听说山上的仙公很灵的！"

"我的家就在仙公山下，那边有没有打仗啊？"

"哦，这就说不清楚了……"

吴善仰就不再打听，谁能详细地回答他那不厌其详的询问呢？此刻，他最急迫的是回家。从永春到泉州北郊，只有几十公里路了。可是，到了这里才知道，这段路程虽近，却至今没有公路，不通汽车，他的大篷车，命里注定开不到家了。他做梦也想不到，已经临近家门却又身陷绝境，"山重水复疑无路"，难道非要我徒步走回去不成？是的，要回家，这是唯一的选择：走回去！

"走回去？"吴太太杜恩觉得不可思议，"那车子怎么办？行李怎么办？"

"车子卖掉！行李，我们自己挑回去！"吴善仰根本不征求任何人的意见，果断地做出了决定。

大篷车说卖就卖了。兵荒马乱的年代，谁也无心置家产，买家使劲杀价，卖主又急于出手，当然得认赔，正应了那句老话："金子当生铁卖了！"

望着已经易主的大篷车，杜恩和孩子们都恋恋不舍。那是他们在缅甸开店时置下的重要家当，又载着全家从缅甸到中国，从云南到福建，迢迢万里，一路奔逃，为他们遮风避雨，护佑他们闯过九九八十一难，这辆车就是他们的"家"啊！如今，眼看就要到了，却把它卖了，真是舍不得！咳，幸亏它只是一辆没有生命的车子，如果它是匹马，是头牛，它也会流泪的，会怨我们无情无义！

吴太太抚摸着大篷车，泪流满面。小女儿玉华也哭了，拉着妈妈的衣襟说："阿娘，我要坐车！我要坐车！"

吴善仰发火了："哭什么？不就是一辆车嘛，也值得这么婆婆妈妈的！快，收拾东西！"

吴太太就不敢再多说什么，赶紧给女儿擦眼泪，说："好了，听阿爹的话，不要哭了！"

七岁的吴庆星其实心里也和妹妹一样，舍不得离开那辆大篷车，但作为一个男孩子，不能像妹妹那样哭哭啼啼，把脖子一梗，说："阿娘，小妹，你们都不要难过，将来我长大了，挣了钱，再给家里买汽车，更好的汽车！"

"说得好！"吴善仰拍了拍儿子的肩膀，"有志气，这才像我的儿子！将来，有本事挣钱了，不但要买大汽车，还得把家乡的路修好，不然，车子也开不回去啊！收拾东西吧！"

车上的行李都卸下来，堆了一地。能够合并的尽量合并，装箱打包，过于琐碎的杂物，实在没法拿，就干脆扔掉了。吴善仰从街上雇了两名挑夫，加上司机，挑起三副担子，把大件的行李挑上，其余的零碎细软，一家人肩扛着，手提着，怀抱着，除了一岁多的小女儿玉华，大大小小没有空着手的。行李当中有两个保温罐，是在缅甸的时候盛冰块用的，这次也特地带了回来。挑夫顺手要拿起来，没想到竟然沉甸甸的，脱口说："哇，好重啊！老板，里面是什么东西？"

"哦，没什么，都是些零碎物件，"吴善仰连忙拦住他，说，"这两个冰罐我来拿吧！"

一家人肩扛手提着行李，又重新上路了，吴善仰亲自提着那两个冰罐，交给谁都不放心。

回家的路，虽然艰难，却不觉辛劳，似乎有一种神奇的力量催着他们，一步一步，向南，向南，朝着泉州方向走去。那里有一处祖厝，是这些孩子们从来没有到过的地方，却又是阿爹阿娘魂牵梦萦的地方，祖祖辈辈繁衍生息的地方，遍燃烽烟的地球上唯一可以收留他们的地方，那是他们的家。

第二章

祖山热土

泉州，一片古老而神秘的土地，一座历史悠久而又生机无限的城市。

早在春秋战国时期，此处称"七闽地"，分属越、楚。一群断发文身、骁勇剽悍的"闽越人"在这里繁衍生息，他们"以舟为车，以楫为马"，乘风破浪，纵横海上，如履平地，"水行而山处"，在深山老林里结巢而居，渔猎为生，过着"天高皇帝远"，"帝力于我何有哉"的自在岁月。秦始皇二十六年，建闽中郡，汉高祖五年，封闽越王，此地在其管辖之下，只是还没有"泉州"这个名称。此后的悠悠岁月，随着中原朝代的更迭，这片土地也不断地改换隶属机构，不变的是，苍山常青，碧水长流。

西晋末年，中原战乱，大批移民南渡入闽，聚居于古南安江两岸，由于思念晋朝故土，径呼南安江为晋江，久而久之，江为之易名，这便是"晋江"之名的由来。这批移民，不仅带来了汉家衣冠，而且把积淀数千年的中原文化和先进的生产技术也传入闽地，使晋江两岸的经济、文化得以大大发展。这批中原移民，后来取代闽越土著而成为此地居民的主体，他们所使用的"河洛语"也成为闽南以至台湾地区的"方言"，实则保留了中原的古音。梁武帝天监年间，置南安郡做郡治，为本地设置县、郡治之始。隋文帝开皇九年，改丰州为泉州，这是福建历史上第一次出现"泉州"这个名称，只不过当时的衙门设在后来被称为福州的地方。唐取福州、建州各一字，设置福建观察使。北宋时，福建称福建路，行政区划为福、建、泉、漳、汀、南剑六州和邵武、兴化二郡，南渡后升建州为建宁府，福建因此包括一府五州二郡，共计八个同级行政机构，是为"八闽"。明太祖洪武二年，福建全省八路先后改为福州、建宁、延平、邵武、兴化、泉州、漳州、汀州八府，泉州居其一。

唐、宋、元时代的泉州，经济发达已达鼎盛，成为闻名遐迩的"东方第一大港"，船舶往来如织，外洋客商云集，来自威尼斯的旅行家马可·波罗盛赞这座"宏伟美丽的刺桐城"，其繁华富足"令人难以想象"。这里的人民，"性情平和，安居乐业"。一条蓝色的"海上丝绸之路"由这里发端，联结着中国和世界，异彩纷呈的各方文化在这里交汇、融合，清净寺的邦克楼、灵山的穆罕默德门徒圣墓、开元寺的双塔、清源山的老君石像、九日山的祈风崖刻、天后宫的妈祖庙、民族英雄郑成功的陵墓，在同一片蓝天下屹立千秋。古城以大海一样的胸襟，包容着不同种族、不同地域、不同信仰的人类所创造的精神文明和物质文明，塑造着自己的丰姿。泉州籍的明代著名思想家李卓吾先生诗云："此地古称佛国，满街皆是神仙。"

1942 年的夏天，刺桐花又开了，红得像火，红得滴血，令人触目惊心。泉州城里繁华闹市的商铺照样营业，车马行人照样往来不息，只是鲜闻欢声笑语，人们面色枯焦，神情凝滞，整个城市笼罩着一股肃杀之气。1938 年厦门沦陷之后，日寇就曾企图乘机侵占泉州，守城国军及时炸毁了泉州南门外横跨晋江的石桥，阻挡了日军进城。虽然，鬼子并没有打到泉州城里来，但战争的威胁时时存在。由于中国海域已被日本控制，沿海岛屿几乎全部落入敌手，他们对泉州及周边地区的侵犯骚扰，一直没有停止。1940 年 7 月 16 日，就在发生"永宁惨案"的同一天，六架日军飞机分两批轰炸崇武、獭窟等地，同时，日舰向陆上炮击。随后，五百多名日军乘七艘舰艇从后海、三屿、港墘等处登陆，窜入崇武城。另一支日军二百多人从獭窟登陆。此番浩劫，崇武、大岞、港墘、前澳民众死伤一百四十五人，烧毁渔船、商船二十一艘、房屋五百六十六间、庙宇一座，其他财物被抢无数，史称"崇武惨案"。此后，日军又多次对石狮、惠安、晋江、永春、安溪等地进行轰炸和炮击。1940 年 7 月，日机曾三次轰炸泉州民房小学；8 月，两次轰炸泉州浮桥；1941 年 3 月 3 日，日机飞抵泉州南门繁华市区，投弹轰炸，民众大量死伤。这些，虽然与日寇在沦陷区大规模屠杀中国人的惨烈程度不能相比，但已经在泉州人的心中留下了恐怖的记忆和难以愈合的伤痕。

从缅甸战场上逃生的海外游子，正徒步向故乡泉州走来。

泉州是个大目标，吴善仰的家远在北郊的仙公山下，他从永春由北而南，也就不必穿城而过了。

返乡的路终于走到了尽头。

这里就是吴善仰归心似箭、万里追寻的地方。群山环抱之中的一片谷地，举目东望，冈峦苍翠，双峰插天，犹如巨人头顶的一对发髻，因而得名双髻山，民间俗称仙公山，主峰海拔七百五十米，是当地最高的山峰。山上有祠，祠前有联，系明神宗万历三十二年进士秦钟震所撰："帝降青童，峰顶故标双髻出；云随白鹤，洞中曾度九仙来。"蕴含着悠久而美丽的传说，为当地一大名胜。由双髻山迤逦向南，陈塘山、凤凰山，曲折腾跃，连绵不断，形成一道天然屏障。侧身西眺，夕阳斜照下的一片葱茏，那便是太平山了。与此三山顾盼呼应、坐北朝南的一座小山，名叫社仔山，虽不甚高大，却居于主位，风水极佳，统领山川，钟灵毓秀，俯瞰山脚下，蜿蜒流淌着两条溪水，左为马甲溪，右为龙公溪，两溪汇合之后，又有一名，曰乌潭溪。溪旁，星罗棋布着大大小小二十一个村落。

　　该怎么称呼这个地方呢？县以下的行政区划，唐代置乡里，宋代因之。元、明、清三朝，设立都图，民国初期仍沿用清制，此地属晋江县四十四都马甲社。民国三年设区，民国六年设乡，民国二十三年建立保甲及联保，此地属河市区锦凤乡梅山保。民国二十九年，实施新县制，撤销联保，设四个区四十六个乡镇，此地属河市区锦凤乡。民国三十二年，全县改为四十五个乡镇，此地仍为河市区锦凤乡。民国三十三年，撤销区署，全县划为八镇十六乡，此地为锦丰乡。中华人民共和国成立后，1951年析出晋江城关区和浮桥王宫一带，成立泉州市，此地仍属晋江。1958年实行人民公社制，此地属马甲人民公社。1971年1月，马甲公社由晋江县划归泉州市，那时的泉州还是晋江地区的一个县级市。1985年5月，撤销晋江地区，泉州升为地级市，泉州城区为鲤城区，此时人民公社已经撤销，此地为鲤城区马甲乡。1997年6月，鲤城区一分为三，析出丰泽区、洛江区，马甲为洛江区马甲镇——这些，当然都是后话了。读者只需要记住，1942年吴善仰回到家乡的时候，此地的正式名称是：晋江县河市区锦凤乡山边村。"山边"者，群山之边也，名副其实。这是一个在地图上找不到的小村庄，但它却长久地铭刻在天涯游子的心里，任凭岁月的淘洗，山水的阻隔，也难以泯灭。如果吴善仰在海外的发展一帆风顺，飞黄腾达，此时他也许无暇携眷返乡，说不定要等到垂垂老矣，才会想到叶落归根。而天有不测风云，当战火烧到了远在天边的小镇奥甘，毁掉了他如燕子衔泥般辛苦筑就的另一个家，使得原不必急于付诸实施的归省之行大大提前了。太史公司马迁曰："人穷则返本。故劳苦倦极，未尝不呼天也；疾痛惨怛，未尝不呼父母也。"说得极是。当一个人凄苦无助之时，总会仰面长叹："天啊！"而无论幼童还是成人，遭逢难以承受的疾痛之际，脱口而出的一句话便是："妈吔！"古今一理。危难之际的吴善仰像风雨归巢的鸟儿，呼唤着，疾飞着，奔向生他养他的父母之邦，奔向这个小小的山村。

山边村以慈母的胸怀，迎接远方归来的儿孙。父亲已于两年前去世，年迈的母亲和叔伯姑嫂，还有大大小小的孙男弟女，人人喜笑颜开，吴家祖厝里热闹得像过节。媳妇杜恩带着孩子们拜见了婆婆和堂亲叔孙、姑姨舅妗，一时认不全也不当紧，进了这个门就是一家人了。院子里、大门内外都挤满了人，山边村同族的、异姓的父老乡亲蜂拥而来，争睹从南洋回乡的吴善仰，当年只身出门的少年，归来时已经成家立业，儿女成群，天大的喜事啊，只是左看右看，横看竖看，这肩扛手提着箱笼包裹的一家人，都像是逃难回来的！

吴善仰当然不会看不出乡亲们的这层意思，作为一个商人，穷困潦倒地回归故里毕竟不够光彩，他本能地要做些解释："我们本来是开着汽车回来的，到了永春，路不通了，就把车子卖掉了。"

"哇，一辆汽车值好多钱了！"乡亲们就议论，很羡慕的样子。他们也知道，按照惯常逻辑，出门在外的人是不"露富"的，别看吴善仰一家没有穿金戴银，那箱笼包裹里说不定藏着多少值钱的东西呢。

这确是实情。吴善仰虽然称不上巨富，但在海外辛苦经营这些年，也积累了一些资本，这次举家北归，财产自然要带回来，其中，最值钱的既不是那辆大篷车，也不是那些箱笼包裹，而是吴善仰亲自提在手上的两只冰罐，那里面装的全是黄金。几个月来的一路奔波，他最担心的就是冰罐，如果遇上日本鬼子，或者土匪强盗，那就不仅财产被抢劫一空，恐怕连性命都难保了。

"平安回来就好，平安回来就好，"母亲连声说，"人是最当紧的！"

吴善仰打发走了挑夫，让司机也回家团聚，请乡亲们进屋里来喝茶。这么多人，屋里哪里挤得下？大家让几位老者到里边坐下，其余的人围在外边，也不拘礼节，你一言我一语地攀谈。

"你们这一路上，还顺利吧？"乡亲们问他。

"哦，怎么讲呢？"吴善仰苦笑一下。这几个月来的艰难困苦能讲它三天三夜；可如果要说"很顺利"，在这兵荒马乱的时候，又怎么可能呢？于是就说，"这一路上当然不容易了，你们知道的，到处都在打仗……"

"是啊，听说外面在打仗，日本人打过来了，你看到了吗？"乡亲们问。

中国的八年抗战，到此时已经打了五年，而对于山边村的乡亲们而言，这些还只是传言，没有确切的信息，更没有眼见为实。山边村，实在太闭塞了，四面皆山，遮蔽了人们的视线，阻挡了人们的腿脚，使他们闭目塞听，与外界几乎没有来往。同时，四面屏障也为他们避免了外界的干扰，全世界都在打仗，而这里却没有，因为无路可通，日本兵无法进山"扫荡""清剿"，连飞机也不会往深山里投弹，"大东亚共荣圈"没有"圈"到这里，把它遗忘了。当年，陶渊明曾以童话般的笔致为我们虚构了一个桃花源，桃源中人"自云先世避秦时乱，率妻子邑人，来此绝境，不复出焉，遂与外人间隔。问今是何世，乃不知有汉，无论魏晋"。山边村的村民也许应该感谢家乡的闭塞，让他们躲过了一场浩劫。当然，人间并没有真正的世外桃源，偶尔也有人从外面进山来。现在，吴善仰一家的到来，为他们带来了外部世界的丰富信息，不单是中国的，还有外国的，这自然会引起他们极大的兴趣，祖厝里热闹得像过节，乡亲们有说有笑，声震屋瓦。

吴善仰其实心里很急，海外归来，他最惦念的、最急于见到的就是母亲，现在到了家了，却又顾不上和母亲好好地说上几句话，就被乡亲们缠住，他又不能拂了人家的盛意，忙着让座、奉茶、敬烟，还要回答千奇百怪的问题，比政要人物开记者招待会还难以应付。等到他把重复性的话题向不同的人说了三五遍之后，这才寻机闪到一边，对母亲说："阿娘，这一向，你身体还好吧？"

"嗯，还好。"老人缓缓地说，"唉，好又如何？歹又如何？"

吴善仰忙说："儿子常年在外，时时惦念着阿娘，阿娘身体康健，儿子心里才踏实！"

老人道："相隔万里，纵是惦念，又能如何？孔夫子说：'父母在，不远游，游必有方。''父母之年不可不知也，一则以喜，一则以惧。'你阿爹已经归西，我也这么一把年纪，不知哪天就撒手而去。若不是遭逢战乱，你还未必回来呢！"

老母亲识字不多，但说起话来却有些文绉绉的，是因为跟阿爹生活了一辈子，受了夫君的影响，阿爹是个读过四书五经的。

"阿娘训示得对！"吴善仰垂首唯唯，"阿爹过世的时候，儿子没有回来奔丧，大不孝！这次回来，就不走了，就在家陪伴阿娘，侍奉阿娘！"

"那倒不必，"老人眯着一双老眼，端详着儿子，"你有这个孝心，我就知足了！你自幼喜欢南跑北奔，要做出一番事业，阿娘不能误了你的前程。等到年月太平了，照旧去忙你的事业，我呢，能够在有生之年见你一面，看到这几个孙儿孙女，也就没有牵挂了！"

吴善仰心中五味杂陈。毕竟是生身之母，毕竟是桑梓之地，落难之人投奔任何人、任何地方都不可能有如此感受，这里才是家，远方游子任何时候都可以回来的家，永久的家。

当晚，祖厝里开家宴为他们接风洗尘。不仅自己家里人，同族的父老叔伯兄弟都请了来，其实这些人不用邀请也会一拥而上，山边村遇上这样的喜事，岂能不一醉方休？人太多，厅堂里坐不下，酒席摆到院子里，小小年纪的吴庆星平生还是第一次出席这样的盛宴。只是有一样让他觉得奇怪，在座的都是男人，蓄着胡子的老爷爷、和阿爹辈分仿佛的叔叔伯伯，还有他这一辈的小孩子也都跟大人一样入座，却没有一个女人，连家里掌管一切的阿婆也只在灶间里和儿媳们一起忙碌，并不上席，更不要说庆星的阿娘和姐姐、妹妹了。这么一来，饭桌上也就没几个他认得的人了。

这使他感到不安，悄悄地问父亲："阿婆、阿娘和阿姐她们怎么不来吃饭？"

"你不要多问了，"阿爹小声说，"这是老家的习惯，女眷不上席的。"

开宴了。一位花白胡子的老先生居于首位，因为辈分最高，是吴善仰的父亲吴祥贤的族兄，吴善仰叫他"阿伯"，吴庆星就该叫他"阿公"了。老先生端起酒杯，兴致勃勃地说道："今天，善仰携妻儿归省，是我族内喜事，值得庆贺！"

一言既出，在座的老老少少都举杯起立。吴庆星看看左右，不知如何是好。吴善仰赶紧拍拍儿子的肩膀："庆星，快，给阿公祝酒！"

吴庆星这才知道还有自己的份，慌慌张张站了起来，端起面前那杯酒，说："阿公，喝啊！"

众人哄地笑了。

老先生也慈祥地笑了："孩子，你远道归来，全家团圆，阖族共庆，这杯酒，你要同大家一起喝的！"

吴庆星面有难色，在他有生以来的七年里，还从来没有喝过酒，何况还是大杯的烧酒。

父亲有些窘了，不耐烦地在一旁催他："喝呀，不要让大家等你！"

阿公却不急，依然和颜悦色："男子汉何辞一饮？喝了这杯酒，明朝再去祭祖，方是我家子孙！"

这句话，吴庆星听得似懂非懂，猜测那意思，不喝了这杯酒，就算不得男子汉！那怎么行？心里一横，仰起脖子，把那杯酒一饮而尽。

"真吾子孙！"老先生笑道，于是举杯向众人示意，一起干了这杯。

吴庆星喉咙里火辣辣的，也不好意思说，于是赶紧吃菜。

八仙桌上，早已摆满了各式菜肴，素的有水蕹菜、嫩饼菜、凉拌苦瓜、辣油笋菜、糖醋莲藕片；荤的有姜母鸭、鱼丸、文蛤蒸蛋、酱香花蛤、蒸油蛤、炒泥蚶、蒸苦螺；面点有橘红糕、绿豆饼、碗糕、豆沙饼、菜包、水煎包；汤品有七彩干贝汤、墨鱼羹、花生甜汤；还有壶仔饭、鱼仔粥、面线糊、粉团……全是当地美食，过年也未必有这么丰盛，生在缅甸、长在缅甸的吴庆星哪里认得全？吃吧……

酒足饭饱，祖厝里安歇。好大的一座祖厝，好大的一个家庭，老老少少几十口人，都住在一个屋檐下。七岁的吴庆星第一次躺在祖厝里的棕床上，陌生而又亲切，不记得什么时候曾经来过这里，也许是在梦里吧？父亲曾经无数次向他说起老家的祖厝，他极力想象着每一个细节，现在，都变成了现实。故乡虽然贫穷、原始，祖厝虽然陈旧、破败，但却具有山野的朴实、纯真，墙角瓦楞间的青藤野卉，路边桥头的虫鸣鸟啼，还有乡亲们毫无矫饰的乡音土语，都让人心暖，感到一种从来没有体验过的快意。初来乍到，他已经爱上了这个地方，这里将是他的乐园。肚子里那一杯高浓度的烧酒，后劲很大，把吴庆星送进了梦乡……

次日，吴善仰沐浴熏香，更衣正冠，拜谒祖庙。按照惯例，这也只是男人的事，只有金良、庆星两兄弟跟着阿爹来，而阿娘和姐姐妹妹都不必参加了。

祖庙在祖厝以西三四里的梅桐岭上。此山虽不算高大，但三峰鼎立，气势威严，因形似风炉，民间俗称其为"风炉穴"。就在三峰之间的"风炉穴"之位，是一处盆地，场地宽旷，草木繁盛，给人以亲切平和之感。此处建有一处庙宇，名"玉泉康济院"，始建于唐，得名于五代。唐高宗永徽年间，林昭德奉命镇闽平乱，有功，被封为兴福尊王，其长子封十三省巡按兼太尉，次子、三子封护国英烈侯，内弟封都统大元帅。传说林昭德大功告成，回家乡兴化莆田省亲，途经梅桐岭，一家七口在此坐化成佛。百姓讶其圣迹，筑庙以纪其德，名"回山寺"。五代时期，此地曾为战场，留从效建康济院以追荐阵亡将士，"康济"二字由此而来。留从效，字元范，永春县桃林留安村人，曾任泉州刺史。朱文进发兵攻打泉州时，留从效率部迎击，设下埋伏，突出奇兵，大败朱文进。据泉州府志载，当时"杀伤甚众，从效遂即其地作数区葬之，名'千人冢'。后建是院以荐寂静冥魂"。这里所说的"是院"便是玉泉康济院，与唐代的"回山寺"同一个地方，不同的名称，实际上是把两座建筑合二为一了，在"回山寺"的基础上加以扩建，改换了名称，赋予了新的功能。而对于当地的普通百姓而言，这些都不重要，重要的是这里有一座可供祭拜的庙，里面的"王公"能够预知祸福，保佑平安，有求必应，极其灵验。所以，在百姓口中，此处被称为"康济庙"或"王公庙"，原来的正式名称倒只见于文字记载了。他们到此顶礼膜拜时，也许根本不会想到身旁的溪流曾经被鲜血染红，脚下的土地曾经是"千人冢"，至今仍掩埋着累累白骨。至于林昭德"镇闽平乱"、留从效筑"千人冢"的历史真相和是非功过，都留给有历史癖和考证癖的人去研究吧！

那么，这里怎么又成了吴氏家族的祖庙呢？

明永乐四年，公元1406年，一位外乡人来到这里。此人姓吴名原禄，字择南，漳州府龙溪县霞井街人氏，早年从军，功勋卓著，而无意策勋，功成隐退，屯田于此。为不忘故地，遂将此地也称为"霞井"，后来繁衍出大片子孙，后人尊吴原禄为霞井吴氏始祖。而龙溪霞井街的吴氏，则源于晋江磁灶镇吴氏二房。

吴原禄生于明洪武八年，公元1375年；永乐四年屯田霞井。时年二十三岁。三十六岁娶妻曾氏，三十八岁生长子玉斌，四十二岁生次子玉闵，是为霞井吴氏的第二世。由此代代相传，到吴善仰为十七世，吴庆星为十八世。

吴原禄当年在军中任何职务，有何功绩，已不可考。可以查到的记载表明，当年追随他一起到此屯田的，还有他的四位异姓结义兄弟：苏世甫、周文新、叶宣煌、李国真。按照常理推测，既称"屯田"，当不止此四五人，他们应该是其中的首领人物。这四位后来分居霞井附近，除周氏、叶氏外，苏氏、李氏都有传人。另一件查实有据的史实，是吴原禄出资将圮废破败的康济庙重加修葺，将这一具有标志性的历史文物保存下来。究其动机，可以设想，一是他作为军人，深知"一将功成万骨枯"的惨痛，不舍让那些战争中牺牲的亡灵失去烟火祭祀；二是出于闽南"王公"信仰文化的驱动，尤其是在开荒屯田的创业时期，信仰给予人的动力是难以估量的。

明正德年间，一位堪舆家途经此处，见六岑归土，风炉成穴，福地天生，赞赏不已。并说，可惜美中仍有不足，如果把庙基添土增高三尺，方向稍作移动，则钟灵毓秀，俱在此矣！到那时，此庙还可兼作吴氏宗庙，福佑子孙。这在吴氏族人听来，真是一个绝佳的好主意，于是依言改建，并且把霞井一世祖原禄公的画像神位迎入庙中，与林昭德共享祭祀，从此，康济庙兼作霞井吴氏祖庙，百姓仍称为"王公庙"。此后，世世代代的吴氏子孙，对此庙精心维护，祭祀不辍。清乾隆十二年、光绪十五年、民国二十五年都曾一再重修，保持着旺盛的香火，护佑着霞井吴氏子孙。

吴善仰率领着两个儿子，来到康济祖庙，老先生已经等在那里。他和他的族弟，也就是吴善仰的父亲吴祥贤都是霞井一带少有的几个文化人，一向热心宗族公益事务，《霞井吴氏族谱》就是他们编纂的，现在，祥贤不在了，许多宗族事务都由他去张罗，平时，康济祖庙和吴氏宗祠也都由他管理。

老先生首先讲述了祖庙和家族的历史，这些其实都是吴善仰所熟悉的，这次主要是讲给庆星兄弟两人听。讲解已毕，率领他们朝着兴福尊王林昭德和霞井吴氏始祖原禄公的画像三跪九叩，拜读刊立于乾隆十二年的《重兴康济祖庙记》、刊立于公元1921年的《重建康济祖庙记》，完成了祭祖大礼。

老先生又带着他们去拜谒吴氏宗祠。

霞井吴氏宗祠原有两座，旧祠在龙云山麓的园内厝，新祠在洋坑村大舍坡，他们拜谒的是大舍坡的新祠。说是"新祠"，其实也有些年头了，始建于清光绪十三年，公元1887年，吴庆星前来拜谒时，已经是经历了半个多世纪风雨的老屋，两落十三架，外加设东西厅，一座古色古香的闽南风格古建筑，坐北朝南，依山傍水，周域宽广，视野辽阔，有"左乘鲤，右骑龙，坐金钩，面玉枕"之美誉，也是一处难得的风水宝地，只可惜屋舍年久失修，显得破旧了些，吴善仰心里暗暗发愿，将来一定重修宗祠，让海外游子心中的"根"更辉煌，更壮观！

老先生带领他们走进宗祠，大殿正中供奉着霞井吴氏始祖原禄公以来历代祖先的神主牌位，六百年的历史浓缩在那密密麻麻的名字之中。老先生燃上香，然后率领他们向祖先虔诚叩拜，霞井吴氏第十八代传人吴庆星正式认祖归宗了。

礼毕，老先生正襟危坐，缓缓说道："想我神州吴氏，乃虞舜后裔，延陵望族。自原禄公屯田梅桐，卜居霞井，筚路蓝缕，克绍箕裘，畎田衣食，繁衍昌炽，迄今凡六百年矣！……"

座前侍立的金良、庆星兄弟两人面面相觑，不知道这位阿公在说些什么，竟然一句都听不懂。他们的父亲吴善仰在一旁摇摇手，示意孩子们耐心地听下去。其实这些话他当年就曾听过无数遍，听不懂不要紧，记在心里，长大以后慢慢就懂了。

"我吴氏六百年家业，六百年香火，传至今日，延绵不息，"老先生继续说，"尔等可知所赖者何？"

竟然发出一个问号。

吴善仰忙说："阿公问你们呢，我们吴家的家业传到今天，靠的是什么？"

仍然是面面相觑，无人应声。

吴庆星看看哥哥，见他不言语，便试着答道："靠的是能吃苦，不怕难，敢打敢拼，我阿爹就是这么做的！"

父亲瞪了他一眼，心说，这小子胡说些什么！

不料老先生却点了点头："说得倒也不错。人若没有胆量，是什么也做不成的。不过，人有智愚之分，无知之人只知蛮干，虽形劳力竭，事倍而功半；而有识之士，则以智克难，事半而功倍。那么，智从何来？"

又是一个问号。

吴善仰担心儿子再乱说，不待庆星开口，便抢先说："阿伯，小孩子哪里懂得这些道理，要听老人家教导哩！"

"嗯。"老先生接着说下去，"前朝有一位吴敬梓，是本族的先贤。

此公虽然没有什么功名，却是饱学之士，著有一部《儒林外史》，名满天下，向来为我所敬重。他曾在自家题一副门联：'读书好，耕田好，学好便好；创业难，守成难，知难不难。'说得极是。我吴氏耕读传家，诗书继世，凡我子孙，不出白丁。从今日起，阿公为你们开蒙！"

孙儿们又听不懂了，什么是"开蒙"？

吴善仰马上解释："阿公要教你们读书识字哩！"

兄弟两人笑了。

"阿公，"庆星说，"我们在南洋的时候，都在上学读书哎，认得字的！"

不料老先生却面有愠色，怫然道："番邦蝌蚪文字，何足道哉！"

吴善仰见老先生误会了，连忙解释说："阿伯，孩子们在外边读的也是华文书。"

"那又如何？"老先生不以为然，"我中华文化，博大精深，番人只学得皮毛，不足为训。既然回到家来，就要重新开蒙，这个开头是顶要紧的。"

"是啊是啊，最好不过，最好不过，"吴善仰赶紧答道，"请阿伯给他们兄弟开蒙吧！"

老先生的脸色这才和缓下来，立起身，在神牌旁边的几案上打开一副蓝布函套，取出其中一册线装古籍，极其熟练地翻到一页，复又落座，准备开讲。

立在座前的庆星倒有些耐不住了，他本来以为，今天跟着阿爹上山来玩玩，看看好景致，就可以回家吃饭了，怎么拜了祖宗还要读书？他并不知道，这吴氏祠堂不但是祭祖的地方，也是家族的私塾，吴氏子弟但凡识得几个字的，都是在这里跟老先生学的。

当然，他心里发急，却不敢流露出来，既然阿爹带他们来听老先生

"开蒙"，那就只有耐着性子听下去了。

"本来，这开蒙之事，该由你们的阿公祥贤来做的，他的学问比我好。可是如今他不在了，只好由我代为行之了。今天我与你们开蒙，一不讲《三字经》，二不讲《千字文》，三不讲《弟子规》，而要讲一篇顶要紧的文章。是哪一篇呢?"老先生的开讲很奇特，他喜欢向学生发问，虽然明知无人能够回答，他这样说只是为了提起听讲者的注意，如同说书人惊堂木一拍，看官的精神也为之一振，洗耳恭听，"这一篇，便是唐宋八大家首屈一指的韩公退之所作《师说》。韩公曰：'古之学者必有师。师者，所以传道、授业、解惑也。'人为什么要拜师？老师是做什么的？就是'传道、授业、解惑'。何谓道？老子曰：'道可道，非常道'，天下万物皆有道，传道就是教你识得万物之道，如太史公司马迁所说'究天人之际，通古今之变'。何谓'授业'？就是带领你们做学问、学本事，不要做无用之人。何谓'解惑'？人生下来，原是什么都不懂的，这是什么？那是什么？好比猜谜，解惑就是给你们一一解开谜底。所以韩公曰：'人非生而知之者，孰能无惑？惑而不从师，其为惑也，终不解矣!'……"

老先生洋洋洒洒，滔滔不绝。天可怜见，这两个孩子，一个十岁，一个七岁，如何能听得懂这宏篇大论？且不管懂不懂吧，现在他们所能做到的，也只有立得住，站得稳，就算是罚站吧，也要站到底，只等待阿公发话，就可以出去玩了。这么大的山，这么曲曲折折的路，肯定有许多好玩的地方，未来的日子长着呢，一定要把大山跑遍，好好地玩个够！古往今来，无数的学童都有过"被迫读书"的经历，甚至当他们长大成人之后，对于当年老师的苛责还耿耿于怀。殊不知，正是童年的"苦"读，使他们日后成才，否则，"其为惑也，终不解矣"！此时的吴庆星不会想到，这位阿公今日的"开蒙"，将会影响自己的一生，在以后的岁月里，他的生命、他的事业、他的名字都将和故乡的这片土地、和祖辈传承下来的一缕文脉紧紧地连在一起。

群山环抱之中的山边村，以缓慢的节奏、古板的程式，日复一日。

不过，即便在如此闭塞的环境之中，吴善仰也还是完成了几件大事。

首先，为父亲举行葬礼。

他的父亲吴祥贤已经去世两年了，却一直没有安葬，在祖厝里专辟一室，停放灵柩至今。这正是闽南的"停柩"风俗，亡者去世时，或因为墓地穴位尚未选定，或为了让子孙回来奔丧，以尽孝道，而不急于安葬，"停柩"以待。停的时间并不固定，最短的只有几天，长的可达几年十几年，在特殊情况下甚至有停柩数百年而没有安葬的。吴祥贤的遗体已"停柩"两年，就是为了等他的爱子善仰和孙儿们回来。吴祥贤共有六个儿子：长子善沃，次子善钦，三子善仰，四子共和，五子凤鸣，六子凤生。吴善仰虽然不是长子，却是父亲生前最疼爱的，在兄弟们当中，也最有出息。因此，父亲去世之后，母亲和亲属们都主张一定要等善仰带着孩子们回来，这件大事才算办得圆满。

吴祥贤又名敬贤，取"尊老敬贤"之意也，这也正是他一生的人格写照。他生性耿直豪爽，急公好义，舍己为人，在吴氏宗亲和外姓乡邻中都享有很高威望，是公认的公益事业带头人，连邻里之间的矛盾纠纷，也请他调解。

当时，闽南治安混乱，匪盗横行，欺压乡民，抢掠财物，草菅人命，无法无天。当地乡民筑土楼以藏身，购置枪械弹药以自卫。民国十八年十一月初五，公元 1929 年 12 月 5 日，悍匪高某又一次率重兵包抄山边村，村民们在吴祥贤等人的带领下，不畏强暴，拿起武器，奋勇抵抗，打死匪徒二十多人，匪首高某恼羞成怒，声言要血洗山边村！四百余名村民且战且退，统统撤退到一座土楼中，严防死守。这座土楼地势险要，只有一条通道，还需要攀登二三十级台阶才能近前。匪徒们借助水溪的地势低洼，悄悄靠近土楼，企图发动突然袭击。但村民们早有防备，土楼外墙的枪口严密监视着这条通道，只要匪徒一露头，立即开火，匪徒一时攻不下土楼，双方形成胶着状态。三天三夜在如此煎熬中过去了，土匪仍然没有退兵迹象，而土楼里人口虽多，但能打仗的青壮男丁却很有限，而且武器装备落后，多数是土枪、大刀、长矛，真正能够和土匪对抗的快枪并没有多少，一旦弹药耗尽，土楼将不攻自破，包括老弱妇孺在内的四百余口必死无疑！事关全村人的生死存亡，吴祥贤毅然不顾自身安危，趁着夜色的掩护，遁出土楼，利用沟壑石崖，巧妙地迂回前进，竟然避开匪徒的魔掌，成功逃脱。他要去哪里？早先曾听说国军的黄连长在赤土村驻扎，赤土距山边村不远，他就直奔那里而去。

吴祥贤到了赤土，一打听黄连长，人人皆知。他庆幸自己找对了地方，立即去拜见黄连长。黄连长接见了这位不速之客，听他说了事情的原委，咂了咂嘴说："吴先生，贵乡陷于危难之中，黄某并非不义之人，深表同情！但是，黄某如今已解甲归田，手下并无一兵一卒，实在爱莫能助！"

原来如此！话虽然说得无懈可击，但对吴祥贤来说却毫无用处。他不肯白来一趟，立起身来，深深一揖，诚恳地说："黄连长虽已归隐，但余威尚在，请黄连长召集旧部，击退土匪，解救百姓！"

"此一时，彼一时也，现在，谁还肯听我的？唉！"黄连长叹了口气，寻思片刻，又说，"要不然，你到洪濑去找一找当地驻军林祥渊林营长，他是我的朋友……"

吴祥贤在绝望之际又看到了一线希望，马上说："好！但敌人口说无凭，还请黄连长修书一封，以做晋见之阶！"

"好吧！"黄连长话既已说出来，也只能如此，当即便挥笔写了一张便笺，交与吴祥贤。

吴祥贤拜谢了黄连长，速速赶往南安县洪濑镇，途中经过内栋村，便邀上本族兄弟吴祥酥同往洪濑。

到了洪濑，那里果然有驻军在，营长正是林祥渊。吴祥贤把黄连长的亲笔信呈给站岗的卫兵，请他进去禀报。不一时，卫兵出来了，说营长请他们进去。吴祥贤心里说，这回真的有救了！

两人见到了救星，林祥渊手里拿着那封信，慢条斯理地说："有黄兄这封信，我不能不给你们二位面子，请喝杯茶吧！"

吴祥贤道："多谢林营长！敝乡乡亲们正处于水火之中，我们是来搬救兵的，这茶，就无心喝了，请林营长尽快发兵吧！"

林祥渊却说："现在是什么时候哟，国家危难之际，抗战第一！国军连国门都守不住了，哪还顾得上这几个小小的蟊贼？"

吴祥贤正色道："自古家、国不可分，国军弟兄也都是农家子弟，他们吃粮当兵，职责就在保国卫民，如若视民众之苦难于不顾，那还叫什么国军？与土匪、倭寇何异？"

林祥渊不禁震怒，以手拍案："大胆！你竟敢污蔑国军？"

吴祥贤拉了吴祥酥一把，两人扑通跪倒："草民不敢！草民正是深信国军不同于土匪、倭寇，素闻林营长爱民如子，才前来求援的，林营长绝对不会见死不救！"

有道是"请将不如激将"，吴祥贤不惜男儿千金一跪，以这激将法，把林祥渊激得满腔怒火无处可撒，如若他再不发兵，而将吴氏兄弟治罪，那就真的与土匪、倭寇无异了。

林祥渊左思右想，只有一条路，终于下了决心："好吧!"当即选派了十三名士兵，一人一把驳壳枪，由吴祥贤、吴祥酥兄弟二人带路，直奔山边村而去。

山边村的土楼里，弹药已经耗尽，土匪半天听不到动静，于是从沟渠里一跃而起，呼啸着发起进攻，眼看就要楼破人亡! 就在此千钧一发之际，救兵到了，十三名国军从土匪的身后打响了驳壳枪，对于有经验的悍匪高某来说，只要听到枪声就知道对方使的是什么家伙，回头一看，果然是正规军，土匪武装的乌合之众哪里是他们的对手? 顿时惊得魂飞魄散，于是一声呼哨，众匪徒立即做鸟兽散!

山边村的村民绝处逢生，土楼开门迎客，杀鸡宰羊，犒劳救命恩人，同时，冒死搬兵的吴祥贤也被族人视为英雄。也正是因为吴祥贤疾恶如仇、临危不惧的英雄之举，得罪了黑恶势力，十年之后，被暗枪杀害，令族人扼腕叹息!

这样一位了不起的父亲，足以令吴善仰骄傲。他与众位兄弟在族人的鼎力相助之下，为父亲举行了隆重的葬礼，让他的遗骨入土为安。

吴善仰辗转万里带回来的那两罐黄金派上了大用场，除了用于父亲的葬礼之外，又为家乡购置了一批枪械，以防贼防盗，这是父亲以死换来的对后人的警示。

这时，私塾里的老先生因为年迈体衰，已经不能再教书了，吴善仰为了不让家乡子弟失去受教育的机会，联络了时任晋江县参议员的族叔吴祥珍，带头捐献钱财，并向乡民募集资金，在乌潭溪旁办起了一所锦霞小学，校长由县里委派，教师则由乡民们聘请，薪水是每人每学期大米五至八担。村里有了学校，金良、庆星两兄弟自然也就有地方读书了。

1944年秋，泉州晦明中学为了躲避日机的轰炸骚扰，意欲撤往山区，时任校董、供职于泉州中国银行的吴宗文与霞井吴恭让、吴俊民都是同族宗亲，于是共同筹划，在霞井吴氏宗祠创办一所分校，此时当地已改成锦丰乡，学校便命名为晦明中学锦丰分校。吴善仰极力支持此事，慷慨解囊，捐赠了一批课桌椅和教学用具，使得这所战时的流亡学校得以生存，招收邻近的马甲、河市、罗溪、山顶和仙游县的岭北以及南安县的潘厝、仁宅、四都一带的新生入学。这所学校连续开办五个学期，在校生达一百四十九人，直至抗战胜利后，于1946年秋并入泉州市区的晦明中学总校。这批学生，大都出身贫寒，发奋读书，成绩优秀，初中毕业后，除部分继续升学或外出谋生，有五十一人返回农村担任小学教师，成为当地发展农村教育的一支新生力量，其中还有相当一部分投入革命队伍，直接参与解放泉州地区的战斗。当然，这一切都是后话了。若干年后，当晦明分校已成为遥远的历史，曾执教和就读于晦明中学锦丰分校的师生重返故地，仍然念念不忘先贤们的无上功德。

大山外边的世界，在剧烈的动荡中迅速改变着面貌。在各国人民反法西斯力量的共同打击下，1943年6月，意大利宣布投降。1943年10月，中、美、印等国军队在缅甸战场开始反攻，1945年5月1日，缅甸国民军解放仰光，日本在缅甸的统治迅速崩溃。同年5月，德国宣布投降。日本完全陷于孤立。6月，美军占领冲绳，进逼日本本土。8月6日和9日，美国分别在广岛、长崎投下原子弹。8月8日，苏联对日宣战，中国国军和八路军、新四军向日军发动全面反攻。8月14日，日本宣布无条件投降，9月2日，日本正式签署投降书，这场涉及六十多个国家二十亿人口的世界大战终于宣告结束。全中国、全世界的人民都在欢庆反法西斯战争的伟大胜利，锦丰乡、山边村再闭塞、再迟钝，也不能不被震动、被惊醒，只是消息传来得晚了一些，大有"山中方七日，世上已千年"之感。

其实，不仅是锦丰乡、山边村，整个泉州地区以至福建全省，也一直没有处于抗日战争的主要战场。由于太平洋战争的爆发，日寇将战线南移，入侵东南亚，已无力侵占福建腹地，只能重点控制东南海域和沿海岛屿，以小股部队进行陆上骚扰和空袭，未曾发生大规模的战役和战斗，当地人根本无法想象血战台儿庄的血流成河和南京大屠杀的尸骸成山。时隔多年，他们在回忆"八年抗战"时，还常常说起一件往事：1944年10月28日，日军的一架战斗机因气候恶劣迷航而坠落在惠安城郊大红埔，立即成了爆炸性新闻，当地驻军以为是日军的空降部队来临，紧急将飞机包围，却久久不见动静。敌人的葫芦里卖的是什么药？不知道。官兵们面面相觑，却不敢贸然上前。幸亏有一名大胆的警察挺身而出，誓与机上倭寇一决胜负。比起怯懦的国军，这确是难得的英雄行为。为表达"壮士一去兮不复还"的决心，警官脱光膀子，喝了壮行酒，双手握双枪，雄赳赳攀上敌机。机下围观的官兵心提到喉咙口，料定战斗即将打响。谁知那人上去一看，敌机上只有飞行员一人，而且已经因坠机重伤而亡！这么一次有惊无险的经历，在闽南人的记忆中，已经算得上一件"大事"了。

当1946年到来的时候，归侨吴善仰和他的妻子儿女已经在故土蛰伏了四个年头，走南闯北的闽南汉子，血脉又开始涌动，想象着那远在天边的另一个家，缅甸小镇奥甘现在的情景如何？应该也是风消云散、雨过天晴了吧？那里，有他的店铺，有他半途抛下的生意，有他多年来往的商业伙伴，有他熟悉的左邻右舍，是不是该回去看看呢？

1946年11月，吴善仰带着妻子儿女重返南洋，再一次故土难离。回来时的情景恍如昨日，不知不觉，四年过去了，又要走了。青山不老，人事沧桑，这四年当中，家里发生了很大变化，经历了大喜大悲，生离死别。可悲者，在举家为祥贤老人治丧期间，四女幼治患急症夭折，一个未成年的女孩儿，突然在人间消失了。可喜者，吴善仰夫妇在老家生下了四子金钟和五子庆元，吴氏家族添人进口。长女秀治已经成年，于1944年嫁到离山边村不远的河市陈家，"女大当嫁"，也了却了父母的一桩心愿。

随父母返回缅甸的五兄妹是：长子金良、次子庆星、三女玉华、四子金钟、五子庆元。已经出嫁的长女秀治就此留在了故乡，也只有她，还有机会去坟上看望长眠在此的阿公和妹妹。

四年前，吴庆星跟着父母来到故乡山边村，是被动的；四年后，他又跟着父母离开这里，也是被动的。一个小孩子，往来去留，自己都做不得主。四年来，故乡的水土滋养着他，如同一棵小树，不知不觉长高了一截。当这棵小树又要被移植他乡，已经对脚下的泥土恋恋不舍了。大山、小溪、祖厝、祖庙、祠堂，还有他读书的锦霞小学……这里留着他太多的记忆。

别了，"相见时难别亦难"的这片祖山热土！请记住，你的儿孙还会回来的！

1950年，吴庆星考入仰光南洋中学，就此离开小镇奥甘，到仰光住校了。南洋中学是缅甸华侨进步组织创办的学校，与新中国同步诞生和成长，招收了大量的华侨子弟，教他们学习祖国的历史和文化，每逢中国国庆，都要举行庆祝活动，在吴庆星幼小的心灵里，深深地播下爱国主义的种子。在这所学校里，他和粟秀玉老师以及陈怡祥、苏天宝、陈启家等同学结下了深厚的友谊。

1955年，吴庆星从南洋中学毕业。生性喜爱体育的他，和老同学陈启家等人致力体育事业，成为黑猫体育会的主力、缅甸体育界颇有影响的人物。恰在此时，中国国家体委在京筹办全国篮球教练培训班，特别聘请苏联专家授课。当时，新中国面临着西方资本主义国家的层层封锁，强大的苏联是最可依靠的国际支持力量和外交通道，能够当面接受苏联专家的教诲，那真是莫大的荣耀。吴庆星和陈启家听到这个信息，极其羡慕，却又不知道自己身为海外华侨，是否能够回国参加培训。中国驻缅甸大使馆给予了他们大力支持，向北京积极推荐，很快获得批准，并且被告知：在京培训期间的生活费用由中央侨委负责提供，这简直太好了！

1956年初，吴庆星和陈启家启程北上。为了让好友分享这一喜悦，陈启家给当年南洋中学的老同学陈怡祥写了封信，告诉他：我和庆星都到北京去了，你有机会和我们见一面吗？

陈怡祥祖籍福建厦门，1933年生于缅甸，1949年进仰光南洋中学半工半读，先后担任学生会主席、缅华学联副主席。1952年6月，他受新中国召唤，乘轮船回国，从此走上了与吴庆星、陈启家完全不同的道路，先是在广州南方大学侨青班学习，而后又下乡参加土改复查，1953年到武汉学习，由中学而大学，接受正规的教育。收到陈启家的这封信时，他正在武汉上学。没有侨居海外经历的人很难体会他们之间的这种感情，情同手足的好朋友分别已久，巴不得马上相见。但他现在还是学生，不能说走就走，必须等到这一学期结束，学校放了寒假，才能自由行动。

好容易等到这一天，他踏上火车，直奔北京。

老同学终于见面了，而且是在新中国的首都北京，简直像做梦一样幸福。为了充分满足团聚的愿望，也为了节省生活开支，吴庆星和陈启家干脆请陈怡祥住进了他们在先农坛体育馆的招待所，同吃同住，白天他们去参加培训，喜爱体育的陈怡祥也跟着旁听苏联专家讲课，晚上三个人一起聊天儿，好不快活。这个寒假，是陈怡祥过得最愉快、最有价值、最值得回忆的一个寒假，唯一遗憾的是，毛泽东主席和周恩来总理接见苏联专家和全国篮球教练培训班全体学员的时候，他没能够参加，因为他毕竟不是培训班的成员！

1957年初，吴庆星珍重地带好全国篮球教练培训班结业证书和毛主席、周总理接见他们的合影，离京南归。启程时，他的心中泛起一种莫名的惆怅，仿佛离家远行般的留恋不舍。短短的一年时间，他已经和北京产生了感情，在他的心中，北京不再只是宣传画上红光灿烂的天安门，而是一个具体的家，一个庞大而又亲切的家，一年来，他吃了这个家的饭，喝了这个家的水，享受了作为儿子的种种温暖和关爱，这就是深重的国恩！世上还有什么比国恩更深更重呢？

在踏出国门之前，他经由厦门，到了泉州北郊的山边村，看望自己的故乡——现在，这片土地已经真正成为他心中的故乡了。这些年来，故乡的行政隶属关系变来变去，曾经称马甲区新洋乡，也曾经称河市区梅山乡，但那个小小的村子的名称却一直没有变，它永远是山边村。

十一年前，吴庆星离开山边村返回缅甸时，还是一个十一岁的孩子，此番归来，他二十二岁了，已经成长为一个高大英武的青年，不要说老人们认不出来，即便是当年和他一起下乌潭溪捉鱼摸虾的小伙伴，如今也难以分辨谁是谁了。岁月如流水，但吴庆星深深贮藏在心中的那份故土之情，却并没有被流水冲淡，从祖厝到康济祖庙，到祠堂，到乌潭溪那一湾清清的流水，他都一一跑遍，送上一份真诚的问候，也借此寻找自己童年的痕迹。

乌潭溪很浅，所以既没有桥，也无须渡船，只要踏着那一排棋子般的石块就可以轻松过溪，这是他当年常走的路，如今重踏故迹，好似回到童年，那颗心都激动得颤抖了。

乌潭溪旁的那所老房子，就是当年由父亲牵头建起来的锦霞小学，吴庆星曾经在这里读了四年书，最初的国文、算术知识，就是在这里打下的基础。现在，老房子更破旧了，学校还在，但是已经改了名，叫溪底小学了，倒也贴切。这是一所初级小学，只有一到四年级，学生念完初小，就得跑几里路到新洋小学去念完小了。

吴庆星走进溪底小学，正是课间休息时间，一位老师正站在教室前，跟几名学生在说着什么，见有生人来，便住了嘴，大家一起转脸望着他，那位老师问："同志，你找谁?"

新社会了嘛，人们打招呼，时兴叫"同志"，吴庆星在北京学习一年，已经习惯了。

"老师，我……"吴庆星一时不知道该怎么说，他不是来找人的，这里的人他其实也不认识，想了想，说，"我叫吴庆星，过去在这里读过书，这次从缅甸回来，正好也看一看母校。"

这么一说，倒引起了在场的师生的好奇，眼睛都盯着他看，从国外回来的人嘛，总比当地人稀奇。

吴庆星被看得不好意思了，忙说："对不起，打扰了，你们是不是该上课了?"

"哦，"那位老师应了一声，立即抬头看了看太阳，说，"差不多了，该上课了!"

吴庆星心里一动。怎么? 这位老师没有手表? 学校里甚至连一座挂钟也没有，全凭看太阳的位置判断上下课的时间! 难以想象，故乡的乡亲们，包括传播科学文化知识的学校，至今都还停留在"日出而作，日入而息"的原始农耕时代，不知道遇有阴天下雨看不见太阳的时候怎么办?

老师和同学们转身要去上课了，吴庆星急忙叫道："老师，等一等!"

那位老师不知道他还有什么事，站住了脚。

吴庆星解下自己腕子上的手表，递了过去："这块表，请留下吧！"

那位老师愣愣地望着他："这……这怎么可以呢？我不能要！"

"这不是给你个人的，"吴庆星说，"我把它送给学校，以后上下课，就有准确的时间了。"

那位老师其实也是个年轻人，比吴庆星大不了多少，但只要他站在教书育人的岗位上，就应该受到尊重，吴庆星心甘情愿地称他为"老师"。当年，祠堂里的老先生为他开蒙的第一课讲的就是《师说》："古之学者必有师。师者，所以传道、授业、解惑也。"现在，家乡子弟们"解惑"的使命，就寄托在面前的这位靠观察日影上课下课的乡村教师的身上，吴庆星不应该助他一臂之力吗？

"收下吧，老师！"他固执地把手表递到对方面前，表示这不能拒绝。

对方不再拒绝，郑重地伸出双手，接过了这块正"咔咔"地跳动着秒针的手表，朝着吴庆星深深地鞠了个躬："同志，谢谢你！"

"不要谢我，"吴庆星说，"我还要谢谢你呢，为了家乡的这些孩子，你辛苦了！我这次回来，是从北京学习结束之后，路过家乡，事先也没有准备，不能给你们更多的帮助，很不好意思。但愿以后还会有机会，我再回来看你们，争取能为你们做些什么。"

他走了，身后那位乡村教师和一群农家子弟无言地目送他远去，似乎在送走一位亲人，并且等待着他下一次归来。

第三章

南国红豆

1957年秋，仰光。

中华中学的操场上，一场比赛正在进行。这是校女子篮球队在进行训练，队员都是十五六岁的小姑娘，好似一群快脚鹿在奔跑嬉戏，左冲右突，你争我夺，球在她们的头顶飘来飘去。不过，比赛终归是比赛，红蓝两队要争个胜负，现在场上的比分是59：61，距离比赛结束还有三十二秒，红队领先两分，并且掌控球权，正在组织进攻，而蓝队也在全力严防，期待着守住这一回合后，把握转机，一举绝杀。球场上的状况瞬息万变，在哨响之前，一切都无定论。本来只是一场队内训练赛，对手也是朝夕相处的同学、队友，但由于这场比赛还有一个特殊的含义：从校外聘来的新教练在一旁观战，无疑这也是这位"教头"拜帅后点将的凭据，于是赛场上气氛严肃而紧张，丝毫没有走走过场或点到为止的意思，全场的比分咬得很死，一直厮杀到最后这半分钟，尚不知鹿死谁手。

教练吴庆星站在场外，目光随着那只球跳跃。红队发球后，由控球后卫5号运过半场，组织阵地进攻。虽然十分疲惫了，但是她的气息很平稳，这是控球后卫的天赋，因为她是球场上的指挥官，她不能紧张，无论情况多么紧急，她也必须坚如磐石地稳住全队的节奏。现在最后这次进攻，她的任务很简单，只需要尽量地拖延进攻时间，在三十秒违例之前投出即可。无论中否，都是锁定胜利的战术，进了，领先四分；没进，时间被耗完，对方只剩下两秒来反击，这是不可能完成的。想到这里，她似乎又放松了一些，放眼球场，蓝队现在是全场人盯人防守，对方也意识到没有时间了，在做最后一搏。此刻控球的 5 号成了对方的标靶，她连续几个变向运球都没能甩开对手，旁边观战的同学们喊道："传啊！""传啊！"但她迟迟没有，仍在一边背身单打，试图尽量地靠近篮下，一边提防其他对手的协防。"还没到时候……"她心里默想着，此刻她的目的不仅仅是消极地守住这一球，而是要积极地创造最后一次进攻，贸然盲目地传出，等于是把危险的任务交给其他队友，球场如战场，她此刻在耐心地等待着时机，她一个转身落位，用肩膀给自己挤出了一个空间，篮筐就在前面，她举起球，准备起跳，果然，对方的中锋按捺不住了，移出禁区来包夹封盖她。"就是现在！"她在起跳的空中变换手形，一个击地传球，穿过了迎面而来的对方中锋的胯下，精准地传到了无人防守的红队 6 号队友的手里，6 号上篮！

发现中计的蓝队中锋急忙转身，起跳封盖已经来不及了，她只能犯规了，她的双手推了上去！

"嘟！"裁判的哨声响起，并在胸前做了双手立掌前推的动作，"蓝队 4 号，推人犯规！"

红队 6 号中锋走上罚球线，进行两次罚球。而此刻的 5 号却眉头紧锁，这次对手的犯规完全打乱了自己的战术，定点罚球不是内线球员的长项，6 号有可能两罚不进，那么发球权就回到了对方手里，而现在的时间还有十八秒，完全够进行一次进攻，比赛的主动权就掌握在对手的手里了，怎么办？

　　果然，一切都是按照最糟的设想进行，已经打满全场体力透支的红队6号，错失了两次罚球的机会，下面蓝队发球。这次蓝队的士气仿佛被整体激发了，她们组织了一次快攻，即使红队铁壁般的防守也无法阻拦蓝队反败为胜的欲望，在这种求胜欲下，对方的分卫中投命中，61平！还剩四秒！

　　四秒，转瞬即逝的时间，但要取得最后的胜利，就必须抓住这转瞬即逝的机会。场边观战的吴庆星，嘴角轻轻扬了一下。有意思！这种胶着黏滞的比赛是最能考验球员意识的，看了一场比赛，大概知道了这群小丫头的身手，下面就要看看她们的头脑了。

　　本来，这场队内比赛，并没有组织观众，只是几个没上场的队友和几位体育老师观战，可是随着战局的紧张火爆，不知不觉围观者越来越多。有道是，一场球赛的悬念胜过任何一场电影，因为它没有剧本，全靠临场发挥，随机应变，不看到终场，谁也猜不到结局，都要看个究竟。

　　红队5号半场接球。现在是最后一次进攻机会，如果进了，就可以庆祝胜利，不然，就要等待加时赛再来决胜负了。蓝队依然是人盯人，对手在逼近！没时间考虑了！此刻，5号脑海一片空白，她完全不知道该怎么办，只能下意识地往前突破，如同上一次进攻一样，她强下内线，挤开防守队员，面对篮筐，准备起跳……

　　蓝队的中锋又一次在同样的位置看到了5号，她犹豫了一下，这次又是假动作？或者这次是假传真投？她不想像上次一样被假动作晃得起跳，丢失了自己的防守对象。而就是这犹豫的一瞬间，就足够了，红队5号起跳，篮球在空中划了一个美妙的弧线，所有人的呼吸都停住了，抬头注视着篮筐，球在篮筐上颠了两下，最后似乎极不情愿地滑了进去。

"嘟!"哨声响起，63∶61，红队胜！

哨音响后，场外一片欢呼。而队员们一个个几乎是跌坐在了操场上，旁边的队友递上水壶和毛巾，稍事休整后，集合列队，等待着教练的点评。

吴庆星向前走了两步，说："同学们辛苦了，感谢你们给我欣赏了一场很精彩的比赛。你们都很累了，客套话就不讲了，我只是简单地讲几句观战的感受。

"第一，体能是练出来的！不要小看体能，今天两个半场就把你们榨干了，那以后要是打加时呢？两个加时呢？对手比你们更高更壮呢？所以，没有体能，一切都是空谈！

"第二，意识是天生的。让我高兴的是，你们的意识都很好，互相地掩护和配合，在你们这个年纪来说，已经不容易了，说明你们的基本功很扎实。下面的任务就是要灵活运用。5号，你刚才最后那个球处理得就很好嘛，用同样的进攻方式，要的就是让对方防守队员看不透你的意图，很好，兵不厌诈！"

5号得到表扬，让她有些不好意思，"报告教练，我其实……我其实没想什么，我什么都没想，头脑一下子空了，就把球投篮了。"

5号的话，让大家都忍不住想笑一下，但是球员没敢笑，强自忍住，反倒是吴庆星笑了："好啊，脑子一空就投了。难怪啊，连你都不知道自己要干什么，对手怎么知道？"

教练的这句话把大家都逗笑了，连刚才羞涩的5号也笑了。而吴教练却又认真起来，"刚才在你都没意识的情况下所做出的选择，就是你的意识，很好。"

"可是，"5号红着脸说，"可是我刚才那个投得不好，颠了半天才进的。"

"空心入篮是两分，转了两圈再进也是两分嘛！进了就是好球，你还要怎么样？当然，话又说回来，技术没有止境，还是要一直练下去的。不过我高兴的是，在你身上我看到了难得的篮球意识。技术是可以练的，而意识这东西要靠天赋。人们常说，某某人真是一块好材料；或者说，某某人不是干这行的材料。这就是讲的天赋意识，经商要有商业意识，搞体育要有体育意识，打篮球要有篮球意识。5 号就具有这样的意识，好好训练，你会成为一个优秀运动员！好，解散！"

本来只说是讲两句，结果说了这么一大套，而且重点都在 5 号身上，这让 5 号很不好意思。听到教练说出"解散"二字，便快步出列，迫不及待地逃离这个尴尬之地。一哄而散的姑娘们却朝她围上去，七嘴八舌地拿她打趣，说教练表扬了她，要她请客。那味道，像是羡慕，又像是嫉妒。

吴庆星转过身，慢慢地走去，心里还在回想着刚才的那场非正式比赛，这是教练的职业习惯。

这时，忽听得身后有人叫他："庆星！"

回头一看，是当年他在南洋中学读书时的同学苏天宝，现在在中华中学教语文。

"庆星，欢迎你到'中华'来指导！"苏天宝说，"怎么样？这些孩子们还可以吧？"

"不错，还真有些意思，"吴庆星说，"尤其是那个 5 号。哎，天宝，你认识她吗？"

"当然认识，我是她的班主任。"

"她叫什么名字？"

"林淑蕙。"

"哪里人?"

"中国福建惠安……"

"哦,我知道那个地方,"吴庆星脱口道,"听说,那里的男人都游手好闲,女人出外种田、做事,'惠安女'是很勤劳的。"

"哦,她在惠安没有待多久,很小的时候,好像还不到一岁就随父母来到缅甸。她父亲并不是人们印象中的惠安男人,很能干啊!"

"她父亲是……"

"林美点先生,我认识的,家就在仰光……"

"他是做什么的?"

"和别人合伙开一家公司,做粮谷贸易,在业界也颇有些名气,你不知道他?"

"我……"吴庆星为自己的孤陋寡闻感到不好意思,"我父亲也是做粮谷生意,不过,奥甘是个小地方,接触的人终归有限。今后……"他本想说,今后也许在生意上会和林先生打交道,要仰仗前辈的提携……可是这些并不是他和苏天宝之间的话题,便咽住了后半句,问,"林先生只有这么一个女儿吗?"

"不,"苏天宝说,"他家里孩子很多,兄弟姐妹十个人,阿蕙是女孩子当中的老四。哎,你一个体育教练,问这些做什么?"

"啊,随便问问。"吴庆星自己也觉得有些唐突,连忙找借口说,"既然贵校委托我管这支球队,对于队员的情况,还是要知道一些的,这对以后的训练有好处。"

"这倒也是。"苏天宝说,"阿蕙不但是女篮的主力,各项运动都很全面,在我们学校的运动会上,曾经夺得跳远、跨栏、短跑三项冠军。现在正在准备迎接全缅运动会,争取好成绩。庆星,你要多加指导啊,我作为她的班主任,拜托了!"

他所说的全缅运动会，是缅甸一年一度的全国体育运动会，由华体总会挑选出来的各中学的体育尖子，集中起来，强化训练，届时将在全缅甸运动会上和缅甸国家队一起比赛，这是体育界的一件大事。

"当然，职责所在嘛，我会尽力的!"吴庆星答道，这句话没有丝毫客套成分。

返回住处的路上，他的脑际仍然时时闪现着那个"女篮5号"……前不久，一部中国影片《女篮5号》风靡缅甸，给人们留下深刻的印象，而现在，一个活生生的"女篮5号"突然出现在眼前，挺秀健美的身材，白皙的肤色，一双黑亮的眼睛，天真、纯净得有些傻气，也许正是因为那点傻气吧，令吴庆星过目不忘，挥之不去。连他自己都觉得奇怪，我这是怎么了?

人生没有事先设定的蓝图，彼此无涉的人与人，在各自的轨道上日复一日地前行，也许终生无涉;说不定在哪一个交叉点上，人和人相遇了，就此改变了双方的人生。所不同的是，这种改变，有的主动，有的被动;有的迅速，有的缓慢。十几天后，林淑蕙像往常一样走在校园里，迎面碰见了打球时候认识的南洋中学的女生吴玉华，老远就跟她打招呼，笑嘻嘻地跑过来。

"玉华，你怎么来了?"林淑蕙问，"是不是有什么事情?"

"没有啊，"吴玉华挽着她的手臂说，"就是来找你玩玩!"

这使林淑蕙"受宠若惊"，因为她们其实并不太熟悉，平时也不经常见面。

可是，今天吴玉华却对她表示出超过以往的热情，也不知为了什么。

"阿蕙，听说，最近你的球艺进步很大啊!"

"什么'进步很大'?"林淑蕙并不在乎这种客套式的恭维,"你听谁说的?"

"你们球队新来的教练,他是我哥哥。"

"哦?"林淑蕙似乎有些略感惊喜的意外。

"哎,"吴玉华问,"你觉得这个新教练怎么样?"

"哦……"林淑蕙没有心理准备,一时不知如何评价,只是随口说,"挺好的。"

"当然是挺好的了,"吴玉华面露骄傲的神色,"我哥哥是从中国留学回来的,在北京受过正规的训练,苏联专家的弟子哎,这样的资历,在缅甸没有几个!"

"是啊,我们班主任苏老师也这么说。"

"你们球队好福气噢!"

"当然,我一定好好练球,"林淑蕙说,"也希望吴教练看在你的面子上,多多关照,要是球没有打好,批评起来不要太凶噢!"

"放心吧,没问题!"吴玉华满口答应。

十六岁的林淑蕙根本想不到,这番好似纯属路遇的闲谈,其实并非出于偶然。自从新教练进校,她的影像、她的神情、她的一举一动,都已经印在了那个男人的心上,那个人为她心烦意乱,为她失眠,并且,这种情绪已经化为能量,通过尽可能利用的媒介,向目的地传递。她只知道,吴教练这个人对工作特别认真,对球员要求得特别严格,那种魔鬼式训练简直像酷刑,要把人的体能和耐力榨尽,同学们怕他、恨他,而阿蕙不恨,她懂得吴教练的用心,这就是要她们真正建立"体育意识"。她觉得,这些日子在吴教练的指引下,自己的球艺的确大有长进。而且,她从"篮球意识"扩展到"跳远意识""跨栏意识",好像掌握了一个法宝,就一通百通了。说不定,在吴教练的教导和培养下,阿蕙真的能成为一名卓有成就、风光无限的运动员，将来也有机会走向中国，走向世界呢！

全缅运动会开幕了。经过华体总会的选拔，林淑蕙参赛跨栏和跳远两项。在刚刚举行的女子一百米跨栏比赛中，她获得了第二名，虽然没有夺冠，但也已经算是好成绩了，这可是全国运动会啊！

跳远决赛就要开始。通过初赛，她一路过关斩将，顺利进入决赛行列，自己觉得尚有余力，雄心勃勃地要夺他一个全国冠军。

上场之前，吴教练问她："阿蕙，紧张吗？"

"报告教练，不紧张。"她神色严肃地说。

"不，看你这个样子，并不轻松，"吴庆星笑笑，"还是有些紧张吧？"

"是，多少有些紧张……"

"临阵慌张失措，是比赛的大忌。"吴庆星说，"要记住，永远要把训练当成比赛，把比赛当成训练。比如军人，平时练武要当成真仗来打，拼死也要争个胜负；真正打起仗来，只当是平时练武，不要怕，不要紧张。平静、从容，是临战前最好的状态。明白吗？"

"报告教练，明白了。"

"一口一个'报告教练'，情绪不要绷得这么紧嘛！"吴庆星说着，抬起右手，"拿着，这是给你的！"

林淑蕙这才注意到，吴教练手里拿着一顶草帽。

"教练，这……"她不明白了。

"天气热嘛，赛场上太晒了，戴上它遮遮阳！"

林淑蕙心里一阵感动，教练对队员好关心噢。伸手正要去接那顶草帽，而当目光落在草帽上，却发现那并不是教练自己的草帽，而是一顶崭新的女式草帽，显然不是临时借给她戴戴，而是特地买来送给她的。学校里有那么多女运动员，教练为什么只给她一个人送草帽？她又怎么能接受呢?

"教练,我不要。"伸出去的手又缩回去了,心里慌慌的。

"阿蕙,我没有别的意思,"吴庆星手里拿着草帽,进也不是,退也不是,讪讪地说,"我只是怕你太热……"

"我不热……"林淑蕙说着,转过身去,"谢谢教练,我该上场了。"

"比赛完了来找我啊!"吴庆星朝她的背影喊道。

她没有答应,也许是赛场太吵,没听见;也许是听见了,而不好回答。

决赛正式开始,她像小鹿似的一跃而起,冲向沙坑!场外黑压压的观众,都不在她的视线之内,心里只想着教练说的话:不要紧张,平静、从容,是临战前最好的状态……这么一想,突然莫名其妙地看见了那顶草帽,在眼前晃动。糟糕,现在还管什么草帽?最重要的是平静、从容,可是,她平静得了吗?从容得了吗?

起跳!她不知道自己是怎么跳起来,又是怎么落地的,只觉得用尽了最大的力气,终于甩开了那顶遮挡视线的草帽,双脚插进了沙坑。测量距离,计算成绩,这都是别人的事了,当比赛结果揭晓的时候,她才得知,同场竞技的选手,有两位领先于她,她只能屈居第三!

激烈的争夺战戛然而止。当林淑蕙站在领奖台上,接受季军的铜牌时,多少人以羡慕的目光注视着她,为她鼓掌,为她喝彩,而她自己的内心深处却隐藏着难以言说的懊恼:唉,如果不是因为那顶草帽,我会发挥得更好!

比赛结束,林淑蕙没有按教练的要求去找他。她不知道教练要跟她说什么,如果还是坚持要送给她那顶草帽,她不知道自己该怎么办。

几天后,班主任苏天宝递给她一封信:"阿蕙,你的信。"

她看了看,信封上写着"烦请转交林淑蕙小姐",却没有发信人的署名。

"老师，这是谁给我的？"她问。

"一个朋友，"苏天宝却不肯说，只是神秘地一笑，"打开看看就知道了。"

苏老师走了，林淑蕙莫名其妙地打开信封，奇怪的是，里面并没有信，而只有一张照片，是教练吴庆星的。她不禁一愣。如果是在吴教练刚刚到来的时候，她得到这张照片会喜不自胜，因为吴教练是她们的偶像，他的照片和电影明星照一样珍贵。可是，现在不同了，有了上次拒收草帽的经历，他托人送来这张照片，又是什么意思呢？

猜不透。照片在林淑蕙手里翻来覆去——这一翻，有了新发现，原来在照片的背面写着字呢：

阿蕙：

　　祝贺你在全缅运动会上取得的好成绩。当你看到这几行字的时候，我已经在飞往香港的飞机上。为了帮助父亲打理生意上的一些事情，我最多在香港待上一个星期，事情一办完就回来。回来见！

　　　　　　　　　　　　　　　　　　　　　　　　吴庆星

还是猜不透。这封信把他的去向、事由和期限都写清楚了，可还是让人看不明白：你去哪里、干什么、待多久，这都是你自己的事，为什么要告诉我呢？我并没有问过你，也不需要知道这些，跟我说这些干什么？还有，托人送来这张照片也让人不可理解。我没有向你要过照片，你作为一位教练，主动向队员赠送照片，是不是有些自降身份？而且，我们见面的机会有的是，要送照片，什么时候不可以送？为什么单单挑选你去香港的时候？

怀着重重疑虑，林淑蕙把这张照片悄悄地收藏起来，不让任何人看见。至于替吴庆星传信的苏老师有没有见到这张照片，知不知道信的内容，那就不得而知了。她当然不敢去问苏老师，也不向任何一个同学说起，周末回家，对父母更是只字不提。父亲的工作那么忙，母亲要操持繁杂的家务，这十个子女的庞大家庭，她怎么顾得上过问每个孩子的所有生活细节？

一周之后，吴庆星回来了，女子篮球队接到通知，下午到黑猫体育场练球。

女孩子们到场的时候，教练已经在等着她们。吴庆星一改平日的作风，身上穿的不再是运动衣，而是一身挺括的西装，打着精致的领带，头发光洁滑润，皮鞋擦得锃亮，胁下还夹着一只皮包。这副架势，不像自己球队的教练，倒有些像莅临视察的长官了。这当然是他有意为之，装扮自己，不是为了自我欣赏，而是给别人看的。多日不见，他想给人耳目一新的感觉，尤其是他特别在意的人。

列队，点名，训话，这些例行程序，他都比平时更加用心，利用所有的细节来塑造自己的形象，甚至刻意地改变过去的疾言厉色，讲话温和多了，而且还不时夹杂一点儿故意制造的幽默。他希望，这些能引起某个人的注意。

结果并不如愿。他观察着那个林淑蕙，依旧是那么平静，对他的这一切变化都视而不见，似乎并没有小别重逢的新奇感和亲切感。这几天，吴庆星远赴香港，心里惦记着林淑蕙，一日不见如隔三秋，而人家却不是这样，吴庆星在不在仰光对她毫无影响，一切照旧，也不知道请苏天宝转去的那封信她收到没有。

今天的训练打得乱七八糟。进攻和防守的关系始终弄不好，队员之间的互动也不协调，甚至还摆了个把球投给对方的大乌龙。吴庆星一腔无名火正没处发泄，趁机抓住这个乌龙球员，狠狠地训了一通，宣布解散。

球员们沉着脸，三三两两地散去。林淑蕙走得比平常还要快些，她担心落在后面，万一教练再跟她说话，不好应付。

怕什么，偏偏就有什么。

"阿蕙!"吴庆星在叫她。

"教练，你叫我?"她只好站住了，回过头来。

"等一等!"吴庆星向她招招手。

林淑蕙无奈，很不情愿地再折身往回走。而吴庆星却等不及了，朝她走过去，三步两步就来到她面前。他大概没有想到，作为教练，这样太主动了。

林淑蕙垂着眼睑，连看也不看他，等着他说话，心想，无非是再一次问她为什么不要那顶草帽。

吴庆星却只字没有再提草帽的事。

"我从香港回来，顺便买了一样东西，"吴庆星打开随身携带的皮包，从里面拿出一只包装精致的长方形礼盒，"嗯，打开看看!"

林淑蕙却没有接。既然上次可以不要他的草帽，那么，现在无论他送什么都可以拒绝了。吴庆星只好自己动手打开盒子，再撕开一层一层的包装纸，最后取出一把长约二十公分的雨伞。

"这么小的雨伞?"林淑蕙忍不住笑了，"是儿童玩具吧? 我这么大的人，已经用不着了!"

"这是折叠伞，可以再打开。"

吴庆星说着，按动伞柄上的一个按钮，"啪!"那伞像一朵花似的绽开了，顿时扩大了一倍，淡紫色的薄纱像花瓣一样娇艳，散发着若有若无的清香。

这是在 20 世纪 50 年代，折叠伞这种小玩意儿还是很新奇的，对于像林淑蕙这样童心未泯的花季少女，不可能没有诱惑力。

"太漂亮了！"林淑蕙不由得赞叹。

"这是我特地给你买的。"吴庆星在最恰当的时机表达了心意。

"哦……"林淑蕙突然想起了那顶草帽，伸出去的手像被烫了一下，又缩了回来，"哦，我不要……"

"不要？"吴庆星固执地望着她，"为什么不要？嫌它不好吗？"

"不是，挺好的。"林淑蕙不会撒谎。

"那就拿去好了！"吴庆星以教练的语气命令道。

林淑蕙迟疑地望着那把雨伞。作为一名球员，她没有胆量得罪教练，上次拒绝人家的草帽就已经让她后怕了，这次如果还是拒绝，是不是太不给人家面子了？更何况，那把雨伞确实太可爱了，现在仰光的市面上还见不到这种款式，她就这么放弃了，岂不可惜？

吴庆星看在眼里，知道现在该给她一个台阶了，指指空中，说："天气预报说，今天有雨，这把伞正好用上！"

林淑蕙抬头看看天上，明朗的天空，也看不出哪块云彩有雨，但天气预报是不可不信的，记得语文课上学过一个词"未雨绸缪"，就是这个意思嘛，她不再推辞，伸手接过了那把雨伞。

吴庆星脸上漾起了笑容。功夫下到这个份儿上，总算有了进展。

林淑蕙拿着这把雨伞回到学校。这天下午，根本没有下雨。

又是周末，林淑蕙回家和父母团聚，像是不经意地带上了这把雨伞。缅甸多雨，出门随身带着雨具是再正常不过的，不会引起特别的注意。但是，如果真的被人视而不见，她会不会觉得失望呢？

果然，她没有逃过妈妈的眼睛："阿蕙，什么时候新买了一把雨伞啊？"

"噢，不是买的，"林淑蕙如实回答，她不想骗妈妈，也编造不出什么另外的说法糊弄妈妈，"一个朋友送的。"

"朋友？"妈妈对此很敏感，"什么朋友啊？是不是那个吴庆星？"

林淑蕙几乎跳了起来，妈妈实在太神奇了，猜得这么准！

"妈，你怎么知道是他？"

"果然是他！"妈妈一出手就取得了战果，于是乘胜前进，继续追问，"告诉我，这是个什么人？怎么认识的？"

"他是我们球队的教练，就是……就是这么认识的，想不认识他都难。"

"你和他之间，有什么特别的地方吗？"

"没有啊，和大家一样，球打得好了，听他表扬；打得不好，被他骂得要死。"

"恐怕不光是这些吧？"妈妈显然并不全信，进一步敲打她，"他凭什么送雨伞给你啊？你和他是不是在谈恋爱？小小的年纪，心思用在什么地方了？"

"什么？"林淑蕙的脸腾地红了。在她这个年龄，"恋爱"这个词还带有"少儿不宜"的意味，连她和女同学之间都不好意思谈论，何况面对自己的妈妈。现在，妈妈毫不隐讳地直接向她发问，使她猝不及防地处于受审的地位，就像自己犯了什么罪过，好生害怕。但又想想，我做了什么了？怕什么！"妈，你怎么这么不相信自己的女儿？我现在刚刚上初中二年级，怎么可能去谈什么'恋爱'呢？"

"那，他为什么说你是他的女朋友？"妈妈问。

"他说的？"林淑蕙一愣，事情越来越蹊跷了，吴庆星竟然说了这样的话，"他跟谁说的？"

"跟你姑妈说的！"妈妈言之有据，这表明，今天的谈话绝对不是随意闲聊，而是有所准备的。

"姑妈？"这又让林淑蕙吃了一惊，"姑妈不是在香港吗？"

"他不是刚刚到香港去过吗？"妈妈对答如流，"你姑妈来信了，说有个叫吴庆星的青年人去看望她，当面对她说，阿蕙是他的女朋友！"

"怎么会是这样？可是他并不认识姑妈啊，也不知道姑妈的地址！"

"地址，不是你告诉他的吗？"

"不是，绝对不是！"林淑蕙急了，眼里涌出了泪花，"妈妈，我要怎么样才能让你相信呢？我从来没有向他提起过姑妈，更不会告诉他地址，不管他对姑妈说了什么，都是他乱说的，谁是他的女朋友？根本没有这回事！"

"没有就好！"妈妈望着她，信任地点点头，"我相信自己的女儿。阿蕙，你还小，读完了初中还要升高中，毕业之后还要考大学，前面的路还长得很，千万不要让儿女情长误了前程。那些男孩子，为了讨女孩子的欢心，甜言蜜语，小恩小惠，花样多了，你一定要当心，不要上当啊！"

"是，妈妈。"林淑蕙答道，"回学校之后，我就把雨伞还给他。"

"用过的东西怎么好再还呢？那样做会得罪人家的，以后记住不要轻易接受别人的礼物就是了。"

"我记住了，妈妈。"

这场谈话，由严厉的追问开始，到语重心长的嘱咐结束，母女之间的亲情和信任融化了一切，仿佛什么都没有发生。母亲的心，总是软的。可是，妈妈并没有想到，既往不咎的宽容，其实等于默认。

吴庆星的进攻态势丝毫没有收敛。球队练球的时候，他可以堂而皇之地和林淑蕙近距离接触，不厌其烦地给她讲体育理论，手把手地向她传授球艺，当众表扬她的出色表现，这些都可以公开透明，无所顾忌，他是教练嘛！可惜，中华中学并不是体育专科学校，林淑蕙不可能把所有的时间都花在打球上，她还得学习语文、数学、物理、化学、历史、英语，而且所占用的时间远远超过打球。这使吴庆星很恼火，好像人家占用了他的时间，欠了他的债，却又没法去讨回来。他只能利用林淑蕙课余的时间，请老同学苏天宝传话，把林淑蕙约出来，以求一见。他甚至准确地弄清了林淑蕙家里的地址，事先也不打招呼，就找上门去，拜见林美点先生和夫人。

房门打开了，林先生和林太太望着这位手捧鲜花的年轻人，不知何许人也。

"林伯伯好，林伯母好！"来客朝他们鞠了一躬，递上了早已准备好的名片。

"你是……"林先生接过名片，看了看印在上面的姓名，"吴善仰先生？"

"不，这是家父的名片，"年轻人解释道，"我叫吴庆星……"

"喔哟！"林太太听到这个名字，不觉脱口道，"你就是阿蕙球队的教练啊！"

林先生也吃了一惊。他已经听太太说起过教练送给阿蕙一把雨伞，并没当成什么大事，但现在这个人找上门来了，是不是要正式提出求婚啊？这是绝对不能答应的，阿蕙初中还没毕业，何况上边还有两个姐姐都没出嫁，她的事还远远提不到议事日程。

吴庆星自有对策，他决不能让对方把自己拒之门外。

"不错，我目前是在球队做兼职教练，不过家里的生意也是离不开的，"他从容地解释道，"今天，我是奉家父之命，替他来看望两位前辈！"

这正是吴庆星谋略的高明之处，教练是暂时的，他不可能一辈子做阿蕙的教练，而生意场上的同行则是长久的，林先生顾忌这一层关系，就不至于对他失礼。

"久仰，久仰！吴先生请进！"林先生虽然有些言不由衷，但总算礼数不差。

"不敢当，伯父伯母就叫我庆星好了！"吴庆星乘势把手中的花束献了上去。

"谢谢！"林太太接过花，下意识地嗅了嗅，才发觉这花有色无香，便说，"哟，这花做得真好，跟真花一模一样！"

"伯母好眼力！"吴庆星不失时机地再奉承她一番，同时也正好可以炫耀自己的礼品，"这是塑胶花啊！"

也许若干年后，当这些故事都成为遥远的历史，读者看到好事者记下的这一笔，会哑然失笑，一把塑胶花有什么稀奇的？殊不知，在当时的香港，李嘉诚的事业刚刚萌芽之际推出的塑胶花，曾经风靡一时，吴庆星以此敬献给林淑蕙的父母，已经颇为隆重而且新潮了。

林家父母无可奈何地接待了这位不速之客。林淑蕙不在家，她今天到黑猫体育场练球比赛去了，吴庆星作为教练，自然是比谁都清楚的。他故意把练球的事委托别的体育老师代管，自己趁林淑蕙不在家的时候到她家来，以免林先生和林太太以为他是来找阿蕙的，反而不便于跟二老谈话了。

不过，接下来的谈话也没有什么实质性的内容，无非是一边品茶，一边谈谈粮谷生意的行情，东南亚和整个亚洲市场的前景等等，其实，此时此刻，双方所关心的都不是这些，只不过东拉西扯、没话找话罢了。虽然林美点夫妇对于此人的来访保持着足够的警惕，但吴庆星自始至终并没有表达对林淑蕙的爱慕之情，更没有向二位长辈提出什么非分要求，他们总不能先发制人地说出"我女儿还小，不到谈婚论嫁的时候，你不要打她的主意"之类的话吧？

适可而止，见好就收，一杯茶喝完，吴庆星起身告辞。

恰恰正在这时，林淑蕙回来了。

"咦，吴教练？"她觉得很奇怪，这位教练怎么搞的，该有他的地方见不到他，不该有他的地方倒见着他了，"你怎么会在这里啊？"

"我来看望伯父、伯母。"吴庆星说着，已经退到了大门外，躬身向二位长辈说声"晚辈告辞了"！便匆匆离去。

这边，关上了大门，父母转过脸来，一齐望着林淑蕙，看她怎么解释。

"阿蕙啊，你的朋友要到家里来，事先给我们打个招呼好不好？"妈妈强忍着气说，"这样子让我们好被动噢！"

"我也不知道他要来啊！"林淑蕙一脸的无辜。

"你不告诉他地址，他怎么会找到我们家的？"妈妈不信。

"我哪里知道？姑妈在香港的地址就不是我告诉他的，人家不是已经去过了吗？"林淑蕙回答得很坦然，"况且，爸爸在仰光也算得上知名人士哩，还能查不到地址？"

这么一说，父母的气消了大半。他们本能地相信女儿，今天的事不怪女儿，要怪，只能怪那个叫吴庆星的小伙子，他倒真是个有心人啊！

"你们很生气，是吧？"林淑蕙反倒向父母发问，"是不是他说了什么，让你们不高兴了？"

"哦，那倒没有，"妈妈和爸爸对望了一眼，说，"我看这个年轻人挺懂礼貌的，言谈举止还算得体，也说不出人家什么不好。"

"算了，算了，"爸爸打断了妈妈的话，"好不好和我们有什么相干？又不是相女婿！"

不经意的闲谈，竟然暗暗切中了吴庆星来访的用意，这在当时，是谁也没有料到的。

1959 年的春节到了，这是全世界华人的最重要的节日，缅甸当然也不例外。南洋中学的院子里，张灯结彩，笙歌弦舞，学校变成了游乐场，舞龙、舞狮、戏曲、歌舞、灯谜，凡是中国有的，这里应有尽有，甚至比中国更全面、更丰富，因为在那个年月，正处于社会主义建设热潮中的中国大陆，已经把昔日的传统民俗划归封建残余，丢弃大半了。

林淑蕙虽然不是南洋中学的学生，但她是海燕歌舞团的成员，文艺演出的事，自然是少不了她。这个团体由各大学的文艺尖子组成，还是初中生的林淑蕙当然不够资格，她是虚报了三岁的年龄"混"进来的，好在她的个子不算矮，而且能歌善舞，人家也就不计较她的实际年龄了。她会唱好多歌："五星红旗迎风飘扬，胜利歌声多么响亮；歌唱我们亲爱的祖国，从今走向繁荣富强……""伟大的祖国，伟大的共产党，抚育我们成长……"都是歌颂新中国、歌颂共产党的"红歌"。这毫不奇怪。缅甸早在 1949 年 12 月 16 日就宣布承认刚刚成立的新中国，1950 年 6 月 8 日正式和中国建立外交关系，是最早承认中华人民共和国的国家之一。1956 年 6 月，周恩来总理首次访缅，与缅甸联邦总理吴努共同倡导和平共处五项原则，在全世界产生了巨大影响。这些，都令居住在缅甸的华人华侨深感自豪。随着两国在政治、经济、文化各方面的友好合作不断发展，中国的这些"革命歌曲"也迅速传播到缅甸，成为一道颇具特色的文化风景。

现在，露天舞台上，林淑蕙和她的伙伴们正在表演舞蹈《阿细跳月》，这也是从中国传入缅甸的一个经典节目。身穿彝族盛装的男女青年列队登场，小伙子们吹着笛子，弹着大三弦，笛声清脆，弦声急切；

姑娘们随着乐曲，翩翩起舞。"阿细"是彝族的一个支系，民风强悍，热烈坦诚，男女青年自由恋爱，在劳动和爱情中创造了艺术，以狂歌劲舞抒发火辣辣的情感，乐曲节奏明快，舞蹈粗犷豪放，欢腾激越，像奔腾的溪流，像飘动的火把，无论在任何地方，只要响起《阿细跳月》的乐曲，人们就无法抵御那神奇的感染力。现在，台下的观众正看得兴致盎然，不由自主地击节而和，还兴奋地叫着："噢——噢!"林淑蕙看见，在熙熙攘攘的观众之中，有一个人看得特别专注，那就是吴庆星。吴庆星早早地就来了，先是到篮球场打球，那里离舞台不远，这边唱什么歌，跳什么舞，都听得见，看得清。他的心思好像并不在打球上，只不过把球当作一个道具抛来投去，而目光总是瞄着舞台，仿佛这边有一根看不见的线在牵着他。等到林淑蕙领舞的《阿细跳月》上场了，他就离开了球场，好似激烈运动之后要作稍稍间歇，又仿佛临时有什么事去办，其实都不是，他径直朝舞台走来，在人群中寻找好一个适当的位置，就不再走开，站在那里，眼睛痴痴地盯着舞台，而且只盯着她一个人。舞台上旋转弹跳的林淑蕙，居高临下，看得清清楚楚。这使得她也不能完全投入演出了，心里麻麻的，酥酥的，说不上是什么滋味，是娇羞还是自得? 是厌烦还是欣慰? 当一个女孩子在众目睽睽之下展示自己的风采和技艺时，内心期待的不正是被人凝视、被人仰慕、被人赞赏吗? 哪怕是名噪一时的歌星、影星，在"逃避"歌迷、影迷的追逐时所表现出来的厌倦和无奈，其实也多半是矫揉造作，未必出于真心，何况林淑蕙还远未成名，最需要的是肯定和鼓励，难道她应该拒绝"粉丝"吗?

《阿细跳月》曲终退场，林淑蕙匆匆卸了装，从后台走出来，吴庆星正在那里等着她。

"阿蕙，你的舞跳得太好了!"吴庆星向她祝贺。

"本来可以跳得更好。"林淑蕙没有领情，她本想说，如果不是你捣乱……但没好意思说出来，吴庆星毕竟是她的教练，不能这样顶撞。况且，人家在那里好好地看演出，也并没有"捣乱"啊，是自己的心乱了。

"以后有的是机会，你会越跳越好的！"吴庆星一开口就是教练口气，"今天辛苦了，走吧，我们一起去吃夜宵，奖励奖励！"

"哦……"林淑蕙心里"咚"的一声，想起了一连串的往事，草帽、雨伞、塑胶花，还有姑妈的来信、母亲的嘱咐……总而言之，在和男性的交往之中，女孩子要特别谨慎，特别自爱，尤其是不能随便接受人家的赠予。现在，吴庆星请她去吃夜宵，按照家里的规矩，显然是应该拒绝的了，不过要婉言谢绝，不能让人家下不来台，要不然，日后怎么在球场上见呢？想到这里，心里就打定了主意，说道："我不饿，想回家了。"

"好吧，"吴庆星并不勉强她，爽快地说，"我送你回家！"

这又是一个难题，比吃夜宵更麻烦，上次吴庆星不请自来，已经让她在父母面前有口难辩，还怎么能和他一起回家呢？不行，不行……

"我现在还不想回家，"她一时语无伦次，"还想再随便看看……"

正在这时，前面一个熟悉的身影闪过来，是吴玉华。她是南洋中学的学生，在这里碰见她丝毫也不奇怪。

"咦，阿蕙！你怎么和我二哥在一起啊？"

"是临时碰到的，"林淑蕙觉得自己的脸一阵发热，连忙解释，"刚刚说了几句话……"

"嗨，跟他有什么好谈的？"吴玉华翻了二哥一眼，好像嫌他多余，上前挽住林淑蕙的胳膊，"咱们一起去玩玩吧！二哥，拜拜！"

吴庆星知趣地站住了。

简直是救星啊，吴玉华帮她成功地甩掉了这个痴情男人的纠缠，两个女孩子欢欢喜喜、叽叽喳喳地朝前走去。

"阿蕙，假期里你有什么安排啊？"

"演出结束就没有什么事了，在家里温习功课啰！"

"哎呀，读死书，死读书，好没意思噢，咱们一起到乡下玩玩怎么样？"

林淑蕙怦然心动，吴玉华的提议，竟然是她从来没有想到过的。她在襁褓之中随父母离开惠安老家，对乡村风光没有任何记忆，来到仰光之后就一直生活在城市里，无非是从家门到校门，足迹最远的也就是体育场了，不知道乡下是什么样子？能够趁假期出去亲身体验一番，真是太好了！

"好啊，好啊，说定了，你陪我一起去一起回来噢！"

两个女孩子一言为定。

林淑蕙回家禀告父母，说有一个非常可靠的女同学约她一起去乡下玩两天，只玩两天，保证按时回来，希望父母恩准。对于这个有些出格的要求，爸爸本来是不赞成的，一个女孩子，怎么能住在外边呢？倒是妈妈心疼女儿，阿蕙一年到头地读书、打球，太辛苦了，就让她玩两天吧！何况，她平时在学校住宿，不也是一个星期才回家一次吗？这么一说，爸爸也就不再坚持，于是，此议获得通过。

值得注意的是，从申报到批准的整个过程中，林淑惠都只字未提吴玉华是吴庆星的妹妹。这是她的一时疏忽，还是刻意隐瞒呢？而当时她只要透露一个字，事情的结果就会完全两样了。

林淑蕙像飞出牢笼的小鸟，和吴玉华一起登上了火车，一个多小时的路程，到达小站奥甘，下车后她才惊奇地发现，吴庆星正在站台上等着她们。教练毕竟是教练，战略战术烂熟胸中，调动一个小小的球员原是轻而易举的。好，进球了，两分！

吴善仰先生和太太杜恩热情接待来自城里的林家四小姐，街坊四邻也被惊动了。小镇无大事，谁家盖了新房，买了新车，娶了新娘，生了孩子，都会成为街谈巷议的热门话题，现在听说吴家有贵客来，自然都要亲眼来看一看，于是门庭若市，楼下的铺子开了几十年，也从来没有这么热闹。而且，来看热闹的人们叽叽咕咕小声议论，说这就是老二庆星的女朋友，吴家未来的儿媳。也不知道这是他们猜的，还是吴庆星有意散布的。

这让林淑蕙极为难堪。事情怎么会弄到这个地步呢？早在姑妈从香港来信说他自称是阿蕙的男朋友的时候，就应该义正词严地告诉他：我不是你的女朋友，不要乱说！可是，当时林淑蕙没有胆量说，甚至在他登门拜访的时候，父母也没好意思当面说出来。这下好了，整个奥甘小镇的人都在说她是吴家未来的儿媳了，她怎么去辩驳？一个人人都看得见的事实是，她林淑蕙从仰光到奥甘来了，来看望她"未来的公公、婆婆"，有谁能相信这是假的吗？

她懊悔这次冒失的旅行。她不可能没想到，约她前来的吴玉华和此行的目的地奥甘，都和吴庆星有着不可分割的联系，到这里来"玩"，本身就具有相当大的风险，而她却心存侥幸，仍然冒险来了，这又能怪谁呢？

吴家父母对这位未来的儿媳相当满意，客房收拾得干干净净，让玉华陪她住；一日三餐都精心配置，虽然家里雇着用人，吴太太还是亲自下厨，烹炒煎炸，食不厌精，脍不厌细，唯恐城里来的小姐嫌乡下寒酸。自家铺子里有的是果品小吃，用不着上街买了，林小姐想吃什么就吃什么。

林淑蕙什么都不想吃！但是，两位长辈的慈祥关爱，又使她盛情难却，不忍心让人家难堪，她极力说服自己：既然来了，就忍两天吧，反正只有两天，忍一忍就过去了。也许，这正是惠安女温柔忍让、曲己从人的遗传基因在血脉中悄悄地发挥作用吧？

天有不测风云，就在林淑蕙到达奥甘的第二天，一场倾盆暴雨不期而至，狂风拔木裂石，山洪从天而泻，原野成了汪洋泽国，小镇的街巷可以行船，铁路的路基被冲垮了好长的一截，火车都不能开了。

林淑蕙急得大哭："哎呀，我跟爸爸妈妈说好了两天就回去的！明天怎么回呀？"

吴家的人倒欢天喜地。"下雨天，留客天"，这是天意啊，老天帮他们留住了林家四小姐，早晚会是一家人的嘛，就在"家里"住下，铁路几时修好几时再走，急什么？

吴庆星的心里踏实了，事情一步步按照他的部署顺利进行，他拜见了未来的"岳父、岳母"，阿蕙又来看望了未来的"公公、婆婆"，两边的"相亲"都已完成，眼见得水到渠成，婚姻还会远吗？

1959年10月28日，吴庆星和林淑蕙结为夫妻，新郎二十四岁，新娘十七岁。婚礼在缅甸华商总会隆重举行，由侨界领袖陈福顺先生主持，商界名流云集，举杯共祝这一对新人相亲相爱，琴瑟和鸣，白头偕老。随后，驱车回乡，在小镇奥甘大宴宾客，以答谢父老乡亲的深情厚谊。

吴庆星，这个在球场和商场奔波多年的猛男硬汉，终于有了与之匹配的另一半。在此之前，他以百折不回的坚忍追求爱情的美满，终于如愿以偿；自此之后，他将以同样的执着去追求事业的成功，并且九死而不悔。

林淑蕙，这只翩翩飞舞的小鸟也终于落在了枝头，有了一个拴住她的"家"。

结婚的时候，她已经从中华中学的初中部毕业，考进了外语学校，公公、婆婆承诺她，婚后一定供她继续完成学业，可是，这个令人神往的承诺却难以兑现，因为不久她就怀孕了，不可能重上"女篮5号"的赛场，不可能再展《阿细跳月》的舞姿，也不可能在攻读外语的道路上开拓一方新天地。十七岁之前是一世，十七岁之后是另一世，从此她将开始相夫教子、侍奉公婆、操持家务、任劳任怨的另样人生，做丈夫的影子和后盾，为丈夫的事业献出自己的一切，这是一个对人生之路尚且懵懵懂懂充满幻想的花季少女所根本不曾料到的。也许，这正是冥冥之中天意注定的一个"惠安女"的宿命。

婚后的丈夫不再像恋爱时期那样缠绵，作为一个男人，事业有成才是立身之本，他不可能永远守着阿蕙，卿卿我我，儿女情长。好男儿志在四方，他必须出去闯天下，闯出一番天地，做出一番事业，才真正对得起阿蕙。那时候，吴庆星还没有自己的公司，只在仰光38街租了一处房子，既做住处，又兼做一些零散生意，还和一些共同爱好者组织了黑猫体育会，痴迷于他一向热爱的篮球。

他走了，把家交给了阿蕙。奥甘小镇上的生意仍然和过去一样忙碌，早晨五点钟起床，要一直忙到晚上九点钟才能休息，公公、婆婆忙于生意，家务事全是阿蕙的。本来，家里雇有佣工，现在有了阿蕙，就把佣工辞了，省去一份开销。小本生意，勤俭持家，能省则省。一个十七岁的女学生，就这样突然变成了家庭主妇，在此以前，她从来也没有做过这些琐碎而繁重的家务，但现在已为人妇，不会也得学会，那就从头学起吧。

1960年，阿蕙生下了长女丽冰，1962年生下次女丽玲，1964年生下三女丽云，1966年生下唯一的儿子泽钏，1968年生下最小的女儿丽菁，年方二十六岁的阿蕙已经是五个孩子的母亲了。

1970 年，吴庆星在香港注册了和昌企业公司、荣星珠宝有限公司，并携妻子儿女迁居香港。1972 年，他的业务又辐射到泰国，在曼谷注册了和昌（曼谷）有限公司。这些，标志着他已经走出父亲的荫庇，开始了独立创业之路，林淑蕙则一手操持起这个七口之家。新的生活开始了，丈夫为她改了个新名字："林惠"。淑女的优雅，蕙兰的馨香，对于一个家庭主妇来说，都不重要了，只取一个"贤惠"的"惠"字，就够了。"林惠"，这便成了她使用终生、践行终生的名字。

第 四 章

吾幼人幼

1979 年 5 月，七十一岁的吴善仰老人和夫人杜恩一起回到家乡。当时的中国，正处于历史剧变的关头，肆虐十年的"四人帮"已经覆灭，中共召开了十一届三中全会，确定把全党工作重点转移到经济建设上来，邓小平提出改革大计，神州大地吹起改革开放的春风。老人迫不及待地要回来看看，故乡现在是什么样子？

当年嫁到河市的长女秀治和女婿陈受封一起到泉州迎接久别重逢的父母，一别三十三年，女儿已经是五十二岁的人了，外孙陈文凯则是第一次见到传说中的外公、外婆，此前只是书信来往。他们陪同两位老人重回故里，此时，山边村的正式名称是泉州市鲤城区马甲人民公社洋坑大队山边生产队。

善仰老人深情地注视着这片久违的故土，举目所及，山野依旧，村庄依旧，祖厝、祖庙依旧，一切似乎都还是老样子。所不同的只是，三十三年过去，一切都老了三十三岁，风雨漫漶，岁月驳蚀，百年祖厝墙倾瓦损，六百年祖庙柱朽梁折。这些都不奇怪，三十多年风风雨雨，人都老了，何况房子？令他感到奇怪的倒是，前些年从报纸上、广播里听说中国的"文化大革命"闹得那么凶，一切"旧思想、旧文化、旧风俗、旧习惯"都在横扫之列，红卫兵"格砸勿论"，连国家重点保护的文物古迹都不能幸免，而家乡的康济祖庙和吴氏宗祠竟然在风雨飘摇中并未被砸烂捣毁，这是为什么？其实，创造奇迹的并不是神灵保佑，也没有什么免于查抄的尚方宝剑，只是因为马甲山区太闭塞了，连破"四旧"的大军都懒得光临，幽居深山的乡民还没有觉察到天翻地覆，山外的世界已经斗转星移。逃过十年浩劫，大山里面还是老样子。

当然，变化还是有的。村旁的那条乌潭溪和它的两条支流马甲溪、龙公溪都不见了，如今变成了一片汪洋。那是在1958年"大跃进"时期，与此地相邻的惠安县为了改变该县水源巨缺、粮食歉收的困境，派出一批又一批水利技术人员，到邻县探测水源。结果相中了乌潭溪峡谷，这里地处马甲境内诸多山川溪流的汇合处，集雨面积大，水利资源足，于是做出设计方案，拟在此修建一座库区面积400公顷、集雨面积105.8平方公里、总库容量1.23亿立方米的大型水库。这真是一个敢想敢干的宏伟计划，因为马甲当时属晋江县，并不是惠安的地盘，要在这里修水库，不但要借水，还要借地。但那是什么年代？"一大二公""全国一盘棋"的年代，一方有难，八方支援，惠安借水借地的方案，很快得到省里的批准和晋江县委、县政府的大力支持，动员当地群众"以大局为重""舍小家顾大家"，先后搬迁了31个自然村568户3670人，拆除民房3134间61921平方米，淹没耕地4104.5亩、林地13110亩，淹没各种果树44162株、经济林木39951株、农作物598亩……惠安派出万名劳动大军陆续开赴现场，安营扎寨，开山凿石，其主力军竟然是一些二十岁上下的花季少女，"惠安女"以柔嫩的肩膀抬起粗粝的麻石，垒起拦河大坝，足以令天地动容。1961年2月8日，大坝胜利竣工，一座跨区域、跨流域、库容量上亿立方米的大型水利工程，历时三年，终于落成，这就是眼前的乌潭水库。"问渠哪得清如许，为有源头活水来。"源源不断的"他乡之水"犹如一条巨龙，沿着蜿蜒的环山渠道流注惠安万顷农田，从此结束了"三日无雨闹旱灾"的历史。惠安籍的政治风云人物陈伯达曾将此处命名为惠女水库，他一朝倒台之后，乌潭水库又恢复了旧称。当年，"样板戏"风靡全国之时，一出《龙江颂》以开闸放水、解救乡邻的义举感动了八亿人民，故事的原型即出自与泉州相邻的漳州，而马甲人民和霞井吴氏为乌潭水库付出的巨大的牺牲，远甚于此，却鲜为人知。

乌潭水库给马甲和霞井带来了什么呢？昔日的大片良田已成泽国，连溪底小学的旧址也被淹没了，学校不复存在。

吴善仰在水库旁徘徊。一个男孩从他身边走过，看样子不过七八岁，却背着重重的一筐柴草，显然，他是从山上砍柴回来的。

吴善仰不知道这是谁家的孩子，就打了个招呼，说："你小小年纪，怎么背这么重的东西？这就是你阿爹、阿娘的不对了，这个年纪，该让你去读书啊！"

"到哪里去读？"那孩子看了他一眼，"这里没有学校了，要读书，就得翻过山去，走好远的路哩！"

他一边说着，一边背着柴草走远了，那神态，简直就像一位饱经忧患的老农，除了维持生计的衣食，什么都引不起他的兴趣了。

吴善仰望着那孩子远去的背影，不由得一阵心酸。这个孩子就是故乡人的缩影吗？一辈子忙碌在黄土地上，为谋生而辛勤劳作，此外，什么也没有了。

他去和当地干部探讨，应该在村里建一所小学吧？干部说，应该当然应该，可是拿什么建呢？咱们家乡穷啊，财政年年入不敷出，又要办水利，又要修路，又要拉电线，都是硬指标，一分钱也不能少，轮到教育就没有钱了！我们也知道办教育是积德行善、造福子孙后代的事，但是，盖房子需要钱，请老师需要钱，置办办公用品、教学设备需要钱，没有经费，什么事情也办不成的！这笔经费从哪里出？从天上掉下来吗？

吴善仰默然无语。钱，当然不会从天上掉下来，世界上的每一个铜板，都是靠人们的智慧和汗水创造出来的，由此积累成社会财富。在一个公平、文明的社会，人人有权利劳动，也有权利享受劳动的成果，怎么能"轮到教育就没有钱了"呢？他知道家乡穷，祖国现在也还穷，但是，总不能比抗日战争时期还穷吧？那时候，村里尚且有一所锦霞小学，还有一所晦明中学锦丰分校，怎么几十年过去，反倒什么都没有了呢？难道就让一代一代的家乡子弟目不识丁地传下去，霞井吴氏传承六百年的一缕文脉也从此断绝了吗？

怀着一颗沉重的心，吴善仰携夫人离开家乡，取道香港看望儿子庆星一家。

此时，吴庆星的事业还处于起步阶段。偌大香港，财富如山，巨商如林，比的是身价，拼的是金银，人情薄如纸，认钱不认人，吴庆星要在此占有一席之地，谈何容易？只有全力打拼。他做过珠宝，做过工艺品，做过纺织品，几乎尝试了发展的所有可能性，最终还是把重点放在粮谷和饲料生意上，这其实是父亲做了一辈子的行当，不是家传，偏似家传。每年春秋两季的广交会，是开展业务的好时机，吴庆星结识了大量的客户，渐渐地，和昌公司的生意兴旺起来。他的五个孩子，长女丽冰十九岁，次女丽玲十七岁，三女丽云十五岁，儿子泽钏十三岁，小女丽菁十一岁，都在读书，唯一可以帮他打理生意的就是妻子林惠。这样一个七口之家，这样一种生活模式，和奥甘的大家庭是很相似的，虽然忙碌劳累，却也充满希望。然而，上天似乎不愿意给人以十全十美，吴庆星和林惠唯一的儿子泽钏，却命运多舛，幼时因惊吓引起癫痫，开始一两个月发作一次，随着年龄的增长，发病越来越密，虽多方求医，总难以根治。

善仰老人来到香港，亲眼看到孙儿正在遭受病痛的折磨，心中苦不堪言。

"阿弟呀，阿弟！"老人叫着孙儿的乳名，一把抱住他，泪流满面。唉！上天只赐给庆星一个儿子，为什么不给他一副好身体啊？阿弟本是个很有天赋的孩子，十三岁正是发愤读书的好年华，可惜……阿公不能在孙儿面前流露悲情，生怕他失去信心，只能说："阿弟，不要急。俗话说，'病来如山倒，病去如抽丝'，慢慢来，你会好的，一定会好的。"

当阿弟不在眼前的时候，老人对儿子说："阿弟的病，你要抓紧治，不要留下后患！生意上的事情固然要紧，但是，一切都不如孩子重要，孩子才是家族的未来，将来你的一切都是要交给他的，他需要健健康康地把吴氏家业传下去，你明白吗？"

"明白，儿子记住阿爹的教导。"吴庆星唯唯。父亲说的，也正是他所想的，每一个字都打在他的心上，只是，他自己不是医生，香港的名医都访遍了，不知道还该去求谁啊！

父亲接着说："现在阿弟这个样子，让我很不放心。他这个年龄，总不能待在家里不出门、不去读书吧？在外面，又随时可能犯病，防不胜防！依我看，必须要有人随时跟着他，处处照顾他……"

"这样当然是最好不过的了，"吴庆星说，"但是，谁能够二十四小时陪着他呢？我总不能放下公司的事情不管，阿惠既要帮我，还有一大摊子家务。我曾经打算雇一个人来照顾阿弟，却一直没有找到合适的，若要可靠，还得是自己人……"

"我倒是想到了一个人,"老人说,"这次回泉州,见到秀治的儿子阿凯,二十多岁了,家里也没有离不开的事,可以来帮帮你,干脆就把阿弟交给他,我也就放心了。"

"好的,就照阿爹的意思办。"

老人心里还有一件事,本来想跟儿子商量商量,因为眼前的事已经很烦心了,就先不提吧,他自己也还需要再盘算盘算。

进入 20 世纪 80 年代,吴庆星在香港的事业已经风生水起,由和昌企业公司到和昌产务有限公司,再到和昌集团,生意拓展到整个东南亚,赢得"饲料大王"的盛誉。随着改革开放的步伐,和昌集团进军内地,在"粮仓"东北三省打开局面,除经营黄豆、玉米、高粱、红薯、棉籽饼、菜籽饼等产品外,还兼做纺织、化工、工艺品,远销世界各地,并且以补偿贸易形式分担内地的外汇紧缺之忧,在黑龙江、吉林等地投资办合营油脂厂,把国外先进技术引进来,改变陈旧的压榨工艺为先进的浸出工艺,使饼粕的含油量大大降低,饼粕质量不断提高。而进出东北的枢纽之地,就是他当年回国参加全国篮球教练培训班的北京。

在北京新侨饭店,吴庆星和老同学、老朋友陈怡祥再度聚首。自从 1956 年那个难忘的寒假分别之后,他们天各一方,二十五年过去,当年风华正茂的同学少年已经是饱经风霜的中年人了,走的却是完全不同的两条路,一个在商海搏浪,一个在仕途跋涉,然而,这样两条似乎完全"不搭界"的线,竟然又一次神奇地交叉了。

吴庆星抱住陈怡祥,动情地问:"老陈,这些年,你好吗?"

"好,还好……"陈怡祥话说了一半,已经被泪水哽咽,这二十五年的漫长岁月,怎能是一句话说得清的?

1957 年 8 月,陈怡祥大学毕业后被派往国外,参加援助越南的工作。1959年9月完成任务后回国，先后在中央侨委文教司、国外司工作。1960年被外交部借用，参加中缅边界联合勘察工作。1963年初，多次奉命配合外交部赴印度接难侨回国。1964年下半年又曾在海南兴隆华侨农场参与"四清"运动。"文化大革命"中，无数老革命成了"走资派"，被"打翻在地，再踏上一只脚"，身陷囹圄甚至死于非命，幸亏陈怡祥的官阶不算高，还没有惨到这种地步，在江西"五七干校"挨了一番批斗后回到北京，为了生计，到郊区下工厂劳动，还当了木工班长。在那里，他学了一身好手艺，打得一手好家具，几年后经过技术考核，被审定为七级木工。而今他家里的橱柜和大衣柜，都还是自己当年的"作品"，留作永久的纪念了。1980年10月，陈怡祥奉命调到中国侨联生产福利部担任负责人。几十年来，他的工作岗位转换多次，而所从事的工作却一直与外交和侨务密切相关，现在他担任负责人的中国侨联生产福利部，工作对象也正是归国华侨，这难道不是命运的安排，让他和吴庆星对面相逢吗？

"太好了！老陈，在南洋中学的时候，你当学生会主席，就是我的领导，现在还是我的领导！"

"我算什么'领导'？"陈怡祥笑道，"你没听人家说吗？'到了深圳才知道自己的钱少，到了北京才知道自己的官小。'我现在的这个岗位，就是为归国华侨服务的，你有事尽管说，都在我的服务范围！"

"好，那就有劳老兄了！"吴庆星也就不再客气。从此，他在北京的业务往来，好多都交给中国侨联生产福利部"帮忙"，陈怡祥也就成了事实上的和昌公司"驻京办主任"。

为了庆贺老同学、老朋友的久别重逢和亲密合作，吴庆星决定举办一次师友聚会，把在京的缅甸归侨特别是南洋中学的老师和同学都请来，这一请，才知道这个队伍有多大，浩浩荡荡竟有几十人之多，齐集在新侨饭店，大家共同举杯，庆贺这次难得的团聚。曾经教过吴庆星的粟秀玉老师握着他的手说："还记得吗？当年，因为你不按时交作业，我批评过你，恨不恨我啊？"

"记得，当然记得，"吴庆星笑道，"我当年调皮捣蛋，应该批评，怎么会恨老师？感谢老师还来不及呢！没有老师的教导，就没有我的今天！"

粟老师也笑了："调皮捣蛋的学生，如今最有出息，你是我们南洋中学的骄傲！"

那一宴，几十号人尽欢而散，花费了吴庆星四百元——这个数字，放在如今已经不够吃一顿快餐，而在1981年，则是一笔令人咋舌的"巨款"。

此后，吴庆星成了新侨饭店的常客，每到北京，必住新侨。

某次，陈怡祥和他在新侨餐厅共进午餐。邻桌是几个日本人，处于主座上的显然是他们的头儿，矮矮的个子，一脸虚胖的肥肉，上唇留着小胡子，那样子很容易让人想起电影、电视剧里作恶多端的"鬼子"。本来，吴庆星兴致很好，愿与陈怡祥一醉方休，却不料与"鬼"为邻，心中已觉扫兴。吃饭过程中，又不时听到那边的日语叽里呱啦，旁若无人，好似这里是他一家的餐厅，更有甚者，每上一道菜，小胡子都要挑三拣四，百般刁难，而且言语粗俗，态度恶劣，把服务员难为得两眼含泪，不知如何是好。

吴庆星实在看不下去了，他猛地站起身，走到邻桌前，一拳打在餐桌上，震得摆在中央的花瓶都跳了起来！

那几个日本人惊呆了，抬头看时，一个魁梧硕壮的汉子挺立在面前，怒目圆睁。吴庆星一把抓住"小胡子"的领带，用力一提，几乎把身材矮矮的日本人提溜起来。那家伙惊得面无人色，不知面前这位是哪路英雄，要把他如何。餐厅里的客人也都停下碗筷刀叉，一齐注目这突发的一幕，他们也都不认识吴庆星，不清楚他是哪国人，还以为是日本人的头儿在教训部下呢。

这时，吴庆星说话了："听着！这里是中国的土地，不容你们撒野！中国人受人欺负的时代一去不复返了！"

被揪着领带的日本人赶紧说："哈依！哈依！"

旁边的那几个日本人是不是听懂了，不得而知，恐怕猜也能猜个大概，都不由自主地站了起来，望着正义凛然的吴庆星，连大气也不敢出了。

吴庆星松开手。"小胡子"狼狈不堪，顾不上整理散乱的领带，弯腰低头，用生硬的中国话连声说："对不起！对不起！……"

餐厅里响起了热烈的掌声，餐厅经理和服务员向吴庆星致以庄严的注目礼。

1981年8月，由于陈怡祥的积极协助，经中国侨联领导批准，和昌驻京办事处从新侨饭店迁往陈怡祥的办公地华侨饭店，由中国侨联免费提供场地，这样，既可以为和昌省一笔租用新侨饭店的租金，也便于管理和协调，陈怡祥这位"驻京办主任"更名正言顺了。

随着和昌在北京的业务日渐频繁，吴庆星萌生了一个愿望：在这里安一个家，以后来北京就不用住酒店了。而且，在阿弟的学校放假的时候，也可以带他到北京来，请京城的名医给他治治病，这是吴庆星的一大心病，不能再拖下去了。于是，在陈怡祥的帮助下，吴庆星购买了位于西郊花园村华侨公寓的一套房产，时在1983年9月16日。

1983年12月，七十六岁的吴善仰老人再度做故国之旅。夫人杜恩女士已于一年前去世，孤雁般的老人朝着故乡步履蹒跚地走来，怀着难以掩饰的凄凉。他知道，自己恐怕也时日无多了，一定要在还能走动的时候，再来看看这片难以割舍、难以忘怀的土地，不然，以后就没有机会了。

上次离家，又是四年过去，中国已经发生了很大变化。吴善仰虽身在异国，但也时时在倾听着来自祖国的信息。

中央决定在广东、福建的四个城市设立经济特区，与泉州毗邻的厦门赫然在列。先期前往调查研究的考察组在考察报告中特别指出：华侨之乡，对吸引华侨回国办企业、投资，支援祖国建设影响深远。

教育部、国务院侨办联合发出通知，准许华侨、港澳台青年回内地报考大学。

中央书记处听取并讨论教育部《教育工作汇报提纲》，胡耀邦指出：现在的教育状况很不适应四个现代化的要求。全党、全国人民都要重视，力争在80年代使我们国家的教育事业有一个大的发展，要超过我们新中国历史最高水平。

国务院批准增设二十六所高等院校，其中工科院校六所，医科院校两所，师范院校十三所，财经院校四所，体育院校一所。教育部有关方面负责人说，这批高等院校是根据补充缺门、加强薄弱环节和必须初步具备办学条件等原则批准设立的。

邓小平为北京景山学校题词：教育要面向现代化，面向世界，面向未来。

这些文件、精神、消息，没有一个为他吴善仰而发，可他却觉得，每一句话都是对他说的，和他长久以来所思索的问题接榫了。

来到马甲，吴善仰首先要看的就是家乡的学校。很遗憾，还是四年前的老样子，山边村里没有学校，而到邻村走读要跑很远的路，许多学龄孩子辍学在家。老人仿佛背上被猛抽了一鞭，他知道，自己该行动了。

春节临近，马甲的乡亲们都在操办年货，兴致勃勃地迎接甲子年的到来，并且盛情挽留善仰老人在老家过年。这勾起了他久远的记忆，儿时在家过年，贴春联，放鞭炮，祭祖庙，听社戏，十五还要吃汤圆，放花灯……要热闹整整一个正月，那是小小山村的一件大事。自己远走异国他乡，虽然年年也要过"年"，却总是隔着一层什么，难以还原故乡的"年味"。少小离家老大回，此番归里，也真的可以一圆旧梦了，而他现在却没有了这个兴致，眼前总是浮现着已经消失了的溪底小学，还有那个辍学孩子背着柴草远去的背影，令他不安，令他如芒刺在背，心中的使命催着他走，赶快走，去做他想做的事。

他谢绝了乡亲们的殷殷盛情，还是走了。临走之前，他遵嘱为乡亲们写了无数副春联。这件事，本来是父亲做的，年年春节，山边村家家户户门前的春联都出自祥贤老人的手笔，因为他是全村最有学问的人，而且字写得好，此事当然非他莫属。那时候，吴善仰常常为父亲磨墨理纸，揣摩那点画之间的功力与遣词用字的意趣。如今父亲不在了，这支笔闲置了四十多年又传到了自己手中，他当然责无旁贷，尽管论学养和书法都远不能和父亲相比，也只有勉力为之，有求必应，他为乡亲们写了一副又一副春联，最后一副是为祖厝写的：诗书继世，耕读传家。

这一年的春节，老人是在香港过的，儿子庆星、儿媳林惠和孙儿、孙女，以及外孙阿凯都在，真是一次难得的团聚。

吃过了团圆饭，善仰老人和儿子做了一次长谈。

"庆星，我这次出来，走了很多地方。人老了，以后也许走不动了。古人云，'人生七十古来稀'，我已经七十有六了。"

"不是的，阿爹，"吴庆星说，"现在天下安定，人的寿命延长了，百岁老人也不稀奇。阿爹的身体还挺好的，不要讲这些话……"

"'父母之年不可不知也'，"老人打断了儿子的话，"这是孔夫子说的，你阿公在世的时候，也曾对我说过，现在该我对你说了。上次我回马甲，你娘还在，这次就只有我一个人了。到了这个年龄，说不定什么时候就没有了。所以，有些事情，我要对你有个交代。"

话题有些沉重，但老人的神色平静安详，娓娓道来，这些话是他深思熟虑之后才说出的，所以并不伤感，也不激昂。

"我最放心不下的是阿弟。这么好的一个孩子，却得了这样的病，十几年了，也不见好，你和阿惠身为父母，失职啊！"

"阿爹说得是，"吴庆星俯首道，父亲的话正好点到他的痛处，"刚到香港的那几年，事业初创，阿惠帮我打理生意，很不容易。那时候我们年轻，带孩子也没有经验，以为阿弟的病，吃吃药就会好起来的，哪知道总是治标不治本，一直拖到今天。公司的事情这么多，我们也不能总是守在家里，现在已经由阿凯专门负责照看阿弟，遵照医生的嘱咐，按时吃药……"

"阿凯是我让他来的，也是自己家的孩子嘛，我放心！但是，你要记住，任何人也代替不了父母，自己的孩子还要亲自管，不能假手于人！"老人叮嘱道，"庆星啊，公司的事情是忙不完的，世上的钱是赚不完的，我做了一辈子生意，难道还不知道吗？可是，到了这把年纪才明白，人生有限，亲情可贵，要把精力放在孩子身上，孩子健康成长，才能保证事业后继有人，不然，你将来会后悔的！"

"是，我记住了。"吴庆星点点头，"我一定广求名医，把阿弟的病治好，请阿爹放心！"

"我等着你的好消息，希望下次见面的时候，阿弟已经完全好了！这是我要交代的第一件事。"老人接着说，"第二件，就要说到家乡马甲了。马甲的乡亲们都知道我在外边儿孙满堂，还特别提到阿弟，说什么时候带阿弟回来，让长辈们看看。我心里难过啊!"说到这里，老人动情了，眼睛里闪着泪花，"我怎么能告诉他们，阿弟得了这样的病? 又怎么能带着这样一个病孩子回去?"

"阿爹，你不要说了!"吴庆星也不禁哽咽了，父亲的话字字打在他的心上，"我向你保证，将来一定带着生龙活虎的阿弟回去看望乡亲们!"

"马甲的人等着这一天呢!"老人喃喃地说道，"在马甲，我看到好多十来岁的孩子，都是阿弟这一辈人，一个个生龙活虎! 他们也正是读书的年龄，可是，村里却没有一所小学，更不要说中学! 这让我不能不想到阿弟，同样的孩子，同样的年龄，阿弟衣食无忧，住在最繁华的城市，上最好的学校，却被疾病缠身，有书不得读;家乡的孩子们最需要的是读书，却又没有起码的条件，这不公平啊! 孟子曰:'幼吾幼以及人之幼。'阿弟是我们的孩子，家乡子弟也是我们的孩子，我们不能不管啊! 所以，我想让你做一件事……"

"我明白，"吴庆星不等父亲说完，就痛痛快快地答应，"捐钱没有问题，请阿爹说个数目。"

"我说的不是钱。"老人却说，"钱这个东西，的确是有用的。如果路上遇到饥寒交迫的人，你出钱给他买件衣服，吃顿饱饭，就能救人一命;如果朋友的生意亏损，眼看公司倒闭，你帮他注入资金，就能起死回生。可是，钱也不是万能的。眼下的马甲，虽然缺的是钱，却不是捐钱就能了事的。你给每家人送去一斗米，一只羊，正好过年，等年关过去，东西也吃完了，一切照旧。"

"那么，阿爹要我做什么呢?"

"办一所小学，一所正规的学校。你阿公在世的时候，办私塾，讲经典，向家乡子弟传授知识，撒播文化，用毕生的心血，培育了一代又一代人，这就是他最大的功德，这就是吴氏家风，可惜没有传下来。世间最可怕的不是贫穷，而是无知。治穷，先要治愚。大到一个国家，小到一个村庄，如果没有文化，即使有了钱，也不可能真正兴旺起来。这些年，我总在想，木有本，水有源，我们能有今天，不能忘了本，应该为家乡做些什么？现在终于想明白了，送什么都不如送文化，办什么都不如办学校，让吴氏家风薪火相传，以告慰你阿公的在天之灵！"

老人一口气说完了他思虑了许久的话，望着儿子的眼睛，等待他的回答。

"好的，阿爹，"吴庆星郑重地承诺，"我一定把家乡子弟当成自己的孩子，为他们办一所好学校！"

"好儿子！有你这句话，我就放心了！"老人笑了，"我在离开马甲之前，已经向乡亲们表达了这个愿望，下面的事情就由你来做了。"

窗外，夜幕下的香港灯火辉煌，春意盎然，父子二人为刚刚做出的决定激动不已。一夕长谈，在吴庆星的心中燃起了一盏灯，照亮了他前行的路，这个生意人的后半生，不再仅仅是"人为财死，鸟为食亡"的忙忙碌碌，而平添了一份"儒商"的风雅与自豪。善仰老人终于放下了心事，等儿子在马甲建成学校，他也就对得起家乡，对得起祖宗了。

父亲睡了，吴庆星仍然毫无倦意，脑际萦回着父亲的嘱咐。他想，这件事一定要做，而且要做好，完成父亲的心愿，为祖先增光，也为子孙积德。世上有没有生死轮回、因果报应？他不知道。但是，父亲特别宣讲的"幼吾幼以及人之幼"这句千年古训，使他懂得，疼别人的孩子，也就是疼自己的孩子，人在做，天在看，上天一定会护佑他的儿子阿弟，让他也像别的孩子一样健康地成长。

台灯下，他动手起草一封给中国侨联和福建省侨联的信，要把父亲的嘱托和自己的设想都写进去，希望在侨联的支持和帮助之下，变成现实。可是，这位球场上技巧纯熟的教练，商战中纵横捭阖的老板，拿起笔来做文章却不是那么轻松自如，当年和林惠谈恋爱，三天两头地递条子，送情书，也只是三言两语，有事说事，直来直去，并不讲究辞藻，更不知道这种递交给官方的报告如何写法，真正是"书到用时方恨少"！写了几行，刚开了头，就觉得不行，撕掉重来，如是者反复再三，踌躇不前。回头再想想，这又何必？我一不是求人借贷，二不是谋人财产，而是为家乡人办事，实话实说就是了嘛！这么一想，思路倒顺畅了，于是坦然落笔：

中国侨联并转福建省侨联：

　　我是福建省泉州市马甲乡霞井村人，父母姓名为吴善仰、杜恩。几年来，我们祖国和故乡又有了新的变化和发展，我们爱国爱乡的华侨均感到十分高兴。

　　一个国家和民族的繁荣、兴旺，一定要有人民高度的文化科学知识水平。为此目的，我受父亲之托，为国家培养人才，拟在泉州市马甲乡霞井村筹建兴办一所学校。具体设想如下：

　　一、规模

　　1. 学生约三百名，设七个班（包括幼稚班），每班学生不超过四十名。教职员工按学生比例配备。

　　2. 场地（可在坡地），总面积一千五百到二千平方米，盖楼房两幢，二层或三层均可。一幢楼上层做教室，下层做礼堂兼文娱体育活动室。二幢楼上层做教职员宿舍。下层设办公室、会客室、图书室等。篮球场两个，足球场（小型或大型）一个。

　　二、校名定为"霞井仰恩学校"。

　　三、建筑要求

　　地基、地面和柱子，均用钢筋水泥。楼房下层墙，以石块垒砌，楼上墙可用红砖。玻璃钢窗。全部建设工程，定于 1985 年上半年以前完成。

四、教职员及其工资福利待遇

一定要配备合格的第一流的校长和教师。他们的工资福利待遇，由国家按规定发放之外，本人可根据教职员工的表现和学校需要，拨适当经费，予以奖励。

五、对学生"德智体全面发展"严格要求之外，要重视加强英语课的学习，规定统一穿校服。家庭经济困难者，经申请，可予以补助，优秀生可发奖学金。

六、学校设备

学校应有的各项设备及其他设施，根据实际情况，可逐步添置。

七、远景设想

仰恩学校创办到一定水平之后，可考虑增设中学班大校舍，招收中学生，并兴建住校生宿舍。

总之，仰恩学校一定要办成像样的、能为国家培养人才的、福建省有名的学校。

为了逐步落实以上有关设想，我恳请福建省侨联协助与有关部门联系、研究。该设想如可行，请省侨联安排人看现场、搞设计图纸、造预算等。筹备到一定的阶段，我亦可回福建看看。筹建期间有何问题，可与中国侨联生产福利部联系。

以上设想妥否，请研复。

谨致

敬礼！

吴庆星 1984 年元月 × 日

这封信写得朴实无华，毫无雕饰，就像吴庆星本人一样直来直去、实实在在，像"仰恩学校一定要办成像样的、能为国家培养人才的、福建省有名的学校"这样的词句，是国内习见的官样文章中所没有的，但意思说得明白，让人一目了然。他吴庆星办事，不干则已，要干就干得像个样子，决不能搞花架子、假招子，决不能糊弄国家、糊弄乡亲、糊弄世人。现在，学校连一张蓝图还没有，他尽自己的想象力，把能够想到的细节都罗列出来，已经难能可贵了。

在这封信里，他第一次提出了"仰恩"这个校名。何谓"仰恩"？他从父亲吴善仰和母亲杜恩的名字中各取一字，组合成一个响亮、上口而且寓意深远的名字："仰恩"。办学是父母所愿，造福桑梓、为国育才也正是吴庆星的衷心所愿，"仰恩"就是仰承父母、家乡和祖国的养育之恩，"谁言寸草心，报得三春晖"，这个名字实在太好了！

起草完毕，又斟酌、修改了几遍，觉得可以了，然后誊写清楚，次日直接交给中国侨联生产福利部负责人陈怡祥。

陈怡祥接到此信，立即报告中国侨联领导并转福建省侨联。

不久，陈怡祥收到福建省泉州市马甲乡侨联的来信，此信书写工整，措辞半文半白，明显带有老一代归国侨胞的特殊气息，令陈怡祥感到十分亲切。信中对吴善仰老人捐资办学的义举给予高度评价，代表乡亲们表达了感谢之情，并附寄了他们为未来学校所做的简易图纸。

陈怡祥将马甲来信转给了吴庆星。

家乡的积极反响令吴庆星由衷欣慰。但他看了那份简易图纸，却觉得和自己的设想还有很大距离。首先是校址欠妥。按照他们的图纸所示，学校建在桥头附近，旁边就是公路，尽管那是一条极不规范的乡间土路，但毕竟是当地的交通主干道，人来车往，孩子们上学放学必经此地，不安全。而且，学校的规模也太小，从图纸上看，周边也没有太大的扩展余地。

吴庆星已经很久没有再回故乡了，那里的山山水水、沟沟坎坎，都只是一个模糊的印象。校址选在什么地方，建多大规模，还是未知之数，他上次信中所提到的一些数字也远非定论。土木工程不可轻动，现在看来，原设想在 1985 年上半年完成建校工作是不可能的了，急于求成，欲速不达，事情还要从长计议，他需要回去一趟，实地踏勘后再做决定。可是诸事缠身，他又一时走不开，派谁先替他跑一趟呢？他想到了一个合适的人选，他的外甥阿凯——大姐吴秀治的儿子陈文凯，1979年从老家来到香港，帮舅舅、舅妈照看阿弟，直到现在。春节快到了，阿凯要回去探亲，正好借此机会为建校做些前期准备工作。阿凯是善仰老人的亲外孙，完成外公交代的事，也有他一份责任。

1984 年 11 月，吴庆星在繁忙的业务之中辗转北上。到了北京，安顿下来，便打电话给陈怡祥，要求和他一晤。陈怡祥马上来到华侨公寓，和昌公司"驻京办"的许多事务都需要商量，只要吴庆星到了，必然第一时间和他见面，这已是惯例。但这一次，首要的谈话内容却不是公司业务，而是办学问题。

"看来，当地的领导还没有充分理解我的意图。我让阿凯在春节期间回马甲一趟，跟乡的人好好谈谈。"吴庆星说，"但这只是民间渠道，更重要的还是官方渠道，要仰仗侨联组织的鼎力支持噢！"

"侨联是社会团体，只能算半官方吧。"陈怡祥笑道，"不过，由我们出面和当地党政机关去协调，也有方便之处。现在，从中国侨联到省侨联、市侨联、区侨联、乡侨联，都知道了这件事，已经全面介入了，还需要我们做什么，你尽管说。"

"我想把这件事情完全委托你来办，必要时还要请老兄亲自出马，到泉州走一趟，怎么样?"

"没问题，愿意为你效劳。不过，你得写一份委托书，这样，我向侨联领导有个交代，到当地去，也师出有名了。"

"好，我现在就写!"

吴庆星当即铺开信纸，写了一份简短的委托书：

中国侨联生产福利部

陈怡祥先生：

我决定在故乡福建泉州市马甲镇霞井村建一学校。由于我远在海外，来往不便，故委托贵部协助办理此事。有关建校资金，我会陆续汇来，请代为保存，并根据实际情况支付为荷。

写毕，正要签名，他又犹豫了一下，捐资办学的主张是父亲提出来的，委托书也应该以父亲的名义来写，父亲在家乡是长辈，这样显得更加庄重。于是，他在落款处郑重地签上："吴善仰上，1984 年 11 月 15 日"。

陈怡祥将这份委托书收下，报请领导批准，于 1984 年 12 月 6 日拟定了以中国侨联生产福利部名义发给马甲镇侨联、并抄送福建省侨联和泉州市侨联的〔1984〕侨生字第 15 号文件，申明："现吴善仰老先生委托我中国侨联生产福利部全权代表他办理此事，我部亦正式委托你们(马甲镇侨联)就地负责兴建学校。""你们将拟兴建的学校设计图和造价预算材料报来中国侨联生产福利部，由我部协助审定。"

文件具体转达了"吴老先生"对于马甲镇侨联的简易图纸的意见："他看了觉得有不妥之处，认为原选定于桥头附近作为学校校址不合适，靠近公路不安全，场地亦嫌小。"并对建校方案提出具体要求：

学校最好为长方形二层楼，正面为平面，楼房背面上下层均设有走廊；

全校设有七个教室(每室可坐四十人)、一礼堂、一教职员办公室，其中幼稚班、小学一年级各一教室和礼堂设在一层楼，二至六年级五个教室和教职员办公室设在楼上；

学校屋顶、二层楼板均用钢筋水泥板，一层楼水泥地，柱子、横梁系钢筋水泥，墙壁用方块石头；

学校楼前是花园，中间有旗杆，学校楼后广场设有标准篮球场两个，附近设男女厕所各四间；

楼房多设玻璃窗口，阳光充足，整个楼房力求牢固耐用，美观大方；

学校兴建后，聘请教职员工及其工资等，由你们地方负责自理。

这些意见和要求，都是以"吴老先生"的名义提出的，实际上表达的都是吴庆星的意见。父亲已经把这件事情交给他来办，当然就不必事无巨细都让老父操心，一切由他说了算，但还是要打着父亲的旗号，而且以中国侨联的名义向地方侨联下发文件，以具有权威性，这正是吴庆星的策略。在大陆办事，他必须充分考虑到中国的国情。

此件发出，很快收到了回函：

陈怡祥先生阁下：

贵部〔1984〕侨生字 015 号文收悉。努力做好这方面的工作，是我们义不容辞的职责，因此，我们愿意(也应该)接受你们的委托。经派员同吴善仰先生家乡霞井山边村的领导同志联系，鉴于善仰先生的要求，我们偕同该村的领导进行了实地勘测。经过几天的努力，拟定了建校的地点，看来还是比较理想的。目前，我们正积极地组织人力，进行最后的复核和审定。但绘制蓝图、编造预算书以及建筑建设费等经费未知从何支取，谨望来函示复。

此复。

泉州市马甲侨联分会

1984 年 12 月 21 日

陈怡祥收到回函，再转到吴庆星手里，已经是 1985 年元旦之后了。吴庆星看到最后一句，才猛然意识到，为穷乡僻壤办事，不能让人家贴钱，何况乡镇一级的侨联，只是几位热心公益的老者闲淡清议之所，恐怕也无钱可贴，必须"兵马未动，粮草先行"。于是赶紧交代陈怡祥，给马甲侨联汇去五千元，作为绘制蓝图、编造预算、建筑设计以及其他事项的经费，并且请他们把整个工程的承包费用包括基建、设备安装、家具购置等等，连同上述各项费用，做一个预算，汇总报来，经审批后即可开工兴建。

春节前夕，阿凯回到故乡——与马甲毗邻的河市。1944 年，他的母亲吴秀治嫁到河市陈家，就没有再返回南洋，阿凯生在河市，长在河市，是地地道道的本地人。虽然外公、外婆长年在外，但马甲霞井的吴氏祖厝还在，庞大的吴氏家族还在，仍然是阿凯常来的地方，对这里的一切了如指掌。

1985 年 2 月 26 日，农历乙丑年正月初七，阿凯从河市来到马甲，他肩挎照相机，兜里装着笔记本，一路走，一路左顾右盼，不时地举起相机拍照，还掏出笔记本写写画画。这副架势，像个地质队员，像个摄影记者，像个远道而来的旅游观光客。当然都不是，此时的马甲，还没有引起外界的关注。

阿凯是为舅舅的嘱托而来。他先到祖厝给各位长辈拜年，随即去拜望马甲侨联主席杜德颜老先生，这一来，即刻轰动四邻，马甲乡、山边村的领导，以及当地在外面工作回乡过年的人士都闻风而至，不是因为一个后生晚辈陈文凯，而是因为他代表着德高望重的吴善仰老人和名震乡里的吴庆星先生，前来商议捐资办学之事，当然就非同小可了，杜老先生还把市建筑公司的工程人员也请了来，共襄盛举。

乡亲们把建校筹备工作向阿凯详细做了"汇报"，陪同他察看了重新选择的校址，并且把工程草图和筹建组人员名单，都交付阿凯，"敬呈查阅"。

正月初九，阿凯到京。这个春节，吴庆星和林惠是在北京过的。在香港读书的阿弟，正值放寒假，也恰好带他到北京来治病。

阿凯来到华侨公寓，给舅舅、舅妈一家拜个晚年。自家人，年节俗礼都不重要了，"君自故乡来，应知故乡事"，寒暄过后，直奔主题。

阿凯打开行囊，拿出一大沓照片，请舅舅过目。

祖山热土，老屋残庭，扑面而来。吴庆星一一辨认着，与心中的记忆相印证。上次回去是在1957年，转眼间快三十年了，家乡的面貌，除去多了一座乌潭水库，没有什么太大的改变，只是越来越苍老了。

阿凯向他详细汇报了为建校选址的情况，并且拿出当地人绘制的草图和筹建组人员名单，请他审阅。

吴庆星看了半天，才说："地点倒是可以的。但从这张图纸上看，规模太小，螺蛳壳里做道场，意思不大！"

阿凯不解。"舅舅，这都是按照您的意思办的，前有花园，后有球场，中间是教学楼，球场旁边是教工宿舍，连厨房、餐厅、厕所都画上了，一所乡村小学，有这样的规模已经不错了！"

"你懂什么？"吴庆星瞪了他一眼，"麻雀虽然五脏俱全，可它还是麻雀啊！我要的是……"说到这里，他停顿了一下，双目炯炯地望着前方，"让山沟里飞出一只金凤凰！"

阿凯就不敢再言语。舅舅的心气高，魄力大，达不到他的要求，他是不肯将就的。谁知道他心目中的"金凤凰"是个什么样子？

阿凯交了差，并没有回去，留在华侨公寓，帮舅舅、舅妈照看阿弟。这项差事，阿凯从1979年起一直干到现在。一年又一年，阿弟的病总不见好，西医治标不治本，每当学校放假的时候，他们就带着阿弟到北京求医，把希望寄托在传统的中医和针灸上。那时候，他们在北京还没有家，住在新侨饭店。1983年买了华侨公寓的房子，给阿弟治病也方便了。现在又逢阿弟放寒假，正在北京治病，阿凯也就顺理成章地留下来陪他。

照顾一个癫痫病人，是个苦差事。阿弟不犯病的时候，什么事儿都没有，跟健康人一样，有说有笑。但是，随时都可能病情发作，正在走路会突然跌倒，全身抽搐，扭曲着四肢痛苦地挣扎，让身旁的人目不忍睹，恨不能替他受这份罪。为了给舅舅分忧，阿凯不辞辛苦，不怕劳累，最受不了的就是心灵的折磨。舅舅对他说："阿凯啊，我相信世界上没有一个人喜欢干这个活儿，包括我，包括林惠，也包括你。如果我雇别人来干，人家会嫌弃他，而我们是心疼他，因为是骨肉至亲啊！人说'杀人不过头点地'，我受的罪比杀头还要狠，这是把我的心脏掏出来，一刀一刀地切碎，还让我眼睁睁地看着，下地狱也没有这么苦！可是我有什么办法？舅舅只有这么一个儿子，我现在所做的一切，将来都要交给他，他是我工作的动力、活着的希望、生命意义的所在，甚至比我的命还重要，我们不能抛弃他！阿凯，帮帮舅舅，辛苦你了，拜托你了！"阿凯还能有什么话说？"姑舅亲，辈辈亲，打断骨头连着筋"，阿弟和他亲如手足，他不是在帮忙，而是在尽血亲的责任！

和阿凯一起照顾阿弟的，还有林惠的堂弟林汉庭，两人一个主内，一个跑外，是阿弟的左右手。

病笃乱投医。在北京，阿弟同时接受中、西医治疗，每天又是药片，又是汤药，还要扎针，不同的手段在一副肌体上交错进行着试验，亲朋好友还不断地提供种种信息，都说谁谁谁"药到病除"，"妙手回春"，谁知道哪家是真正的华佗再世，能够救阿弟于水深火热之中？

忽一日，吴庆星的一位朋友来访，说是寻到了救星。一家人忙问救星是谁，朋友说出一个如雷贯耳的名字，大家都吃了一惊。

20世纪80年代的中国，气功、特异功能大行其道，耳朵认字、意念移物、隔瓶取药、碎纸复原……层出不穷，大师们一个个神通广大，法力无边，我神州大地真是卧虎藏龙，竟然埋没了这么多盖世奇才，突然如雨后春笋冒了出来，令人目不暇接，叹为观止。朋友介绍的这位大师，又是众大师之中的佼佼者，据说经常和一些显赫人物来来往往，出入高官贵胄府邸如平常事，没有足够的身份、地位的人，想跟他见上一面，握一握手，拍一张照，都难上加难！

吴庆星救儿心切，拜托这位朋友，请大师出山。

林惠却心存疑虑，不禁说道："这个人的名气很大，我也听说过的，不知道他能治病吗？"

吴庆星瞪了妻子一眼："这是什么话？你怎么知道人家不能治病？这种事情不能三心二意的，诚则灵！"

朋友倒不介意，说："试试看吧！我把他请来，能治就请他治，不能治也就算了，反正认识一下没有什么坏处。"

幸亏朋友的宽容，与大师的约会没受影响，如期举行。

是日，华侨公寓吴宅收拾得窗明几净，纤尘不染，恭候大师驾临。

大师来了。众人举目看时，却不似想象中那般仙风道骨，既不着袈裟，也不穿道袍，更没有飘然长髯，只是寻常相貌，寻常衣衫，与芸芸众生无异。是了，这正是大师的过人之处，诚所谓"真人不露相，露相不真人"。

大师很随和，与在场的人一一握手，脸上挂着笑容，令人如沐春风。

吴庆星连忙递上自己的名片，连声说："久仰大师，请多指教！"

"吴先生客气了！"

大师接过名片，合拢五指，握在掌心，忽又展开，那名片已经裂成碎片！

众人大惊，这是怎么回事？莫不是有什么怠慢之处，得罪了大师？正在疑惑，大师的手掌重新展开，名片完好如初，完全没有碎裂的痕迹。这一切，都发生在短短的一两秒钟！

简直不可思议！这独特的见面方式，令人瞠目结舌。

吴庆星忙说："大师请坐！"

宾主落座，家人奉上茶来。泉州人待客，而且是招待贵客，自然是上好的安溪铁观音。吴家的用人已是训练有素，先以滚开的水洗茶，温杯，沏茶，然后"关公巡城""韩信点兵"，将茶汤均匀地布满四个茶杯。

吴庆星说："大师请用茶！"

大师也不谦让，伸出右手端起茶杯。可是，尴尬的事发生了，茶杯底部在漏水，滴滴答答汇成一线水流……

吴庆星恼火地喊道:"怎么搞的?茶杯是坏的?"

最尴尬的是林惠,赶紧上前:"对不起,换一个吧!"

说时迟,那时快,只见大师的左手朝杯子轻轻一指,水流突然消失,杯底连水痕也没有!

眼见为实。众目睽睽之下发生的奇迹,无可辩驳地证明了世上确实有超人!

"不得了,大师不得了啊!"吴庆星心悦诚服,已经迫不及待,把阿弟拉到大师跟前,"请大师救救我这孩子,他……"

大师摆了摆手,那意思仿佛是说:不必说了,我知道。是的,大师是超人,不是医生,不用"望、闻、问、切",宇宙间的一切生命信息,对他来说都不是秘密,任何人在他面前一站,立即被他看透五脏六腑,就连你前世的"业",未来的"厄",都一清二楚,哪里还用得着把脉、看舌苔、问病史?

吴庆星就住了口,和众人一起注视着大师。

大师随手从茶几上取了一张面巾纸,在阿弟面部轻轻拂拭,少顷,拂拭已毕,把面巾纸揉成一团,缓缓握拳,竟然从指缝中流出水来!

又是举座皆惊。阿弟既没有出汗,也没有洗脸,哪里来的水?这水是什么?是病毒?还是"业"?是"厄"?在场的都是凡人,谁也不懂,也不敢问。

吴庆星看看阿弟:"阿弟,你感觉怎么样?"

阿弟莫名其妙。在他不犯病的时候,本来就没有什么"感觉",现在让他说出"感觉",倒觉得为难了:"我……没有什么感觉啊!"

吴庆星只好问大师:"大师,阿弟的病要多久能够治好?"

大师道:"天机不可泄露,看缘分吧!"

仍然是一个谜,一个引人猜想而又不得其解的谜,一个令人惴惴不安而又寄托着无限希望的谜。

吴庆星千恩万谢，设宴待客，兴尽而散。

客人走后，吴庆星对林惠说："我看，阿弟有救了！"

林惠却心存疑虑："你打算继续请他治吗？"

"当然，"吴庆星说，"今天只是第一次，以后还要坚持噢！"

"我看，还是请正规的医生看吧，"林惠说，"这种特异功能，我总觉得像魔术！"

"魔术？"吴庆星急了，"你变一个这样的魔术给我看看！那些大人物都相信他，你不信？你比他们还聪明？"

"不是聪明不聪明，是他的魔术太高明，所以大家都相信他啦！"林惠说，"不管怎样，我还是相信科学，总觉得请正规医院的医生来治病，心里踏实！"

"哼，死脑筋！"

吴庆星愤然。在这个家，从来都是他说一不二，没有人敢于顶撞，而在给儿子看病的问题上，林惠居然跟他针锋相对，他岂能容忍？以往在这种时候，他必定大发脾气，以压倒的优势挫败对方，牢牢地占据这个家的霸主地位。但是这一次，他却没有发作，忍住了，因为林惠所说的，至少有一半他也认可，他也同样相信科学，相信医学，特别是祖国的传统医学，他带着阿弟到北京看病，就是因为这里名医荟萃，父亲不也是把希望寄托在"华佗再世，妙手回春"吗？如果既坚持吃药、扎针，同时又请大师用特异功能治疗，双管齐下，相辅相成，岂不是更好吗？

自此，吴庆星三天两头邀请大师莅临华侨公寓，大师每次都有出人意料的表现，全家人看得高兴，权当是观赏精彩的演出吧，如此级别的"演出"，普通百姓、寻常人家是不可能看到的，因此对大师的到来特别欢迎，而这位"国宝"级的大师又平易近人，每请必到，成为吴宅的常客。

林惠对于丈夫请来的客人，自然不敢怠慢，每次都是殷勤招待，小心伺候，但她却总是想方设法让阿弟避开大师，不让他治病。

吴庆星虽然不悦，也无可奈何，他是个要面子的人，总不能当着大师的面跟老婆吵架吧？那样会惊着孩子，也对病情不利。心里暗暗地发狠：你管得也太多了，哼，总有你不在的时候！

机会很快就来了。春季广交会即将开幕，每年春秋两季的广交会是国内外商家相互交流、洽谈贸易的盛会，许多生意都是在这时候成交的，和昌集团当然不可能缺席。

吴庆星对林惠说："你去广州吧！我这边有些事，暂时走不开，然后还要到哈尔滨去一次。东北的事忙完了，我再去香港，从香港再去广州。"

林惠无可推托。丈夫的创业之路，风风雨雨，几起几落，都是他们共同走过来的，她这个"贤内助"可不只是个管家婆，和昌集团的业务，早就在参与了。

当年第一次参加广交会，她是跟着吴庆星去的，第二次就轻车熟路，独当一面了，和那些客户谈生意，签合同，远走东三省，验货、看港口、发货，进出几百吨都是寻常事。今年的广交会又要开始了，老吴忙不开，她不去谁去？于是匆匆安排好家务，把阿弟吃的、穿的、用的都准备齐全，特别嘱咐要按时吃药，然后收拾行囊，南下广州。

林惠一走，家里没有了"反对派"，吴庆星顺利实施"双管齐下"的方案，在服药的同时，请大师给阿弟治病。吴庆星是一家之主，在这所宅子里，老板的话就是命令，必须执行，不容置疑，也没有商量的余地，阿凯和汉庭自然是不会反对的，何况他们也是大师所创造的种种奇迹的目击者、见证人，深信不疑。但也牢记着林惠的嘱咐，按时给阿弟吃药。前些日子，因为针灸不见明显疗效，就不了了之，没有继续下去，但中药、西药从来都没有间断，这也是吴庆星敢于"双管齐下"的一个底线。

让吴庆星欣慰的是，实施这一方案以来，阿弟的病情稳定，没有复发，真是天遂人愿啊！十几年来，他的心情从没有这么舒畅，林惠从广州打电话来，急切地询问阿弟的情况，这边的回答也令她兴奋："阿弟很好，你放心吧！"

看来，吴庆星也可以放心地去忙他的事业了。如果说和昌集团是一部庞大的机器，他就是处于核心部位的主机，那无数的部件、齿轮都由他牵动，当然不可能待在家里做留守人员，他该出发了。临走之前，他也没有忘记交代阿凯和汉庭，按时给阿弟吃药。

1985 年 3 月 30 日，吴庆星从香港把马甲的建校平面图和经费估算清单复印件给陈怡祥转去，并且交代："平面草图和估算清单不能作为工程施工的依据，必须先由工程承包单位提出一份正式的设计图纸和经费预算书，经委托部门和有关负责人审定同意后，方可施工。预算书列明的各项工程预算数只能节约，不准突破。整修施工过程，始终都要有人在场随时检查监督，以保证高质量地建好校舍。请你多加关照，在建校期间，希望能多亲临指导，使工程得以顺利施工，如期完成。"

书信限于篇幅，难以尽意，待陈怡祥收到信后，他们又在电话中做了交谈，这番谈话，从草图的许多细节，如"中部柱为结实、壮观的石柱，大雨披正面为水泥，不贴白瓷砖，正面墙为石块，不贴马赛克"，"每间教室设有一部大吊扇。校门要壮观，设大小门，不搞牌楼式的门"等等，到建校的大计方针，都做了探讨。吴庆星感到，要把仰恩学校这块"蛋糕"做大做强，仅仅依靠乡亲们办学是有难度、有局限性的，应该突破这个框架，加强领导力量，由泉州市侨联负责筹建、马甲侨联协助，并且争取省、市领导的支持和指导，当然，这都需要请陈怡祥代为奔走了。

1985 年 4 月 13 日，中国侨联生产福利部正式向福建省侨联发文，代表吴庆星表达了上述愿望，文件同时抄送晋江地区侨联、泉州市侨联、泉州市教育局、马甲乡侨联、马甲乡党委，并给泉州市侨联汇去人民币五万元，作为建校前期经费。在那个时代，五万元已经是"天文数字"了。

北京华侨公寓。

老板不在家，大师仍然依约前来，给阿弟治病，这使阿凯和汉庭十分感动。这说明老板好，老板对朋友真诚，讲信用，才交下了这样的朋友，虽贵为超人，仍不弃苍生，可敬！而且近来阿弟的情况确实很好，不能不佩服大师的功力！

一日，治疗结束，大师要走了。屋里传来用人的声音："凯哥，该给阿弟吃药了！"

阿凯回过头说："等一会儿吧！"

大师似乎不经意地朝他瞥了一眼。

阿凯心中一动，试探着问："大师，最近阿弟一直没有犯病，您看这药……"

大师微微一笑："你们不是已经吃了十几年的药吗？如果有用，又何必求我？"

阿凯明白了，大师这么说，等于告诉他，吃药没用。回头想一想，这十几年来，阿弟吃了那么多药，病也没治好，看来吃药确实没用。如果继续"双管齐下"，岂不是三心二意吗？那恐怕要得罪大师，他不给阿弟看病了，怎么办？既然这药吃了也没用，那还吃它干吗？对，应该完全相信大师，这几年来，特异功能、气功大师这么火，包治百病，都是"不打针，不吃药"嘛！

他和汉庭商量，汉庭也觉得言之有理。于是他们做出决定，把阿弟原来每天都要吃的西药、中药全停了。阿弟当然高兴。他再也不用喝那些苦药汤，吃那些总也记不住名字的药片了。家里的用人也高兴，每天熬药的差事自动免除了。阿凯和汉庭当然更高兴，倒不是因为阿弟停药省了他们的事儿，而是庆幸自己的灵活、果断，做出了正确决定，没有得罪大师，使阿弟的健康有了依靠，有了希望。

一天，两天，三五天，十来天，情况良好，平安无事。阿凯和汉庭商量，是不是跟老板打个招呼，阿弟现在挺好的，该送他回香港上学了！谁能料到，正在这时，阿弟的病突然发作，再给他吃药也不管用，剧烈的抽搐，长达两三个小时都不能缓解。

阿凯和汉庭慌了，赶紧送阿弟去医院！

协和医院里，一系列检查显示：脑电波异常，高烧，呼吸道阻塞。医生决定：立即药物治疗，留院观察……

这一夜，阿凯和汉庭仿佛在地狱里度过的。他们实在想不通，大师治得不是挺好吗？这些天阿弟一直好好的，怎么突然就这样了呢？出了这个情况，要不要报告老板？跟他怎么说？他听说了，还不把我们骂死？不，还是先等一等吧，医生正在紧急抢救，说不定很快就有效果呢，要是治好了，就不要再惊动老板了。

第二天，阿弟的高烧退了，脑电波趋于平稳，阿凯和汉庭激动得简直想大声朝天叩谢，上天可怜这两个人，让他们缓一口气，免得因惊恐和自责而死。好了，虚惊一场，幸亏没有给老板打电话，逃过了一劫。既然阿弟缓过来了，那就把他接回家去吧，家里比医院条件好，阿弟想吃什么，给他做什么，活动也自由。

世间的事情总是充满变数，他们刚刚办了出院手续，阿弟的病情突变，再一次大发作……

这一次不能再自作主张了，必须马上报告老板。可是，想到吴庆星那声色俱厉的样子，两人谁也不敢打这个电话。犹豫再三，还是先找正在广州参加广交会的林惠，她不像老板那么大脾气，起码能耐心把话听完，不至于半截儿把电话砸了。20 世纪 80 年代中期还没有手机，异地联络远没有后来那么方便，他们打的是宾馆的座机，而林惠正巧在房间，接到这个消息，如闻晴天霹雳！广交会上所有的活动和正在洽谈中的项目统统放下，火速回北京去！什么生意能比儿子还重要呢？林惠恨不能插上翅膀，马上飞到儿子身边，可是，广交会期间也正是广州的客运繁忙时期，仓促之中哪里弄得到当日的机票呢？危难之际，中国土畜产协会的一位处长伸出援手，陪她直接赶到机场，不知是通过什么关系，硬是"抠"出一张票来，林惠立即登机！

到达北京，林惠一下飞机，直奔协和医院。这时的阿弟已被送进重症监护室，高烧转成肺炎，气管切开，插呼吸机，由于部分脑细胞死亡，造成语言功能丧失，他静静地仰卧在病床上，任凭妈妈怎样呼唤，也不能回答了。林惠离京的时候，阿弟还有说有笑，蹦蹦跳跳，仅仅十几天没见，竟然成了这个样子，这是一个母亲无论如何也不能接受的！然而这却是无法改变的现实，她痛哭，她呼喊，她恳求苍天张开眼睛，都无济于事。1985 年 4 月 18 日，一个让林惠刻骨铭心的日子，从这一天起，阿弟就一直躺在这张病床上，再也没有站起来。

阿弟的老师从香港打来电话，说学校开学了，催阿弟回去上学，可是，阿弟已经回不去了。一个十八岁的翩翩少年，就此中断了学业，停止了行进的步伐，搁置了前程似锦的人生，本来要做的许多事情都无法完成了。

消息传到缅甸，吴善仰老人如雷击顶，一病不起。1985 年 9 月 15 日，老人溘然长逝，享年七十七岁。在缅甸，在小镇奥甘，善仰老人享有很高的威望，他视侨居地为第二故乡，乐善好施，慷慨解囊，数十年如一日，不仅资助华侨社团、华侨学校和华侨寺院，而且热心当地公益事业，当他看到奥甘部分居民和邻近村民因远离镇区不能饮用自来水时，就独资雇请工人在缺水的居民点附近挖掘多口水井，让居民提取地下清泉，解决了饮水之难。奥甘周围布满沟渠，却很少架设桥梁，不仅车辆无法通行，连人们平时出行也极为不便。自 20 世纪 70 年代起，善仰先生在繁忙的商务之余，持续为乡亲们架桥铺路，十余年间架起桥梁多座。1983 年冬，他又决定在奥甘建一座可容纳数十张病床的儿童医院，为孩子们祛病造福。施工开始后，老人经常带上干粮，坐着轮椅，拄着拐杖，早出晚归，到现场亲自监工，这种风格，与他的儿子吴庆星在仰恩的举动如出一辙。老人去世之后，他的动人事迹和无私奉献精神还在流传。1986 年 1 月 4 日，缅甸联邦政府在缅甸独立节期间，追授吴善仰先生"社会慈善家"的光荣称号。这一荣誉，老人生前并没有看到，真正具有高尚心灵的人，也并不看重荣誉；重要的是，他为这个世界做了什么。谁也不知道，老人在离别这个世界的最后时刻是怎样的心境，也许怀着深深的遗憾：在他的有生之年，还有许多事没有做完。他念念不忘病中的孙儿阿弟，盼望着天下能有名医圣手助孙儿早日康复；幼吾幼以及人之幼，他念念不忘家乡子弟，兴教办学，为国育才，这件事只能交给儿子去做了。

谁也没有想到，老人前年冬天的那一场长途奔走，竟是他最后一次故国之行，他对儿子的郑重托付，也成了他的遗嘱。

第五章

天命在肩

1985 年 4 月 18 日，正是在阿弟病倒的那一天，陈怡祥受吴庆星委托，飞抵福建省省会福州，会见省侨联副主席许可，就仰恩建校问题进行了商谈。然后，在许可的陪同下抵达泉州，由市侨联出面召开会议，泉州市人大侨委主任谢永华、泉州市侨联副主席兼秘书长黄启泽、市侨办副主任金东汉、市教育局计财股股长李世斌，以及省中建公司、市中国银行分行、市教育局有关人员出席了会议。陈怡祥向大家介绍了吴庆星秉承父志捐资办学的缘起，并对原设计方案的补充、修改意见做了说明，正式委托泉州市侨联直接负责筹建工作，由马甲乡侨联协助。与会人员高度评价吴氏父子爱国爱乡的义举，表示一定不负重托，尽心竭力，把建校的事情办好。

会后，他们一行十余人前往石狮，参观访问了由当地华侨捐资兴办的大伦青山学校，以期取得可资借鉴的经验，再赴马甲，由当地各方负责人陪同，实地察看了校址。

大家对此校址表示满意。

许可建议，考虑到山区的地理状况，学校教学楼（包括主楼）和宿舍均应以石头结构为主。设计人员估算，目前造价每平方米约需180元。按现有设计，校园东西方向为140米，南北方向127米。小型足球场为80米×40米，排球场为18米×9米，篮球场为26米×14米。与会者认为，乡村小学设篮球场一个就够了，村里人和高年级学生都可以用，低年级学生很少打篮球，没有必要设两个。

关于12间教室的使用安排，与会者认为，可设上课教室7间，礼堂2间，音乐室1间，试验室1.5间，体育室和少先队队部0.5间。

原设计教室7.2米×6米，走廊宽1.8米，大家认为不合适，应改为教室8米×6.2米，走廊宽2米。有人建议可以再大一些，教育局的人说，这是城市学校标准，乡村学校有这样宽敞的教室和走廊就很好了，每间可以坐四十个学生，如果把教室定为10米×6米，就太大了，将造成浪费。

设计人员认为，学校建在山坡上，地理位置很好，夏天开窗一样凉爽，不会闷热，教室不安电扇也可以。

关于教师宿舍，两间一套，包括卧室、客厅、卫生间、厨房，原则不变，但单间的宿舍可作适当修改，将卫生间和厨房的门集中设在东侧，作为公用卫生间和厨房，并且根据实际需要增减宿舍数量。

木制双人课桌椅先按100套计划，每套约25元，如用铁制品则需80元。拟购置橱柜7个、床15张、办公桌20张、阅览桌3张、乒乓球桌2张。

设计人员建议，运动场可以不设围墙，估计不会影响使用，可以节省开支。

有关搬迁问题，由马甲镇政府和马甲侨联出面协调解决。

…………

许多年之后，当读者回顾这些豆腐账似的会议记录时，会觉得繁琐而枯燥，而这里罗列的还只是其中的一部分，而且是经过与会者反复探讨、争论之后达成的共识。这是一个既尽量满足实际需要而又"精打细算"的方案，但教学楼的面积已经扩大了，教师宿舍也有所增加，围墙加长并改为石墙，当然造价估算也随之增加了。

陈怡祥认真听取了所有参与者的意见，详细做了记录，汇总给吴庆星，请他斟酌。

此时，阿弟的病情正牵动着全家人的心。当吴庆星从香港赶到北京协和医院，看到的是无声地躺在病床上的儿子，任凭父亲千呼万唤，也不能交谈了。林惠日夜守护在阿弟身边，给儿子喂药、喂食，给儿子翻身、擦身，轻声细语地跟儿子说话，为儿子唱歌，日复一日，月复一月。她坚定地相信，她所做的这一切，儿子都能够感到，能够听到，总有一天，儿子会突然坐起来，对她说："妈妈，我好了！"可是，这一天何时到来，却遥遥无期。

此后不久，仰光传来善仰老人病逝的噩耗，患难中的全家又遭受沉重的一击。

1985年，吴庆星五十周岁。在这一年里，儿子病倒、父亲去世这两件大事接踵而来，厄运如乌云盖顶，挤压着这颗痛苦的心。孔子曰，"五十而知天命"，这就是天命吗？上天为什么要这样对待一个从无害人之念、常怀慈善之心的人呢？难道是要考验他那烈火般的性格所能够承受的极限吗？吴庆星毕竟是吴庆星，他没有被灾难击倒，却用那副从来不知道躲闪退缩的肩膀撑起了从天而降的使命。在悲痛交集、身心俱疲的日子里，他也没有忘记仰恩工程，始终牵挂着建校大业。5月8日，他与陈怡祥通电话，交代"建校工程应以招标、投标办法解决，福建省内外的施工建筑部门都可以投标，既要收费合理，也要保证质量，按期限完成"。指出设计草图中"篮球场不符合国际标准尺寸，排球场位置不合适，教学大楼太靠后了，车库位置也不合适"。并且强调，"筹建学校的领导权仍放在市侨联，由市侨联负责招标，亲友不准插手"。6月，他又亲自给泉州市侨联写信，对建校方案提出具体修改意见。7月，泉州市侨联将修改后的方案寄给他过目。8月，他通过陈怡祥邀请泉州市侨联和马甲侨联的同志一起来京面商，但由于一些具体原因未能实现。

11月，泉州市侨联来信，同意"通过招标、投标的办法选择施工单位。邀请持有施工营业执照和企业技术等级、具备承担投标工程施工能力的施工单位进行投标，择优录用"。建议把教学楼与平整土地和建筑围墙、校门、宿舍、厕所等工程分为两个项目，选择技术级别较高的施工单位负责教学楼工程。并且向他通报："市侨联、市教育局分工负责审查基建方案、工程造价、施工单位，检查工程质量，监督资金使用、工程验收等。为了落实基建责任制，成立学校基建委员会，作为基建的工作班子，具体负责基建工作。基建委员会设正副主任各一名，委员三至五人，由乡党委、乡政府、侨联分会、中心学区等单位调配，除主任一人兼职外，其余成员必须是专职搞基建工作，各司其职，如出纳、会计、材料、供水供电、接洽投标、施工监督等。原来设立的筹建会仍然保留，负责检查督促。"

这封信由陈怡祥转交吴庆星，"并望作速函复"。吴庆星是个追求完美的人，在没有经过实地考察的情况下，仅凭书信来往，很难让他做出准确的判断和决定，他感到，自己必须亲自走一趟了。

1985年11月25日，吴庆星再次踏上回乡之路，从香港来到马甲。林惠和阿凯在北京照顾阿弟，女儿丽冰、丽玲远在英国，随他前来的是从澳大利亚回国的女儿丽云和丽菁。

这是吴庆星第三次回老家。第一次来时，他只有七岁，在这里住了四年。第二次来时，他二十二岁了，没在老家久待，只是一晃而过。哪里想到，这一晃又是二十八年过去了，现在回到故乡，他年已半百，而一生心系桑梓的父亲没有能和他一起回来，令人感慨不已。家乡的人们对善仰老人的去世深表哀悼，把由衷的钦佩、敬仰之情都加之于老人的后辈，这让吴庆星感到难得的亲切和安慰。

　　可是，随同前来的两个女儿却无法体味父亲的这番感受。这就是祖父和父亲魂牵梦萦的故乡？怎么会是这个样子啊？这里没有马路，只有坑坑洼洼的土路，汽车开不进来，人只能步行。没有电，当然也就没有电灯、电话、电视。没有自来水，当然也就没有卫生间和抽水马桶。这里的茅厕让人不敢进——岂止是不敢进，老远就得绕着走。这里的家禽家畜满街乱跑，弄得路上污秽不堪。奇怪的是，这里的人见怪不怪，对一切都那么坦然，甚至端着饭碗在茅厕旁边吃边聊。野外没有路，人走在田埂上，一不小心就会踩到粪坑里去。在大都市长大的女孩子，从来也没来过这种地方，没见过这种景象！更不可思议的是，爸爸竟然对这样一个地方爱得一往情深，还要在这里办学校，有没有搞错噢？"这个地方真可怕！"她们悄悄地用缅语对爸爸说。

　　可怕？这两个字把吴庆星刺痛了。吴庆星曾经多少次向孩子们述说家乡的好、家乡的可爱，而当女儿来到这里，却大失所望，这里一点儿也不好玩儿，好像爸爸"骗"了她们。对于女儿的抱怨，父亲只好抱歉，为家乡的贫穷落后而抱歉。但是，爸爸并没有说假话，"故乡"这个概念，从来是和童年连在一起的，山边村虽然不是吴庆星的出生地，但当年回老家避难，正值他的童年，他爬过这里的山，蹚过这里的水，下河捞过鱼虾，上树掏过鸟窝，钻墙根捉过蟋蟀，四年的时间不算短了，这是一个实实在在的故乡，没有半点虚假，却只能留在亲身经历的人的记忆里，无法像遗传基因一样代代相传，正如每当你深情地哼起某一首"老歌"，就不知不觉眼含泪水，而后生晚辈却无动于衷。吴庆星的孩子们，生在缅甸，长在香港，往来于世界各大都市之间，早已把他乡做故乡，而这个偏僻的山边村，只是父亲的故乡，祖父的故乡，一个陌生的符号而已，不知道它好在哪里？凭什么要去爱它？

"我不怪你们，"吴庆星对两个女儿说，"我也明知你们对这里看不上眼，但还是带你们来了，因为这是一个不能忘记的地方，当年你阿公就是从这里走出去的，这里是我们的根。阿公走了，死在南洋，没有实现叶落归根的愿望，可是他还有儿孙，还会到这里来寻找他生命的根。我不希望在将来的某一天，我也死了，直到那时候你们还没有来过这里，以后也不会来，这里被吴氏子孙遗忘了，这条根也就断了！"

两个女儿听得心里酸酸的，爸爸刚刚五十岁，就说些生啊死的话题，太沉重了吧？她们不愿意看到爸爸伤感，更不愿意让爸爸生气，就赶紧说：不会的，不会的，我们这不是跟着爸爸来了吗？阿公的故乡，爸爸的故乡，就是我们的故乡，我们也没说它不好，只是刚来，有些不习惯而已。

"不习惯是正常的，甚至不喜欢它也是正常的，因为这个故乡太穷了，太破旧了！"吴庆星说着，深深地叹息，"如果现在有国外的朋友要来看一看，连我都不好意思，会请他们再等几年，等我们把家乡建设得漂亮一些，再开门迎客。中国人要面子，再穷的人家，出门走亲访友，都要换一件干净衣裳，生怕人家瞧不起。有客人来，哪怕借钱，也要弄一桌好饭好菜招待，生怕怠慢了人家。可是你们不同，你们是这里的子孙，是自己人，没有什么可顾忌的。有句老话说，'儿不嫌母丑，狗不嫌家贫。'正是因为这个家太穷了，才需要我们这些儿孙加倍地爱它，尽自己的力量去改造它，充实它，把它打扮得漂亮起来！"

乡亲们陪着吴庆星去看地形，就是阿凯拍了照，重点向舅舅介绍的地方，乌潭水库北岸的一面山坡，这里本来就是一块荒地，布满乱石，由于常年的水土流失，贫瘠的土壤苍白而坚硬，没有养分，连树也长不起来，只有一些稀疏的野草。

"在这里建学校，不占农田，而且视野开阔，阳光充足，很好！"吴庆星表示满意。

大家都舒了一口气，老板点头了，事情就好办了。

"可是，不知道从对面看过来怎么样？"吴庆星转过身来，望着东方的双髻山说。

陪同的人都愣了。这真是一个匪夷所思的问题，你在这边盖房子，和对面的山有什么关系？有谁会爬到对面的山上去看你的学校？

不，吴庆星有他的理论。

"我们不是在野地里随便搭一个豆架瓜棚，也不是盖一间仅供容身的房子，我们要建的是学校，是教书育人的百年大计，所以，地址要选好，房子要盖得漂亮，从哪个角度看都好看。我希望，它将来能成为马甲的地标性建筑，吸引成千上万人来参观的旅游景点！"

又是令人瞠目结舌。房子还没盖，他就已经想得这么远，什么"地标性建筑"，什么"旅游景点"，这些炫目的词汇和眼前的荒山秃岭实在难以联系起来。如果这番话不是出自一位实力雄厚的企业家之口，别人一定会认为这是在说梦话。但吴庆星是认真的，他相信家乡一定会拥有美好的明天，而现在要做的，就是画出一幅尽可能完美的蓝图。

一行人陪着他上山。这对家乡人来说，自然不在话下，只是难为了他的两个女儿，她们何曾经历过这般跋山涉水？闽南的冬季不比北方，太阳仍然是很晒的，陡峭的山路又很不好走，直折腾得她们气喘吁吁，汗流浃背。

吴庆星不管这些，撑着拐杖，一路走一路看。遇到地势开阔的地方，就干脆停下来，凝视着山脚下的乌潭水库北岸，默默地看一阵子，也不说话，又往前走。此刻，他的眼中看到的已经不是荒山秃岭，而是一片崭新的建筑，他在寻找最佳观测点，今天他所走过的地方，就是将来观光客的旅游路线。终于，他把拐杖朝着远方一指，满意地笑了："好，很好，学校就建在这个地方！"

这一次，他们在马甲走走看看，花了三天时间。此时的山边村还不具备接待条件，他们住在泉州华侨大厦，早出晚归。就是因为在乡下没办法上厕所，女儿们出发之前不敢喝牛奶，不敢喝粥，不敢喝水，忍饥挨渴地跟着爸爸一路奔波。

吴庆星乘兴而归，初步踏勘颇有收获。

转眼又是春节。

春节过后，1986年3月25日，陈怡祥和阿凯从北京来到泉州，与吴庆星会合。这次，吴庆星从香港请来了一位堪舆大师，看看他所选择的这块地方风水如何。香港人、闽南人都笃信风水，凡兴建土木工程，必经过这道程序。其实，在吴庆星的内心深处，未必真的相信风水，他更相信自己的感觉，但他毕竟没有理论，很希望听到专家从理论上的论证，从而证明自己的感觉是正确的，或者说，不愿意两相抵触，这也就是沿袭已久的从众心理，宁可信其有，不可信其无。

有意思的是，风水先生所说的理论，吴庆星一概听不懂，他所关心的只是结论。结论是令人满意的，风水先生充分肯定了他的选择，只是特别强调：整个建筑群要坐西北而朝东南，东南为巽，巽主八卦之风，大吉。对此，吴庆星完全接受，东南方向就是朝着双髻山嘛，他上一次不辞劳苦地爬上双髻山去，就是因为那边是最好的观测点，看来，英雄所见略同，他与风水先生不谋而合。这使吴庆星十分兴奋，跟着他跑来跑去的人也都舒了口气。这些人当然也不懂风水，但凭着直觉，谁都能看得出来，这片依山傍水的坡地，犹如一把硕大的太师椅，后面有靠背，左右有扶手，稳稳当当，敞敞亮亮，绝对是一块风水宝地，只是这个结论由风水先生来下，比谁说的都更管用，让吴庆星心里踏实了。

1986年3月26日上午，吴庆星在陈怡祥的引荐下，会见了福建省侨联副主席许可和秘书长张植林、泉州市鲤城区人大常委会主任谢永华、鲤城区侨联主席吴序良、泉州市教育局计财股股长李世彬等各方面负责人，商谈建校方案，下午又与鲤城区教育局局长洪镇盘进一步深入研究。洪镇盘建议，可将当地的中心小学归并到仰恩学校，也就是说，仰恩学校建成后，即处于中心小学的地位。这样，原来的建校方案就需要相应地扩大，基建经费也势必超支，估算将增加十五万元左右，总经费预算将达到八十万元。吴庆星欣然表示同意。

当日晚，鲤城区侨联宴请吴庆星和陈怡祥，区长郑仲实和许可、郭景仁、柯显常等省市侨联的领导以及教育局局长洪镇盘等十二人出席，宾主举杯共祝仰恩学校建设工程早日开工。

吴庆星此行，开局良好。

陈怡祥作为牵线人，意犹未尽，乘兴问市侨联副主席郭景仁："能不能请市长接见接见吴先生？得到市领导的支持，我们的工作就更好办了！"

郭景仁说："我试试看，你等我的信儿！"

宴会结束之后，郭景仁便打电话给市长陈荣春。

陈荣春也是本地人，家在惠安，毕业于北京外交学院，曾长期做外交工作，1983年9月以后历任晋江地区行署副专员、福建省对外经贸委副主任、党组副书记，香港华闽公司常务副董事长，1986年1月当选泉州市市长、市委副书记。可以想见，刚刚上任两个月的陈市长有多少事情等着他做，他的时间有多么宝贵。

郭景仁和市长通完电话，随即答复陈怡祥说："陈市长很忙，只能抽出十五分钟时间和吴先生见个面，明天上午八点整，在市政府。"

"好吧，"陈怡祥说，"这十五分钟，咱要是不争取，也没有啊！"

次日一早，陈怡祥和吴庆星赶到市政府，郭景仁已等在那里。八时整，市长陈荣春接见了他们。其实彼此心里都明白，十五分钟谈不了什么实质性的内容，这只是一次礼节性的接见。

寒暄过后，市长首先向吴庆星介绍了泉州的五大优势：一是人多。泉州是著名的侨乡，早年外出谋生的华侨很多，旅居台湾、香港的人员也不少，所以侨属、台属、港属多；二是经济收入多，侨汇多，居民的存款多；三是文物古迹多，人文历史资源丰富；四是经济繁荣，GDP 位居福建省的前列；五是交通方便，海陆空四通八达。

这番说辞，显然不是专为吴庆星准备的。当领导的日理万机，一年到头开不完的会，做不完的报告，还要应邀出席各种仪式，接待八方来客，无论见了谁，本地的基本市情总是要说的，早已倒背如流，滚瓜烂熟，现在说的还只是一个概要，如果详细讲，还有一系列数字和举不完的实例，讲几个小时也没问题。可是他实在太忙了，所以只能抽出十五分钟的时间，向客人做个简要的介绍。

市长的开场白说完，下面的话，吴庆星就不大好接了。的确，市长所言不虚，这五大优势都是事实，泉州人多，钱多，经济实力强，历史底蕴深厚，发展前途广阔。改革开放以来，侨商、台商、港商回来投资、捐赠，办学、办厂、办企业，屡见不鲜，连本来和泉州没有什么关系的富商巨贾也纷纷慕名前来，寻求合作机会。在这种情势之下，吴庆星花几十万捐建个小学，也只不过锦上添花而已。

不，吴庆星想告诉市长，他不是来锦上添花，而是来雪中送炭的。

"感谢市长的指教！敝人侨居海外多年，此番归来，听到市长精辟的介绍，深为家乡的繁荣发展感到鼓舞，并且对市长的领导有方深表钦佩！"他首先把自己摆在被领导、被教育者的地位，肯定了泉州的大好形势和市长的无量功德，然后话锋一转，"不过，世间事物的发展并不是整齐划一的，在富足的泉州，也还有像敝乡马甲那样的贫困山区，交通闭塞，经济落后，人均耕地不足二分，人均年收入不过二百元，拖了泉州的后腿，敝人作为这方水土的子孙，深感惭愧啊！"

市长的笑容收敛了。吴庆星所说的马甲贫困山区，当然是真实存在的，市长也并不是不知道，但从泉州大局而言，只是一个小小的局部，十个指头当中的一个指头，甚或连一个指头都算不上，所以对外宣传的时候，一般是不做介绍的。可谁料到，现在这个来访者偏偏哪壶不开提哪壶，和贫穷落后的马甲对号入座！

"应该惭愧的是我们啊！"市长神情凝重地说，"解放这么多年了，乡亲们的生产和生活还处于这样的低水平，说不过去啊！小平同志说得好，'贫穷不是社会主义！'我们共产党人的天职，就是要为人民谋幸福，带领人民群众走共同富裕的道路。市里对于改善山区的落后面貌，是有规划的，不过呢，你也知道，有些历史遗留的难题，解决起来有一定难度，也需要一个过程……"

"我知道，"吴庆星说，"敝人今天登门拜访，不是为家乡向市长伸手要钱、要物，而是请市长给我一个机会，为家乡效劳、出力的机会！"

"嗯，我听说了，"市长点了点头，"你要捐资办一所学校？"

"是的，这是先父母的遗愿。先父认为，治穷必先治愚。办好教育，培养人才，提高文化素质，是强国富民的根本，对于一个地区、一个乡村来说，也是同样的道理。"

"说得好！'十年树木，百年树人'，教育是造福子孙后代的百年大计啊！"

"是的，这就是我办仰恩学校的初衷。但是，仅仅办一所学校，也不是所有的问题都可以解决的。"吴庆星接着说，"我到马甲看了看，那里的自然条件并不是不好，而是没有充分开发利用。山坡地不宜种粮食，难道不可以做别的用吗？闲置在那里，任其荒芜，只等着上级扶贫，这就是'坐吃山空'，即使给他们运去整卡车的钞票，按人头分发，花完了仍然一贫如洗。"

"嗯。"市长点了点头，"吴先生有何高见？"

"马甲山区要改变贫穷落后面貌，关键在于因地制宜，自力更生。农民不种的山坡地，我来种！在仰恩学校周围开辟仰恩果园，全面规划，分期开垦，第一期先种植龙眼、荔枝、柑橘、枇杷、芒果，我还可以从缅甸引进优良柚种苗一千株，形成二三百亩的规模，然后逐步扩大，发展到两千亩，几年后就会有收益，我一分钱不要！……"

市长听得入神了。

吴庆星接着说："将来果园的收益，把百分之二十留作仰恩果园生产基金，百分之四十作为仰恩学校经费，今后逐步做到：凡是在仰恩学校读书的，免缴学杂费，学习用品也由学校发给，成绩优异的学生，还可以发给奖学金。学校还要组织学生参加果园的义务劳动，学习果树生产知识和自然科学知识。还有百分之四十的资金，用作扶贫款，以无息或低息贷款给贫困农户，用于发展果木生产，仰恩果园还可以向他们提供优良品种，指导栽培技术，传授育果经验，大力支援，让他们尽快地富裕起来！"

市长两眼放光，心中暗暗称奇。这个吴庆星，并不是捐几个钱办一所学校就算完，他要干的是成片山区的全面开发！市长在以往的工作中，接触过许多主管农业的干部和农村基层干部，那些人汇报工作的时候，总是极力揣摸领导意图，说些套话、空话，好似背社论、念稿子，听起来一二三四，却落不到实处，没有可操作性，说了等于没说，许多事情议而不决，一拖再拖，拖到换届离职走人，不了了之。而面前的这位归国华侨，按理说并没有在国内农村工作的经验，却比那些农村干部更接"地气"，不但熟悉情况，深入实际，而且高屋建瓴，有谋有略，准备了一整套切实可行的办法，简直是从国外引进了一个"焦裕禄"！按照他的部署，马甲山区不但将办起现代化的学校，提升文化素质，而且还将带动农民脱贫致富，改善自然环境，一举数得，何乐而不为？

"太好了！"市长兴奋地站起身来，握住吴庆星的手，这和刚见面时礼节性的握手很不一样了，"吴先生，我们为有你这样的侨胞感到荣幸！你的想法很好，和我们党在新时期制定的强国富民、实现中华民族伟大复兴的目标是完全一致的。改变马甲山区世世代代贫穷落后的面貌，也是市委、市政府规划中的一项重要任务，让我们同心协力来完成！我代表市政府向吴先生表示感谢，并且给予坚决的支持，今后在工作中，咱们随时沟通，有什么困难，尽管来找我！"

在一旁作陪的陈怡祥和郭景仁乐了。这个吴庆星不简单，和市长初次见面，就能讨得"尚方宝剑"！为什么？因为他不是在谈"生意"，也不是来谋"合作"，而是凭着一片爱国爱乡的真情打动了市长的心，并且为贫困山区开出一剂脱贫致富的良方，解了市长之忧，对于掌管一方的行政长官来说，最需要的正是这样的有胆有识之士！

这次会见，原来只限定在十五分钟之内，而在倾心交谈之中，宾主都忘记了时间，不知不觉已过了一个多小时，如果不是秘书来提醒市长下面还有重要会议，要收都收不住。好在市长已经说了"有什么困难，尽管来找我"，吴庆星可以放心地告辞了。

会见之后，市长立即交代有关部门和机构，对吴庆星先生捐资办学和开发马甲山区的义举予以重视，尽快落实。

1986年3月28日晚，鲤城区教育局局长洪镇盘宴请吴庆星。

1986年3月29日晚，吴庆星举行盛大的答谢宴会，从市、区领导到各部门负责人和有关工程技术人员都应邀莅临，这意味着仰恩学校的筹建获得了当地官方的一致首肯。正是在这次晚宴上，他结识了鲤城区副区长曾华彬，成为朋友。一年之后，曾华彬升任鲤城区区长，1993年3月又升任泉州市副市长，对于仰恩学校的建设和发展，给予了大力支持和具体帮助。

1986年3月31日，由谢永华、蔡炳煌、李世彬、张祖永、吴忠南、杜免成、吴锦凤、吴继士、吴约翰、吴祥稣为委员，陈受封、杜贤长、王锦江为顾问的仰恩学校建设委员会在马甲乡山边村宣告成立。

同日，吴庆星离开泉州，返回香港。

1986年4月4日，仰恩学校建设委员会向泉州市鲤城区人民政府呈文：

　　我区马甲乡山边村旅港同胞吴庆星先生秉承其父吴善仰先生为祖国家乡办学育才的遗愿，自愿捐资人民币一百万元，在马甲乡山边村兴建一所规模较大、设备较现代化的中心小学，取名仰恩学校，以志其父母的功德。吴先生的义举得到我区各界的支持，业经区政府呈报省府在案。

　　根据吴先生的意愿，仰恩学校第一期工程计有：教学楼一幢（四层，两千平方米），礼堂一座（室内可设置篮球场，面积六百平方米），教师宿舍一幢（二层，面积四百五十平方米），标准运动场（具有四百米跑道，有观众台）以及水塔、厨房、浴室、厕所、围墙、校门、道路、桥梁等设施，总建筑面积三千九百多平方米，占地面积需三十五亩。

关于建校用地问题，经与马甲乡人民政府讨论，议定在不动用耕地的前提下，充分利用山边村的山坡地建校。

吴先生已于前日离去，临行嘱咐从速筹办。为此，特呈请准许征用兴建仰恩学校所需土地三十五亩。

1986年4月5日，鲤城区人民政府在接到呈文后立即呈报省政府。

1986年4月12日，福建省人民政府闽政〔1986〕侨038号文批复：同意泉州市鲤城区马甲乡仰恩学校建设委员会接受港胞吴庆星先生捐赠人民币一百万元，作为兴建仰恩学校工程专用。

1986年4月10日，吴庆星到广州参加春季广交会，借此机会，邀请谢永华来广州一晤。4月13日，谢永华等四位建校委员到达广州。谢永华告诉吴庆星：泉州市、鲤城区和马甲乡领导对仰恩学校的兴建非常重视，4月9日，市府顾问张田丁、市侨办主任黄川、市教育局副局长黄温基、鲤城区副区长吴金钗、区教育局长洪镇盘和副局长刘贤明，以及谢永华等一行十人到马甲查看现场，并进行座谈。大家一致认为，霞井村周围有杏村、永安、新庵、洋坑、析山、马甲等六个自然村，生源基本可以保证。从长远规划来看，如果校舍、师资条件具备，还可以逐步向职业高中发展，前景喜人。

听到这里，吴庆星会意地一笑："好，我们想到一起了，仰恩学校这篇'文章'，将来会越做越大！"

谢永华继续说："在勘察中，大家也注意到，建校规划所用的三十五亩山坡地中，有农民的十七亩茶园，还有二十三株龙眼需要移植，九十三座坟墓需要迁移。按马甲乡政府的测算，需要赔偿青苗损失费和坟墓迁移费总共三万元……"

吴庆星当即表示："哦，应当的。这笔钱，由我来出！"

"不，"谢永华说，"市领导的意见是，此事一定要妥善处理，一不能让农民吃亏，二不能增加投资人的负担。经过讨论，决定由马甲乡政府拨五千元，区政府拨一万元，市政府拨一万五千元，合计三万元，作为补偿青苗损失费和坟墓迁移费。这笔钱虽然数额不大，但表达了各级政府的诚意，一定要把华侨委托的事情办好！"

吴庆星深为感动："谢谢！如果没有政府的支持，那是什么事情也办不成的！"

在广州，吴庆星利用两天的时间，和谢永华一行详细审看了仰恩学校总平面图以及教学楼、礼堂、教师宿舍楼、运动场等扩充方案，并且研究落实了一百万元汇款计划，4月15日从广州汇出首批款项三十万元。

广交会结束后，吴庆星于5月6日再次回到马甲，查看建校准备工作。这时，三十五亩土地的测量已经完成，青苗移植和坟墓迁移工作也已结束，并且对有关农户进行了补偿，土方平整开始动工。这里的山上布满大大小小的乱石，不知是在什么地质年代，山体崩裂出无数的岩石碎块，再经过亿万年的自然风化和水流冲刷，磨去了棱角，变得像散落在河滩上的鹅卵石，只是比鹅卵石要大得多，最大的高达数米，重几千斤。在当时的情况下，大型机械是开不进来的，搬山运石，挖土平地，都要靠人工完成，用的是最原始的施工方式，现实版的"愚公移山"。

学校主体工程已交福建省第五建筑工程公司进行设计，签订了工程协议书，施工单位开始进石料，抓紧进行施工场地的供水、供电，吴庆星捐赠的基建所需钢材三百八十吨、镀锌钢管十八吨，已由鲤城区政府报请省政府批准免税进口，水泥由侨联所属企业香港侨裕有限公司供应，泉州提货。

在筹建仰恩学校的同时，桥梁、祖厝和别墅的修建也纳入了规划。

校址南面的乌潭水库上，原有一座山边桥，是连接仰恩学校和马甲街、泉州市的交通枢纽，已经年久失修，而且桥面仅三米多宽，难以适应新的形势需要，必须加以拓宽、改造。此外，吴庆星还酝酿着再建一座新桥。

经历了六百年风雨的吴氏祖厝，曾经是山边村的"文化中心"，在崭新的仰恩学校建成以后，这座破旧的房子还有必要保留吗？如果追逐"时尚"，恐怕是要拆掉的，许多地方的"旧城改造""旧村改造"都是这么做的，把具有历史文化价值的古代建筑拆得片瓦不留，代之以千篇一律的"水泥森林"。即便在"保护"之列的文物，也是拆了真的，然后再造一个假古董，文物价值丧失殆尽。但是，吴庆星却不这么干，他决定，把坍塌的地方重建，损坏的地方修补，一切依照原样，恢复他童年记忆中的故居旧貌，仿佛逝去的岁月重现。祖厝是家族的象征，岁月的浓缩，是子子孙孙心灵的归宿，留住它，就留住了历史。吴庆星不是历史学家，也不是文物专家，他讲不出成套的理论，却凭借着真诚朴素的愿望，做出了值得历史学家和文物专家研究和论证的实证。最朴素的，往往是最好的。

就在祖厝的旁边，吴庆星决定为自己造一个"窝"，依傍着祖祖辈辈居住的老宅，建起一座三层楼的别墅，作为他全家落脚的地方，以后再来，就不用晚上再回泉州住宾馆，这里就是家了。按照吴庆星的设想，别墅应具有闽南特色，而内部结构则采用钢筋水泥，现代生活设施应有尽有，一步到位，为家乡的现代化建设树立一个标杆、一个样板，农民将来也要过上像城里人那样的生活，城里有的，我们都要有。这座未来的别墅叫什么名字？吴庆星将它命名为"仰恩阁"，他要让每一个走进这座门的人，首先看到的就是"仰恩"二字，和他一样思也仰恩，念也仰恩，言也仰恩，行也仰恩。从今以后，吴庆星就是为仰恩活着，为仰恩工作，为仰恩奉献自己的一切——他做得到，别人也做得到吗？愿诸君勉力为之！

规划中的一切，都装在吴庆星的头脑里，详细过问了所有细节，唯恐有所遗漏，有所疏忽。连修缮祖厝和建造仰恩阁所需要的琉璃瓦二百吨，都是从北京门头沟区西山琉璃瓦厂定做的，还要租用四五节车皮运过来，这些，当然都要麻烦中国侨联的陈怡祥出面联络了。

走出建校工地，他又和杜德哲、蔡炳和等当地领导一起查看了附近的山坡地，商谈创办仰恩果园的具体事宜。他们表示，吴庆生创办仰恩果园，是爱国爱乡的具体表现，符合中央和省委有关帮助贫困地区尽快改变面貌的精神，特别是在当地经济落后、财政困难，不可能拿出更多资金支持脱贫致富的情况下，吴先生此举真是"雪中送炭"，帮了家乡的大忙。

次日，吴庆星返回香港。

1986 年 6 月 12 日，泉州市人民政府泉政〔1986〕综 239 号文批复：

> 根据省人民政府闽政〔1986〕侨 038 号文《关于接受港胞吴庆星捐款的批复》和闽政〔1983〕××号文《关于〈全省华侨办学工作会议纪要〉的通知》精神，同意鲤城区马甲乡山边村无收益的山坡地 39 亩无偿划给仰恩学校作为建校用地，征地费核定为 6120 元（其中，地面大小坟墓 96 座的迁移补偿费 6000 元，征地管理费 120 元），具体手续请有关部门给予办理。

土地问题解决了，仰恩工程就有了"根基"。

1986年8月9日，吴庆星应福建省省长胡平的邀请，从香港抵达福州，受到胡平省长、黄长溪副省长等领导的亲切会见和宴请。

随后，吴庆星回到马甲，查看他日夜牵挂的仰恩工程。建校委员会向他报告，教学区场地的挖填平整工程已经完成，由市建筑设计院进行地质钻探并写出踏勘报告，为设计提供了可靠的地质资料。学校教学楼、科学楼、礼堂、教师宿舍楼、运动场的平面布置也已做好规划，教学楼和科学楼委托南安县设计室负责设计，施工图纸已交出并进行施工图会审。教学楼和科学楼由省五建承包，已签订了施工合同并向市公证处办理合同公证。其工程预算委托市建设银行审查，工程质量监督委托区建筑工程质量监督站负责，并向建委申请办理建筑许可证。为保证学校工程施工用电，已与泉州供电局签订供电合同，架设了输电线路，安装80千伏变压器，并已开始供电。施工用的水、电、道路、场地平整等"三通一平"工作已完成。新建的一座三十立方米蓄水池，安装了两英寸镀锌自来水管，并已开始供水。

这些，都让吴庆星感到欣慰。

1986年8月11日，鲤城区委、区人大、区政府领导会见吴庆星，并进行座谈。正是在这次座谈中，吴庆星又有了惊人之举。

"根据国家《义务教育法》，我决定把仰恩学校扩大到包括六年制中心小学、三年制初级中学和三年制职业高中的规模！"

这给了与会的领导一个意外的惊喜。在最初的规划中，仰恩学校只是一所初小，后来升格为完小，成为马甲的中心小学，并附设初中班，现在，再一次扩充到职业高中，这是马甲人过去不可想象的，穷山沟真的要飞出"金凤凰"了！不过，这样一来，学校的规模扩大，校舍的建筑面积也必然扩大，预计要达到一万多平方米，工程造价预算当然也随之水涨船高，在吴庆星提出扩大方案之前已由最初的一百万元增加到二百二十八万，按最新的扩大方案则又将增加到四百万元！

吴庆星说："这件事是我要做的，钱当然由我来出，扩建所增加的资金，仍然由我全部负担。我们要办的不只是一所仰恩学校，还要办仰恩幼儿园、仰恩果园，建设仰恩街，开发双髻山旅游区，把马甲建成旅游胜地！"

一番话，说得大家如沐春风。吴庆星所做的事业，不要说在马甲，就是在整个鲤城区，也是自解放以来旅外侨胞捐资办公益的最大项目！领导当即表示，要把仰恩工程作为鲤城区一项重要建设项目，列入重要议事日程，认真抓好，及时帮助解决基建工作中的具体困难，并由区设计室承担仰恩学校的设计任务。原委托南安县设计室设计的三至四层教学楼、科学楼，建筑面积三千二百多平方米，系石混结构，现改为四至五层钢筋混凝土框架结构，建筑面积五千多平方米。原设计不符合国家规定的抗震要求，须重新设计，由区政府作为硬任务下达设计室，要求尽快完成，以确保基建工程及时施工。

1986年10月8日，中共泉州市鲤城区区委副书记陈敬聪、鲤城区人大侨委主任谢永华、鲤城区建委副主任蔡毓发、马甲乡乡长蔡炳和，以及市建筑设计院李汉洲、潘春晖、鲤城区教育局吴中南，湖南建筑设计院厦门分部张坤原、张慧芬，由仰恩集团的职员周永华、陈文凯陪同，乘一辆面包车前往深圳。当时香港还没有回归祖国，内地公民去香港，还要办很繁琐的出入境手续，吴庆星为了给家乡人省去这些麻烦，自己从香港过罗湖桥到深圳，在华侨大厦等待他们。

1986年10月10日，陈敬聪一行和吴庆星在泉州市政府驻深圳联络处进行工作会谈，正在深圳参加全国某会议的泉州市副市长薛祖亮出席并主持会议。

吴庆星对各位领导和专家对仰恩工程的关切和支持表示感谢。

设计人员表示：承担仰恩学校的设计任务，深感荣幸。我们一定要本着实用、经济、美观的原则，把设计方案做好，让领导满意，让吴先生满意……

话还没有说完，就被吴庆星打断了。

"依我看，你们的那个设计原则要倒过来，首先要美观，然后是实用，最后才是经济。希望你们搞出一个响当当的方案，不要怕花钱，不要穷凑合。中国人过惯了穷日子，'新三年，旧三年，缝缝补补又三年'。勤俭节约是美德，但是也要分得清里外，你总不能穿着补丁衣服去参加国际会议吧？给人家看的东西，要上得了台面。我在国外跑了很多地方，一些美好的建筑给我留下了深刻的印象。建筑是艺术，首先要美观，要好看。有许多建筑并不具有多少实用价值，比如纪念碑，既不能住人，也不能存放东西，只有一项用处：给人看，所以要壮观、庄严，令人肃然起敬。再比如公园里的亭台楼阁，主要功能就是给游人看的，让人家感到赏心悦目，流连忘返，这个设计就是成功的。我们盖学校，当然要满足教学、办公、住宿等等的实际需要，但是仅仅做到这一点是远远不够的，你把房子盖得像鸽子笼一样也能上课，可是不好看啊！一座建筑摆在那里，至少几十年上百年的寿命，甚至更长的时间，天天让人家看，要经得住时间的考验，要让人百看不厌！"

吴庆星不是建筑学家，却有自己的理论，说起来一套一套的，让这些设计人员刮目相看。作为建筑设计师，最愿意听到的一句话就是"建筑是艺术品"，他们把自己设计的每一座建筑，都当作竖立在大地上的一尊雕塑那样精雕细刻，可是在他们的设计生涯中，又有几次能够充分施展自己的艺术才能？在所有的艺术门类中，建筑是受外部条件限制最多的，自然环境、地理条件、资金投入、建材质量、施工技术水平都直接影响到建筑的质量，而让设计师最难以接受的，是委托方不懂装懂，指手画脚，提出种种无理要求，而他们又必须照办，一件作品往往今天这样改，明天那样改。改来改去，改得面目全非，不伦不类，让设计师羞于承认那是自己的作品。向那些违背艺术规律的"审查意见"妥协，是艺术家难言的苦衷。而今天他们在吴庆星身上看到的，则是对建筑的尊重，对艺术的尊重，对建筑艺术家创造性劳动的尊重，大有幸遇知音之慨，这个老板真可爱！

"吴先生的观点和我们很一致！您能不能具体谈一谈对这项工程设计的设想？"

"好啊，这次请你们来，就是要在这方面沟通一下，交流一下。不过有言在先，我对建筑是外行，专业的理论不会讲，图纸也不会画，只是谈谈自己的一些想法，供你们参考。"吴庆星首先放低了姿态，把自己摆在"班门弄斧""抛砖引玉"的位置上，下面的话就好说了。他点上一支烟，猛吸一口，说道："我对这项工程的总体设想，就是要大气、庄重，不要小里小气、小巧玲珑，要让人家一看，哇，够分量！"

设计师们听得眼睛一亮。只这几句话，就已经决定了建筑风格的基调，吴庆星所要的就是浑雄豪放的阳刚之美。当然，纤柔精巧的阴柔之美也是美，但放在这里并不适合，就不要考虑了。

"我们的学校依山而筑，山本身就有一种顶天立地的庄重感，为将来的建筑提供了一个很好的基础。"吴庆星继续说，看到设计师们在频频点头，于是向他们问道，"你们几位有没有去过西藏？"

设计师们不知道为什么向他们提出这样的问题。

"哦，没有……"

"没关系，我也没有去过，"吴庆星说，"但是我们都在照片上看见过布达拉宫，这座宫殿是建筑在高原上的，所有参观的人必须仰视它，这是它的天然优势。宫殿的背后是雪山，建筑和高原、雪山融为一体，巍峨、凝重，使登临朝拜的人感觉到了佛国天界，崇敬之情油然而生。这就是建筑的灵魂，有了灵魂，整座建筑就活了。我不知道布达拉宫是谁设计的，这位建筑师很伟大，永垂不朽！"

充满激情的演讲，把大家的情绪都调动起来了，形成一股强大的气场，人人跃跃欲试。

"我当然不是要求你们照搬布达拉宫，我们要建的不是宫殿，而是学校，要有学校的内涵、仰恩的特色。但是，我们可以从布达拉宫借鉴最有用的东西，那就是背靠大山、昂首青天的气势。这样的气势，再加上'物华天宝，人杰地灵'的内涵，就是这座建筑的灵魂！"

话音刚落，座间响起一阵掌声。不是捧场，不是客气，而是发自内心的赞赏，吴庆星说出了他们想说的话，点燃了他们的创作激情。

说完学校建筑，吴庆星又对仰恩阁别墅的设计提出要求："别墅作为民居，它的功能和学校是不同的，既要充分考虑到居住功能，又要适当借鉴闽南民居建筑的审美元素，让它和祖厝的风格、气势统一起来，同时，还要和学校建筑呼应、协调，形成一个完整的仰恩建筑群。因为我们不只是在盖房子，盖一片房子，而是在创造一个别具一格的景区，要让所有来到仰恩的人都百看不厌，流连忘返！"

"说得好！"设计师们异口同声表示赞同。

"看来我们已经取得了共识，谢谢！"吴庆星笑了，再点上一支烟，"不过，我只能当啦啦队，上场比赛、赢球是你们的事。图纸怎么画，房子怎么盖，你们是行家。拜托！"

第六章

仰恩速度

　　会议进行了三天，开得人心顺，热情高。会议认为，仰恩工程是本市一项华侨投资办公益事业的大项目，为了更好地发挥投资效益，保证在短时间内完成施工建设，在精心设计的同时还应特别强调精心组织，需要一个门类齐全的、强有力的领导机构，因此有必要对仰恩建校委员会进行调整和加强，市、区两级政府应有主要领导专人分管与主管，有关部门派人参加。建校委员会下设联络科、施工管理科、材料供应科、财务管理科，各科工作人员由市、区两级政府指定。

　　半个月后，1986 年 11 月 2 日，吴庆星又来到泉州，谢永华和柯显常到机场迎接。这次回来，吴庆星欣喜地看到，祖厝修复工程已经完成，做到了完整地保持原貌，他感到满意。仰恩桥正加紧施工，预计年底可以竣工。仰恩阁别墅因为挡土墙的质量问题耽搁了一些时间，省委批示拆除重建，现在地质钻探已经完成，即将复工兴建。由省地质队承建的地下水工程正在进行。吴庆星表示，他决定增加一项公益事业，兴建一座水坝，蓄水以灌溉农田，乡亲们闻讯奔走相告。

　　1986 年 11 月 4 日，仰恩学校设计方案在泉州华侨大厦会审，上次深圳会议的人员，除副市长薛祖亮外全部出席。

会议审看了刚刚完成的图纸，选定了比较符合要求的方案。并提出了修改意见：

一、校区入口处铺设绿地，种植外形美观的树木。

二、挡土墙每一大阶的台阶口应高出前后地面十至十五厘米。

三、设独立的阶梯教室。

四、教工单身宿舍北段缩小，南段改为 L 形。

五、食堂改为朝南偏西，教工和学生食堂分设，屋顶平台要达到可以登临标准，并且增设连通教工单身宿舍的走廊。

六、小山头的凉亭改为二层，内设校区总供水塔，外观造型应具有民族特色。

七、小学教学楼每幢设一部楼梯(应再征求消防部门意见)。

八、中学教学楼每间教室改为 9 米×2.4 米。两翼男女厕所入口改在侧面。入口处设短廊，近内廊墙上设门窗。

九、中学教学楼竖向凸柱正面加宽，竖向遮阳适当伸出。教室北窗均为磨砂玻璃。

十、礼堂确定选用第一方案，考虑体育、会议、文娱活动多功能用途，舞台及二层两侧均设挑廊。

十一、学生宿舍按每间四十至五十人设计，每层设一小间，暂按一部楼梯考虑，再征求消防部门意见。

十二、体育馆及礼堂西北角各设一间厕所。

与会者还对仰恩阁别墅的挡土墙设计方案提出了一些具体修改意见，如，某段围墙改为内外两遍錾凿，某段改为有规则的乱毛石砌筑，等等。

亲临会场的吴庆星在听取大家的意见之后，还做了补充：中学部教学楼的正立面竖线适当加粗；所有入口处的雨披做法，按室内活动室入口的处理方式办。

会议所讨论的这些内容，细碎繁琐，不厌其详，除了亲身参与这项工作的人们，旁观者是听不明白，也不会产生兴趣的。然而，正是这些琐琐碎碎的工作，体现了仰恩工程"精心设计，精心组织"的原则，凭借一砖一瓦的不懈累加，构成了日后令人惊叹的仰恩建筑群。

1986 年 11 月 5 日，吴庆星离开泉州，返回香港。

按照新作的预算，吴庆星及时追加捐款，1986 年 12 月 9 日，福建省人民政府闽政〔1986〕侨资 38 号文件批复：同意接受吴庆星先生为兴建仰恩学校捐款四百万元。

1987 年元旦刚过，1 月 10 日，吴庆星从香港来到泉州，查看仰恩工程的进展，酝酿建校委员会的改组，1 月 13 日返回香港。此次他来回，都由鲤城区人大侨委主任谢永华迎送。

1987 年 1 月 14 日晚 10 时 40 分，谢永华又接到吴庆星打来的电话，一时间，他忘记了时空的阻隔，似乎两人刚刚分手，其实，此时吴庆星已经在香港了。

"刚才我和陈市长通了电话，商定了仰恩学校建委会的名单，"吴庆星说，"由副书记陈敬聪担任主任，你做副主任，负责财政维修，请你不要再推辞噢！"

谢永华笑了笑，说："这不像征求意见，而像任命。既然你跟陈市长商定了，我只好接受重托了。"

吴庆星接着说："还有位副主任蔡毓发，负责工程技术，他是原定的工程指挥部指挥，委员陈文凯、蔡炳和、胡爱国、吴其炳、吴约翰，一共八个人。建委会成立后，你们要从速开会，委员分工，各负其责。请报告郑玉约书记、曾华彬区长，建议以区政府的名义发个文件。"

谢永华说："我可以代区政府拟文。"

吴庆星又说："别墅挡土墙要抓紧施工。我上次去的时候已经说过，打算再建一个水坝，请你们提出测量、设计图纸预算，把数据告诉我。还有，我们买的钢材到了吗?"

谢永华说："还没有。昨天晚上 8 时 30 分接到香港电报，说'卫城'轮在汕头避风，情况另行通知。"

"嗯，那就只好等了。"吴庆星说，"学校、别墅所需要的镀锌管，请提出型号、规格、数量，报给我再进口。中小学教学楼抓紧招标、投标、施工，尚未签订设计合同的礼堂、教师宿舍、教师住宅、学生宿舍、阶梯教室、总供水塔等，要从速签订合同。"

谢永华说："已经和设计院定了，明天下午我们到设计院签订合同，今天晚上，敬聪、毓发和我正在草拟设计合同稿。"

吴庆星说："辛苦了，代我向陈书记、蔡主任问好。还有，仰恩桥和公路扫尾工程，要抓紧完成!"

挂断电话，吴庆星又把电话打给鲤城区区长曾华彬，转告与陈市长通话的情况，并且讲了自己对建校委员会人员组成的意见，特别强调，这个建校委员会是在第一线干实事的，凡是不能到山边村做实际工作的人就不要列在里面了，不然会有挂很多虚名的人做委员，毫无意义。曾区长表示同意他的意见。

和区长通完电话之后，吴庆星意犹未尽，觉得还应该跟区委书记郑玉约打个招呼，电话拨过去，总是占线，知道郑书记在忙，只好作罢。

次日，1 月 15 日上午 10 时，吴庆星打电话给蔡毓发，把昨天的情况做了通报，问他名单送上去没有。这就是他的脾气，办事急如星火，昨晚才议定的事，今天上午就来催促。这边办事的人也不含糊，蔡毓发说，一早就送上去了。吴庆星这才松了口气。

当日晚9时03分，吴庆星从香港发电报给阿凯，要求速转谢永华，显然，他是担心电话记录不够准确，所以要亲自发过去一份书面文件：

从今日开始，解散原有之仰恩建委会，重新建立仰恩建校委员会，接受区政府指派陈敬聪、蔡毓发，与原有谢永华、陈文凯、蔡炳和、胡爱国、吴其炳、吴约翰共八位委员组成仰恩建校委员会，陈敬聪为主任，谢永华为财经副主任，蔡毓发为工程技术副主任，蔡炳和为人事行政副主任，其余皆为委员。此项委派，由收电日开始直至建校工程全部完成，移交给校董会为止。除非其间有人失职，或犯严重过失者，当另派人补充。请于1月22日前建立一健全之建校委员会，以及安排各组之工作人员及其任务，所有施工设计图纸以及招标材料，也必须于2月5日前准备齐全。以上之组织法及安排，本人已与市及区领导取得联络，绝不会有任何改变。有关此建校之计划，敬希各位合作与配合，积极进行工作，若有任何阻碍或破坏，则此施工大计将无限期停顿。

电文完全是命令式的，斩钉截铁，不容置辩，但这些内容是他事先与区领导通了电话，达成共识的，所以也令人无法挑剔。

这封电报，阿凯收到时已是次日上午8时。阿凯从河市赶到马甲，抄送谢永华。

其实，就在吴庆星发出电报之前，鲤城区委和鲤城区人民政府已经根据与他通话的内容形成了泉鲤委〔1987〕02号文件：

关于仰恩学校建设委员会组成人员的通知

仰恩学校建设委员会：

为加强仰恩学校建设的领导，经研究决定，仰恩学校建设委员会组成人员如下：

主任委员：陈敬聪

副主任委员：谢永华　蔡毓发　蔡炳和

委员：陈文凯　胡爱国　吴其炳　吴约翰

文件于 16 日下达，改组后的建校委员会宣告成立。

1987 年 1 月底，由吴庆星独资兴建的仰恩桥以及由鲤城区政府修建的附属公路落成，正式通车。仰恩桥桥体用洁白的花岗岩石块砌成，桥面宽 5.5 米，全长 64.8 米，可以并排通行两辆汽车。这座桥的开通，为加快仰恩学校工程进展提供了极其有利的条件，也标志着马甲贯通南北的时代的开始。

距仰恩桥五十米处，与石桥相映成趣的连拱坝也在紧张施工，要抢在雨季到来之前竣工。河坝也全部用花岗岩砌成，建成后将把惠女水库拦腰斩断，截留上游的河水十万立方米，相当于建造一个小型水库，提高水位后可灌溉良田五百五十亩，既可改造农田，开垦荒地，喷灌菜园，又可以向机关、工厂供水。待此坝建成后，在它的下游还将再建一座同样的水坝，形成一个四五百亩的人工湖，为仰恩学校再添光增彩，届时，双髻山倒映湖中，扁舟荡漾，游人击水，将是怎样的一幅图画！

在建造仰恩桥和连拱坝的同时，吴庆星又在策划捐建另一座大桥，设计宽度 6.5 米，全长 140 米，桥体为等截面悬链线空腹式三跨花岗岩石拱桥，每跨净宽 31 米，这样的大跨度石拱桥在整个福建省都是罕见的，建成后将使马甲、仰恩学校、泉州的交通浑然一体。

与架桥相连的是修路。民谚曰："若要富，先修路。"四面环山的幽闭环境，遮挡了马甲的视野，也延迟了马甲的发展。乡亲们忍了多少代，就是因为没有钱，没有实力。现在不能再忍了，马甲要办学校，要与外部世界接轨，就必须开出一条进山出山的路来。

1987 年 5 月 31 日，福建省省长胡平亲临马甲，视察仰恩工程，吴庆星迎上前去，握住胡平的手说："胡省长，一路辛苦了！"

胡平连忙说："不辛苦，不辛苦！"

吴庆星说："怎么能说不辛苦？从泉州到马甲这二十多公里路很不好走啊！"

原来，他所说的"一路辛苦"，用意就在这个"路"字上。从泉州琯头到马甲的公路，全长二十四公里，途经双阳桥和河市，是鲤城区通往马甲、罗溪和仙游、南安的主要公路，马甲、罗溪是泉州的重点侨乡，旅居海外的华侨数万人，每年回乡探亲的华侨数百人次，这条公路是必经之路。马甲的双髻山是泉州的旅游胜地，山上的"仙公"在东南亚华侨和台湾同胞中影响很大，每年都有大量海内外游客前来游览，但由于公路弯曲狭窄，路况差，雨天泥泞打滑，晴天尘土飞扬，给行人和车辆带来极大不便，每到旅游旺季，公路阻塞，交通事故频发。这些，已成为当地的一大难题，人们迫切要求改造这条公路，为侨胞返乡，开发家乡经济"铺平道路"。只是迄今为止，这些意见和建议还没有反映到省里，还是吴庆星敢想敢说，当着省长的面就把话挑明了，建议省、市两级政府把改造这条公路列入议事日程。

胡平当即表示："这个建议很好。公路建设可以分期进行，资金可以市、区出一点，交通公路部门出一点，省政府出一点。"

随后，公路改造的勘察、设计、预算、征地、施工等等项目陆续开始。马甲人盼了多年的一件大事，吴庆星的一句话，就纳入了省里的议事日程。

1987 年 6 月，仰恩学校第一期工程招、投标评审揭晓，由泉州市建一公司承建别墅主体工程，惠安五建承建综合楼项目，泉州满堂红建筑公司承建教学楼 A、B 座两个项目，惠安市政工程公司承建教师住宅楼等项目。由于仰恩学校已升格为中专技校，原已经完成设计的第二期主体工程因为使用功能发生改变，必须进行重新设计，浙江省设计院受仰恩建校委员会委托，表示力争在最短的时间内设计出餐厅、学生宿舍、体育馆等项目的图纸。

6 月盛夏，仰恩学校第一期工程全面开工。六百多名干部和技工、民工冒着高温酷暑，克服水电供应紧张、山坡地带地质变化大、副食品供应紧缺等生产、生活方面的困难，日夜奋战。到 8 月底，三座教学主楼基础已处理完毕，并进入一层框架钢筋的安装。教师住宅楼一层墙体砌筑完成，进入二层楼面模板钢筋安装并浇筑。

仰恩阁别墅主体工程也在紧张施工。

与此同时，仰恩街道的建设、仰恩附属工厂用地平整土石方工程，以及铺设村间道路和环村公路，建设公用洗澡间、洗衣槽，改造全村的牛栏、畜舍、厕所等项工程也陆续开工。对于建公厕这件事，乡亲们并不像对修桥铺路那么赞成。乡下不比城里，乡下人有乡下人的习惯，祖祖辈辈就是这么过来的，连"文化大革命"当中上边口口声声要"扫除一切旧思想、旧文化、旧风俗、旧习惯"，都没有触动这些茅厕，你吴庆星既不是村长，也不是乡长，怎么管得这么宽？连我们"方便"的事也要管？对了，吴庆星就要管，他说："只图自己'方便'，公共环境就不方便了。小处'方便'，大处就不方便了。我们要做文明人，做文明事，一时不习惯，慢慢地就习惯了。将来咱们马甲出了名，外地的、外省的、外国的人都来参观，你们还好意思当街'方便'吗？"就这样，"文革"没有"革"成的"命"，让他给"革"了。

双髻山下，机器轰鸣，镐锹铿锵，人声喧腾，沉寂数百年的山乡成了一片繁忙的工地。

1987年9月9日，吴庆星从香港来到泉州。气象台刚刚发出预报，今年第12号强台风将于9月10日登陆泉州。真是来得巧啊，台风无情，正在建设中的仰恩工程怎么办？可不能遭受损失！吴庆星马不停蹄，立即要奔赴现场，被他的外甥、建校委员会委员陈文凯一把拦住："舅舅，你年纪大了，千万不能冒这样的风险！工地有我在，有我们大家在，你还不放心吗？"

当晚9时，仰恩工地已经狂风骤起，飞沙走石，恰巧建校委员会主要负责人谢永华出差在外，天气预报就是命令，工程指挥部和开发部立即投入紧急抢险抗灾，办公室副主任颜汉书、材料科科长李九旭率领全体材料人员奔赴工地。水泥仓库是保护的重要目标，那里存放着五百多吨水泥，一旦遭雨水浸泡，后果不堪设想！他们顶着狂风爬上仓库屋顶，一手拿电筒，一手挥铁锤，逐个用木板加固，再把二百多根八米多长的铁管、钢筋拉上屋顶，压住竹席，终于顶住了狂风。

9月10日晚，强台风登陆，狂风卷着暴雨，工地上倒海翻江。紧急赶回的陈敬聪、陈文凯亲临现场，身先士卒，和抢险人员一起爬上仓库屋顶，检查险情，防雨堵漏。此时此刻，已分不清领导和工人、老人和青年，连退休的老干部吴建华也带病和小伙子们一样，在泥里水里一直奋战两天两夜。

当鲤城区区长曾华彬和吴庆星一起从泉州赶来，已经风息雨停，五百吨水泥完好无损，其他简易仓库和工房也由于加固及时，没有任何损失。他们看着这些满身泥水的人，眼里涌出了泪水，真不知说些什么才好。

夜深了，吴庆星这才意识到肚子饿了，想必这些抢险抗灾的人还没有吃晚饭，连区长也跟着饿肚子，真是不好意思了，于是诚意相邀，共进晚餐。可是，在穷乡僻壤的马甲，又是深更半夜，哪有吃饭的地方？难为兼具宾主双重身份的阿凯，赶紧张罗了饭菜，还弄来一瓶本地土酿的白酒，就在简易的工棚里，摆下了简陋的"宴席"。

吴庆星端起酒杯，动情地说："谢谢大家！为了仰恩的建设，辛苦了！"

"吴先生太客气了，"人们高声道，"你为家乡办学校，我们应该感谢你啊！"

"是啊，"区长曾华彬说，"我在鲤城区工作这么多年，对马甲这块地方是很熟悉的，也是很有感情的，现在，亲眼看着马甲从一穷二白之中腾飞而起，这是吴先生对家乡的贡献哪！过去，马甲连办一所小学的条件都不具备，现在一举办起了中专，了不起！"

"不，不，"吴庆星把杯中酒一饮而尽，乘兴说，"中专有什么了不起？我们要有长远打算，眼光放得更远一点，步子迈得更大一点！"

嗯？众人听得一愣，不知道吴先生这一步要迈多大。

"我的目标是办大学！就在这个地方，办一座仰恩大学！"

一言既出，举座皆惊。

只有阿凯不觉得意外，因为舅舅一直嫌仰恩"小"，说"要办大的"，看来，这个念头已经在他心中盘桓许久，现在终于揭开了谜底。闽南话形容胸怀大志叫"阔腹大量"，舅舅真是阔腹大量，今晚，阿凯总算是领教了。

"在马甲办大学？"曾华彬脱口道，"你的胃口真是越来越大啊！"

"我早有此意。"吴庆星说，"一位著名的教育经济学家对我讲过：

一个国家在一定阶段，每一万个农业人口中增加一个大学毕业生，就可以在农业投入资金不变的情况下增加大约百分之十的农业产量；受教育人口越少的国家，教育投入的收益率越高。中国的农业是弱质农业，远远落后于发达国家，山区的农业尤其落后。但是，山区并非一无所有，这里的种植、养殖资源得天独厚，十分丰富，却没有得到开发，与此相关的学科，在高等院校里几乎没有设置，偌大的福建省连一所这样的学校也没有。所以我希望，这件事从我吴庆星开始，从仰恩开始，创办一所集教育、科研、生产为一体的新型的高等学校，发展当地急需的而又薄弱的动物科学、养殖科学和生物工程科学，改变家乡贫穷落后的面貌！可是，这个任务，办一所中专是完不成的，仰恩应该是一所大学！"

"好啊，"曾华彬道，"穷山沟里要是办起了大学，那可真是一个了不起的创举！不过，这样一来，动作就大得多了，也不是咱们区里能够审批的，要向市里、省里和国家教委打报告！"

"这些程序，你们比我内行，"吴庆星说，"该找谁找谁，拜托了！"

"好的，我责无旁贷！不过，"曾华彬沉吟道，"吃饭要一口口吃，办事情还要循序渐进。仰恩学校，原来规划的是小学，现在已经升格为中专，如果要办成大学，在短时间内连升三级，一步登天，恐怕欲速则不达。"

"那么，区长的意思是……"吴庆星不解其意，直视着曾华彬，等待回答。他是一个很难听得进不同意见的人，但现在面对的是当地的领导，是真心相助的朋友，他克制着自己，不能发火，如果面对的是别的什么人，他早就急了。

"我的意思，不如以屈求伸，先报批为大专，挂靠在华侨大学。华大和侨联有内在的联系，吴先生作为爱国华侨，把你出资办的学校挂靠在华侨大学，也顺理成章。这样申报，相对来说容易一些。你以为如何?"

"哦。"吴庆星思索着,这个建议虽然让他很不过瘾,和心中的目标还有很大距离。吴庆星做事,向来是力求最好,不达目的,誓不罢休,不肯降格以求。但思来想去,区长的分析有他的道理,这个建议也是切实可行的。于是便说:"好吧,我们先走这一步。现在就开始申报,请区长鼎力相助!"

仰恩工程在继续,与此同时,关系到学校规格的公文沿着严谨有序的路线在旅行,这是吴庆星所不熟悉的,却又是必须经历的。

1987年10月16日,泉州市鲤城区人民政府泉鲤政〔1987〕综224号文件,同意成立泉州仰恩福利基金会。文件指出:"泉州仰恩福利基金会系由爱国华侨吴庆星先生创办的以赞助仰恩学院发展教育事业,培养人才,举办公益事业为宗旨的民间福利团体。"在这份文件里,"仰恩学校"已经变成了"仰恩学院",尽管还没有政府主管机构正式批准的"名分",也似乎已经得到默认。

1987年11月5日,吴庆星又回来了,这是他自1985年底以来第二十次回乡。

吴庆星召集建校委员会开会,提出"要保重点,争时间,把仰恩工程建设好"。除了现有的项目之外,还明确了以后的任务:一是为了建设好仰恩学院,着手设计图书馆、工程实验馆、阶梯教室、八幢十六个单元的专家别墅,并亲自确定了基建用地;二是建设一个万头以上的机械化肉畜饲养场,他将从国外引进先进设备;三是确定在鲤城区兴建年产十五万吨合成饲料加工厂的建设用地。

1987年11月10日,尚未落成的仰恩学院迎来了第一位国外来客,美国"康百胜"工程总公司澳大利亚"士宝特·保尔"公司、和昌澳洲有限公司董事经理罗伯森,应吴庆星邀请,前来参观仰恩工程,这是有史以来第一个到达马甲的外国人。

罗伯森是内行人，专营制造生产饲料先进设备的专家，他一看仰恩工程的规模和所处的地理环境，就兴奋地说："很好！我12月份回美国去，要为仰恩学院的建设出力！'康百胜'是美国谷物协会的会员，而美国中部的堪萨斯州是一个谷物生产的中心，他们的种植业和饲养业非常发达。那里有一所大学办了饲养专科班，我要负责和这所大学联系，让他们与仰恩学院结为姐妹学院。今后，仰恩学院的饲养工程专业可以用他们的教材，按照他们的教学进度授课，学生毕业后由美国方面发给文凭。今后还可以互派教师，派出留学生，代办短期训练班，把仰恩学院的饲养专业办成世界一流的专业！"

这是仰恩第一次得到来自国外的赞扬和友谊，对于正在建设中的仰恩的鼓舞是巨大的。

1987年11月12日，仰恩又迎来了一批特殊的客人，他们不是外国的企业家，而是中国的学者，其中有：复旦大学经济管理学院院长、中国国民经济管理学会会长苏东水，交通部顾问、上海交通大学教授张震，中国人民大学农业经济系教授张家枢，上海机械学院动力系主任、中国动力系统学会会长、国际动力系统学会常务理事王其藩，上海工业大学教授陈笃平，以及他们的研究生，还有上海一些工厂的厂长，一起来到仰恩视察。五位教授是应泉州市政府的邀请，为泉州制定经济发展规划而来，他们在视察仰恩工程和马甲乡之后感慨深刻，一致认为：仰恩工程气派很大，学院的布局合理；马甲乡风景秀丽，是一个培养人才和大有发展前途的好地方。他们表示要运用各自的优势，为仰恩学院的建设和马甲乡经济发展出谋献策、贡献力量，将仰恩学院的工商管理专业办成第一流的专业，把马甲乡建成一个繁荣昌盛的侨乡。

吴庆星盛情邀请诸位教授在泉州设立一个人才研究会，预计会员可达到一百人，为振兴泉州经济和仰恩学院的建设引进人才，并且希望研究会的第一次会议在仰恩召开，一切费用由他负责。

苏东水教授欣然接受这一邀请，他说：这是一件好事情，我们要在这方面出大力。回去以后要向市政府建议，将仰恩工程和马甲乡建设列入泉州经济战略发展规划的重要组成部分。

张家枢教授看了仰恩工程、双髻山风景区和乌潭水库后感慨地说：来这里之前就听了苏东水教授的多次介绍，实地看了之后感到仰恩的事业确实不简单。在经济发达的沿海地区，马甲的经济并不发达，是一片待开垦的处女地，但马甲乡确是一个好地方，地理环境条件好，生态平衡。吴先生在这里创办仰恩事业，从零开始，马甲乡将变自己的短处为长处。张教授提出一个研究课题，取名为"生态经济系统设计"，地点就设在马甲乡，可以作为联合国"人口生物圈"研究课题的一个点。从现在开始，摒弃过去世界工业革命所带来的生态不平衡的弊端，建设没有污染的工业化，取得生态的良好循环，还可以争取联合国的资金。这是一项具有积极的社会意义和经济意义的工作，是一个全世界瞩目的课题。五位教授一致表示要联名向中央报告，争取"生态经济系统设计"在马甲的研究院课题尽早地确立。

1987年11月19日，中央党校干部进修班侨办的学员在国务院侨办和省、市、区侨办有关方面负责人的陪同下，到仰恩工程参观学习，大开眼界，受益匪浅，一致表示：仰恩精神将激励我们把党的侨务工作做得更好！

1987年11月21日，著名半导体专家、中科院学部委员、全国人大常委林英兰教授由华侨大学副校长庄善裕陪同，前来视察仰恩工程。相隔不到半小时，福建省副省长黄长溪也专程从厦门赶到仰恩工程指挥部会见林教授，并一同冒着霏霏细雨参观了建设工地。

林教授对即将诞生的仰恩学院寄予厚望，她对陪同视察的建校委员会领导说：吴先生有意把仰恩办成一流的学院，很好，我们应该努力去实现这个愿望，这项工作做好了，你们也是创业者。当谈到美国谷物协会要帮助仰恩把饲养工程办成世界一流的专业，并帮助仰恩兴建一个没有污染的大型机械化肉畜饲养场和饲料厂时，林教授说：搞好了，要把经验推广到全国去，环保问题是个大问题。现在人们不爱吃肥肉，但良种和饲料无法解决。吴先生办这样的公益事业很有意义，而且对在仰恩读书的学生也很有益。国内的教育有一个不足的地方，就是学生在校期间没有机会接触社会实践。而仰恩学院的学生有机会进行社会实践，将来很有用。

林教授一再赞赏吴先生有眼光，选取的地点非常好，大有发展前途。以畜牧、饲养为主的专业搞好了，可以推动国内的教育和科技进步。她感叹道："像吴先生这样的爱国华侨再多几个，对我们的国家实在大有好处！"

林教授关照仰恩工程的工作人员，要把旧貌拍摄下来，以后可以对比。黄长溪副省长告诉她，过去这里是鲤城区最贫困的地区。她说，照这样的发展，会很快赶上来的！

黄长溪还说，新任副省长陈明义了解到侨胞吴庆星先生爱国爱乡、捐资兴学的事迹，深受感动，赞叹道："这种精神真不简单，我们国内的同志还赶不上！"

1987 年 12 月 7 日，由罗伯森牵线，美国谷物饲料协会的专家如约前来，与吴庆星具体商讨仰恩学院与美国堪萨斯州的一所大学结为姐妹学院的有关事宜。黄长溪副省长特地从省城福州赶来，亲切会见吴庆星和美国朋友。

…………

参观访问者纷至沓来，络绎不绝。此时，仰恩学院还没有真正诞生，只是一朵含苞待放的花，就已经香飘万里。成功在望使仰恩人初尝甜头，给繁忙的工地平添了一股喜庆气息。而吴庆星仍然像过去那样不苟言笑，一字胡下紧绷着嘴唇，拄着拐杖在工地上走来走去，那步伐快得让年轻人都跟不上，发现哪里做得不合规格，就毫不留情地大声呵斥。他要告诉所有的仰恩建设者：现在还远远没到庆功的时候，决不可飘飘然，任何丝毫的松懈和疏忽都会给工程留下隐患，我们正在做的是一项百年大计啊！

工期在逼近，工程在扩大，投资在跟进。

深夜，北京华侨公寓，忙了一天刚刚入睡的林惠被电话铃声惊醒，是吴庆星从仰恩打来的，向她要钱。

"要多少钱？"林惠问。

"两千万，"吴庆星说，"马上打过来。"

"两千万？"林惠吃了一惊，"我刚刚付了黑龙江和吉林的货款，欧洲的钱还没有回来，手里哪有这么多钱？"

"我有急用，你想办法吧！"吴庆星不容置辩，"要不，就把旧金山的那所房子卖掉！"

林惠又是一惊。她家兄弟姐妹十人，有八个在美国，林惠也常去探亲，趁便在旧金山置了一处房产，地处"富人区"，一亩地的院子，两层楼的独立别墅，带游泳池，绝对是一项保值、升值的投资。现在，吴庆星竟然要卖掉它！

"你疯了？那所房子怎么能卖？"林惠不答应。

"我没疯。"吴庆星说，"这里需要钱，你说怎么办？"

林惠一筹莫展。有道是"金钱不是万能的，没有钱是万万不能的"。

若是在寻常百姓家，邻里之间，油盐酱醋、仨瓜俩枣的开销，临时借一借倒也难免，但生意做到了一定的规模，老板当到了一定的份儿上，就不能轻易开口说这个"借"字了，何况两千万不是个小数字，朝谁借去？

匆匆安顿好阿弟，把家交给保姆看管，林惠启程直奔旧金山。此行一不为探亲，二不为度假，只有一个目的：处理房产。这让她的兄弟姐妹觉得不可思议：怎么，为盖学校卖自己的房子？这，你也听他的？

是的，林惠只有听他的，在这个家，吴庆星说一不二。林惠不听劝阻，火烧火燎地张罗卖房子。"上赶着不是买卖"，这个道理，在中国，在美国，在全世界都是一样，当初花了将近三百万美元买的房子，现在急于出手，顶多只能卖到二百万。还有全套的家具，崭新的钢琴，都没办法带走，也只能白送给人家了。

实在是舍不得。事到临头，林惠又犹豫了。她打电话跟老吴商量，能不能再想想别的办法。

"我要是有办法就不找你了！"吴庆星斩钉截铁，毫不退让，"不卖房子，你就不要回来！"

林惠别无选择，只有忍痛割爱。此情此景，颇似当年善仰老人在永春街头贱卖大篷车，所不同的是，大篷车是没用了才卖的，而现在的这所房子正是潜力无穷的好时候！

1987 年 12 月 22 日，福建省人民政府〔1987〕侨 168 号文件批复：同意接受吴庆星先生捐款两千万元，作为兴建仰恩学院和公益事业专款。该项工程所在地所需征用的土地，由土地管理部门按规定办理审批手续。

截至此时——1987 年 12 月 22 日，吴庆星为兴建仰恩学院及相关公益事业捐款累计已达三千五百万元。仰恩学院已报经福建省人民政府、国务院侨务办公室、国家教育委员会批准，定于1988年秋季招生。

1988年2月11日，国家教委〔1988〕教计字021号文件正式批复：

福建省教育委员会、华侨大学：

闽教高〔1987〕080号《关于福建省教育委员会和华侨大学联合创办华侨大学仰恩学院的报告》及其他有关材料均已收悉。经与国务院侨办研究，现就有关事项批复如下：

一、为进一步对外开放、搞活，鼓励外籍华人、海外侨胞在家乡捐资办学，促进福建经济和高教事业的发展，同意福建省教育委员会和华侨大学联合兴办华侨大学仰恩学院。

二、华侨大学仰恩学院实行福建省教育委员会、华侨大学双方共管，以省为主、地方配合的管理体制，具体分工由有关各方共同商定。

三、华侨大学仰恩学院属大专层次，学制三年，在校生发展规模为六百人。专科专业的设置，根据福建省的实际需要，由省教委同有关方面研究、审定。

四、仰恩学院系华侨大学的一所直属学院，但又具有相对独立性。其固定资产归学院所有，年度招生纳入福建省高校招生计划由上级下达。

五、为调动各有关方面的积极性，共同办好华侨大学仰恩学院，同意成立仰恩学院董事会，主要负责咨询、审议、资金筹集及使用等项工作。

六、在做好教学、生活安排及其他招生准备工作的前提下，华侨大学仰恩学院今年可以开始试招部分学生。其招生指标在已核定的福建省高校招生总数内调剂解决。

国务院侨办主任廖晖在此件上批示："请教育司告知华大，定期将该校筹建情况告之。"

这份文件下达之日，距戊辰春节只有一个星期了，消息传来，节日气氛渐浓的马甲一片欢腾，因为这标志着，一向穷得连像样的小学都办不起的偏僻山村，从此有了国家批准的大专院校。

作为校主的吴庆星，此时的心情是复杂的。令他欣慰的是，三年多来的奔走呼号、殚精竭虑，总算有了收获，取得了阶段性的胜利，父亲生前留下的为家乡建一所小学的遗愿已经超额实现了；然而，这和他办大学的理想和追求还有相当大的距离，挂靠华侨大学，屈尊暂做人家的分院，原是不得已而为之，权当是借梯上楼吧，总有一天，他会更上层楼，扬眉吐气地实现自己的愿望。

胸中尽管浮想联翩，脚下的路还是要一步一步走的，仰恩学院既然成立，就要把它办好。他极力让流动的思绪沉静下来，盘算着，思索着，起草一份《关于仰恩学院办学的几点意见》：

一、学院董事会由校主聘任各董事，成立董事会。董事会成员由省政府、华大、市政府、区政府和其他人士组成。

二、学院实行董事会领导下的院长负责制。董事会决定院长的聘任，董事会与院长决定招聘副院长和教职员工。以上各项聘任均须报省教委批准备案。

三、学院的管理体制和教育体制，应贯彻改革与创新的精神，努力办成有特色的并逐步办成全国第一流的学院，为国家培养有用的人才。

四、学院的校产属仰恩福利基金会所有。

五、学院任教的教师，必须是高质量的，并实行公开聘任制。所聘任的有专职教师、客座教师和兼职教师。

六、学院所聘用的正副院长和教职员工均实行合同制，合同试用期一年。工作期间不符合要求或不履行合同者，由董事会与院长给予解聘；符合要求并认真履行合同者，董事会与院长给予续聘，每任三年。

七、对于高质量的教师，由董事会向校主提出报告，决定给予优惠待遇，优惠部分由校主的福利基金会负责。教师任教期间，教学成绩优异者，由董事会提出建议，在条件允许的情况下，由校主的福利基金会负责送往国外参加技术交流、考察或学习、进修。凡属学习、进修之教师必须与院方签订合同，修毕须继续留在本院任职。

八、对于本院学习成绩特别优异的毕业生，经有关教授与系主任提名，院长审议，报经董事会审批，由校主和福利基金会确定后出资送到国外留学深造。被派留学深造的学生，必须与院方签订合同，毕业之后须返回本院任教。

九、仰恩学院的教师与职员的比例，教师应多于职员，以尽量地减少非教学人员。应按国家有关规定，教职工与学生的比例最低限度应按1:4至1:6配备，本院力求突破1:6之限。

十、学院所聘任的专职教师，由福利基金会提供在泉州市市区住宿并落户，以方便其子女的就业与就学；对客座教师和兼职教师也给予食宿供应。

十一、本学院只招收国内的学生，专门为国内培养人才。

十二、学院在每年招收的二百名学生指标以外，由校主决定每年向全国招收五十至五十五名动物营养与饲料加工专业的自费生，其费用不足者，由校主负责提供。学习成绩优异的毕业生，应考虑给予毕业证书或学历证书。

十三、动物营养与饲料加工为学院的重点专业，应面向全国招生，为各省、市培养人才。鉴于目前条件，应积极招收委托代培生和定向招收学生。

十四、学院所进行的宣传工作，一定要实事求是地开展。

十五、学院必须制定校规，校规须经董事会和校主审批后公布。

1988 年 2 月 27 日，《福建日报》第一版发布消息：《海外华人捐资兴建华侨大学仰恩学院成立》。

学校既已升格为大专，而且学院开设的动物营养与饲料加工为四个专业的重点，将办成全国第一流的专业，原有的规模已不足容纳，为了进行动物科学研究，开辟学院实习基地，实行教育、科研、生产相结合，促进福建饲养业的发展，必须尽快兴建饲养场地，因此，仰恩福利基金会于 1988 年 2 月 29 日向鲤城区人民政府申请征用马甲乡新庵、洋坑、彭珠村所属的金鸡桥山土地 115 亩，其中荒地 100 亩，开荒地 15 亩，作为饲养场用地。

数日后，1988 年 3 月 7 日，又提出申请征用洋坑村后城、圳头村民组、新庵村高坂村民组所属久安山土地 70.56 亩，其中荒地 50.57 亩，开荒地 19.99 亩，作为饲养场用地。

1988 年 3 月 8 日，为兴建仰恩科研所，尽快创办果林场，申请征用马甲乡洋坑村山边村民组所属的社仔山、社公山、七仔林格、金交椅湖山、鲤鱼坟、连成厝后、后坝山、新庵村高坂、后山村民组所属的社仔山、洋坑村圳头村民组所属的柴头山、永安村尾楠村民组所属的后坝山等荒山地 328.8 亩，作为果林场用地。

1988 年 3 月 13 日，仰恩福利基金会更名为仰恩基金会，向泉州市规划办申请基建用地，总建筑面积 5500 平方米，在鲤城区东海乡仁凤村东禅村民小组部分水田选址，位于福厦公路北侧，东西宽 50.5 米，南北深 55 米。另，增建仰恩科研中心大楼，建筑面积 3300 平方米，包括福厦公路拓宽，用地面积需 5360 平方米，东西宽 67 米，南北深80 米。

拔地而起的仰恩，在节节增高，在不断扩展……

1988 年 5 月 19 日，全国人大教科文卫委员会副主任刘冰来仰恩视察，陪同视察的有省人大常委会副主任黄长溪、张渝民，省教委副主任叶品樵，华侨大学副校长庄善裕等领导同志。黄长溪是吴庆星的老朋友了，他在担任副省长时期就曾多次到仰恩，给予了多方面的关照和帮助，对仰恩的情况也了如指掌。在工地上，他如数家珍地向刘冰介绍了吴氏父子两代立志为家乡办学的前前后后，刘冰大为感动，说吴先生的想法，办学的方向，正是我们国家目前要推行的教育体制改革的方向。新的学校办成新的气势，非常好。

黄长溪要求刘冰回北京后联系各大学的优秀教授来仰恩任教，刘冰欣然应诺。

1988 年 7 月 2 日，福建省副省长陈明义在泉州市副市长薛祖亮、鲤城区区委书记郑玉约、副区长吴金钗等陪同下，前来马甲参观仰恩工程。

陈明义高度赞扬吴庆星爱国爱乡之情，他说，吴先生在家乡办了一件大好事，是陈嘉庚爱国精神的发扬光大。吴先生有战略眼光，不仅捐资建学校，还捐资建工厂、科研所、商业街、公路、大桥、文化设施等等，做到把培养人才和经济开发相结合，把办学、科研、生产相结合。

吴先生有强烈的事业心，不仅拿钱来家乡建设，而且为建好仰恩工程操尽了心，我听说，仅仅去年一年和今年上半年，他已经回泉州十三趟，打长途电话一百多次，连生日都没有回去和家人同庆。陈明义说，仰恩学校的硬件建设——基建和教学设备，吴先生为我们解决了，我们还要注意软件建设——学校管理和教学质量，学校设置什么专业更科学，更有效益，要做人才预测。从现在开始，市、区要认真考虑这个问题，省里也要帮助考虑。

陈明义还说，马甲乡有吴先生的关心和支持，条件很好，要努力办成省一百个科技示范乡之一。他勉励仰恩工程的全体建设者，同心协力，讲速度、讲质量、讲效益，早日实现吴先生和乡亲们的共同心愿。

1988 年 7 月 6 日，中共福建省委书记陈光毅在泉州市市长张明俊、鲤城区区长曾华彬陪同下，专程来到马甲视察，逐一察看了每一项工程，称赞"搞得很好，山村一年大变样"。

鲤城区委副书记、仰恩学院建校委员会主任陈敬聪汇报了工程进度情况。

陈光毅对吴庆星爱国爱乡、热心办学的精神十分赞赏。他说，吴先生的家乡观念很深，他的精神很值得我们学习。他不但办教育，还搞科研、经济开发，我们教育改革的精神已经在仰恩得到贯彻。

仰恩工程负责人向陈光毅汇报说，吴先生还有很多设想，准备引进美国、澳大利亚、加拿大、泰国、新加坡、中国香港财团的资金和技术，联合东三省、河南、山东、北京和中信公司来开发山区，运用他们的资金和原材料优势，外引内联相结合。此外，还准备搞边境出口贸易。陈光毅深表赞同，指着眼前的仰恩工地说，这个地方将办成教学、科研、生产三结合的基地，还将建设以开发性的创汇农业、加工业、旅游业为主的"罗马河"经济区。他所说的"罗马河"，指的是泉州所属的罗溪、马甲、河市这三个地处山区、经济落后的乡。陈光毅说，经济区要做出样子来，沿海要发展，山区也要发展，为全省做出典范。

陈光毅对工程建设的进展十分满意，他对工程负责人说，经过一年零三个月的时间，工程就建成这样的规模，从无到有，很不错，你们的担子不轻。吴先生花这样大的精力办学，你们不要辜负吴先生的希望，一定要按照吴先生的意见去办，充分尊重吴先生的意愿。一定要集中力量，把工程建设好，工程建设和教学都要经得起检验。正在谈话间，恰巧吴庆星从香港打来电话，陈光毅接过话筒说："我现在正在你的老家马甲，非常感谢你对家乡的关怀！"吴庆星说："感谢书记的支持！我正好有事要请你帮忙啊！"

他要请省委书记帮忙的，一是需要解决 200 门程控电话，二是铺设从琯头至马甲的柏油马路问题还没有解决。陈光毅当即表示，一定尽快解决。

1988 年 8 月初，福建省人民政府任命庄善裕为仰恩学院院长，吴道明、李进彬为副院长。

1988 年 8 月 8 日，仰恩学院董事会宣告成立，由胡平、高文、杜显忠、陈明义任名誉董事长，陈荣春、陈觉万、林大穆、沈着、王克风、许良风任顾问，黄长溪任董事长。

就在这个月的月底，仰恩工程的主体建筑，包括办公楼、行政楼、教学楼、电教楼、图书馆、男女生宿舍、餐厅、多功能礼堂、车库、八条四百米跑道的田径运动场、灯光篮球场、足球场、篮球场、羽毛球场、排球场等等，在争分夺秒的日夜奋战中落成，这项占地二百多亩、建筑面积十一万多平方米、截至目前耗资已达七千万元的工程，施工仅仅用了十九个月。这个速度被前来参观的香港泉州同乡会会长陈守仁先生称之为"仰恩速度"，不仅在大陆罕见，也超过了香港速度。这个速度是怎么创造出来的？说起十九个月来的不平凡历程，建校委员会的正、副主任和委员们都"苦"不堪言，他们和工人们一起，风吹日晒，摸爬滚打，经常忙得连吃饭、睡觉的时间都没有，更不要说午休和回家看看了。这位吴老板逼得太紧，为了速度，不顾一切，大家最怕的是下雨，因为任何恶劣天气也不能停工，冒雨搭棚子也得照样干。他们毫不留情地埋怨吴庆星"霸道""军阀作风""独断专行"，但同时，他们又由衷地佩服吴庆星的见识和胆略，这个人对建筑有天赋，有灵感，触类旁通，举一反三。每次回来，从厦门到泉州再到马甲，他一路上都在注视着车窗外面的建筑，不但自己看，还要求别人也看，不然就会遭到训斥："一路上傻坐着干什么？你看人家的房子是怎么盖的！"越是聪明人，越善于吸收别人的长处，他提出的一些创造性的意见，连专业人士都自愧不如。仰恩工程在进行当中就吸引了大量前来参观的客人，刚刚落成就博得满堂彩，这首先归功于吴庆星，所有参与设计和施工的人员都心悦诚服地公认，吴庆星才是这项工程的总设计师。有趣的是，这位极其自信又极其固执的总设计师，连那些名人题字也敢于修改，无论人家是什么高官，有多大的名气，只要他看着哪一笔不够精彩，改！日后络绎不绝前来仰恩参观访问的客人大概想不到，校园里那些名人题字，大都经过吴庆星的亲自"修改"！

吴庆星为仰恩操碎了心。大到校园的布局、建筑的风格、墙面的颜色、球场的大小、绿化植物的品种，小到厕所马桶的样式、水龙头的质量、食堂饭盒的方圆，都由他说了算。他有他的理论：饭盒要圆角的，不要方角的，免得学生们刮伤了手，也方便清洗。这些小小的生活日用品，都是他亲自从香港挑最好的，而且亲自带回仰恩。在他的心目中，学生都是孩子，甚至看得比自己的孩子更重，长期卧病在床的阿弟，何曾得到父亲这样细致入微的呵护！

吴庆星还提请当地公安局，在仰恩设立了一个派出所，所用的经费包括买车辆、警服和手铐的钱，都由他来出，这恐怕也是天下少有的奇闻。其实，这也不足怪，法制建设和社会安定是强国富民的基本保证，而为国家节省每一分钱，正是吴庆星一心所系。

1988年10月22日，仰恩学院开学了。经国家教委批准，学院设置四个系四个专业：动物科学系——动物营养饲料专业，外国语言系——英语专业，土木工程系——工业与民用建筑专业，机械工程系——机械制造专业，招收大专生二百名。出人意料的是，为这二百个名额而激烈竞争者竟达十倍之多，福建省参加全国统考的考生，第一志愿选择仰恩的就有两千名，连远在北国的黑龙江、吉林、山东慕名也送来了三十名代培生，初次亮相的仰恩就已经展示了强大的魅力。

这是一个令人扬眉吐气的好日子，仰恩基金会理事长吴庆星亲临开学典礼，福建省人大常委会副主任、仰恩学院董事会董事长黄长溪，国务院侨办教育司副司长廖胜带，华侨大学校长陈觉万，泉州驻军某部大校吴海军，省教委副主任王昕，省侨办副主任廖彩玲，泉州市委副书记石兆彬、代市长林大穆等到会祝贺，原福建省省长、新任商业部部长胡平，副省长陈明义，中国信托投资公司副董事长毕际昌发来贺电。

黄长溪董事长说："这是继陈嘉庚之后，福建华侨捐资兴学的又一壮举！"

庄善裕院长说："建校期间，吴先生先后四十六次飞抵工地，亲作擘画，校园的一砖一石，无不凝聚着吴先生的心血！"

开学典礼的第一项程序，全校师生员工集合在操场，升国旗，奏国歌。

吴庆星肃立在队伍的前列，凝望着五星红旗冉冉升起，随着国歌铿锵的旋律，轻声唱出发自肺腑的心声："起来，不愿做奴隶的人们！把我们的血肉，筑成我们新的长城……"

热泪模糊了他的双眼，迷蒙中，他仿佛看到了当年国难当头，在硝烟滚滚的滇缅公路上奔向祖国奔向故乡的大篷车，看到了年迈的父亲在生命的尽头向他殷殷嘱托，要为穷困的家乡子弟建一所学校。现在，他做到了，以父母的名字命名的仰恩学院已经矗立在马甲，可以告慰父母的在天之灵了，可惜，他们已经看不到了。

第 七 章

更上层楼

　　国歌，中华民族在最危险的时候发出的怒吼，一首宁死不屈、勇往直前的战歌。亲身经历过战争年代颠沛流离之苦的吴庆星，懂得它每一个字的深切内涵，心随着它每一个音符跳动。这首歌，他是从祖国学会的，一直唱到缅甸，又从缅甸唱到祖国，四十多年来，不正是这首歌伴着他成长，激励着他奋进，去攻克一切艰难险阻，占领一个又一个人生和事业的高地吗？这首歌，五十三岁的吴庆星不知唱过多少遍，而这一次，唱得最昂扬、最振奋、最自豪，因为这是在他的父母之邦，在祖祖辈辈生活的故土，在他亲手建起的学校开设之日发自肺腑的歌唱，还有什么比这更能表达他报效祖国的赤子之心啊！

　　国旗，五星红旗，代表祖国的旗，在中华儿女心中，它是世界上最美的旗。也许人们并不知道，在仰恩广场上升起的这面国旗，是吴庆星在香港定做、亲自带回内地的。在深圳罗湖进关的时候，海关官员犀利的目光落在一只大纸箱上。箱子的主人是持缅甸护照的吴庆星，西服革履，仪表堂堂，一副阔商派头，他随身携带的行李，却不是名牌皮包、皮箱，而是一只硕大的纸箱，似乎与他的身份不大相称。海关官员以礼貌而又不可违抗的语气说道："先生，请您把纸箱打开!"吴庆星点点头，坦然地撕开封口胶带，箱子打开了，顿时，一片鲜红映入海关官员眼帘，定睛看时，那竟然是满满的一箱五星红旗! 海关官员愣住了："先生，您带的是国旗? 在中国内地，什么地方买不到国旗? 还需要从境外带来吗?"吴庆星平静地说："我是中国人。我们学校在福建山区，那里风大、雨水多，国旗用不了多久，就容易褪色，甚至破旧了。所以，我特地从香港选了上好的面料，加工特制了一批国旗，让她永远保持鲜红!"这番话，引起一片惊叹: 每天过关的人流如潮，携带国旗入境，吴庆星还是第一个! 漂泊海外的游子一颗拳拳之心，就印在这面国旗上! 敬礼! 海关官员一个个站得笔直，向国旗和这位老华侨致敬!

作为仰恩基金会理事长，吴庆星规定: 全校师生员工，每天早晨6时50分准时集合列队，学生点名，老师签到，7时整举行仪式，升国旗，唱国歌。这样的规定，在全国的高校中罕见。有人不免议论: 开学之前，新生已经进行了一个月的军训，军训期间严格一些也就罢了，现在军训已经结束了，正式开课了，还有必要这样吗? 哪像80年代的大学啊?

吴庆星斩钉截铁地说："不! 国旗、国歌是国家的象征，升国旗、唱国歌是热爱自己祖国的具体表现，一个青年学生，如果对祖国都不懂得热爱，还算什么中国人?"

他发现有的学生竟然不会唱国歌，很为恼火，立即责令音乐老师在最短的时间内把这些学生教会，一个星期内如果学不会，老师和学生一起走人——他的原话是"滚蛋"!

这就是吴庆星，性如烈火的铁汉，宁折不弯的犟牛。在家里，他是说一不二的家长; 在和昌集团，他是独断专行的老板; 在仰恩，他是一言九鼎的理事长——人们一时还不大适应的特殊领导身份。他爱中国，爱仰恩，爱得一样炽烈、一样深切，因为"仰恩"是他父母名字的缩写，是父母留给祖国的永久纪念。他把仰恩当作自己的事业，当作自己的公司，当作自己的家，在他看来，"校主"和"老板""家长"是同义词，他要按自己的意愿，把仰恩办成国内一流、世界一流的大学。

仰恩"挂靠"华大，原是"借梯上楼"的权宜之计，如果把"挂靠"比作一桩婚姻，那么，这只能算是一次勉强的撮合，事先并没有经过情投意合的恋爱，即便愣把生米煮出来，也是夹生饭。它的前途无非两种可能：一是"先结婚后恋爱"，在共同生活中培养感情；一是同床异梦，难以持久，最终分道扬镳。很遗憾，仰恩没有走通前一条路。开学刚刚一个学期，校方和院方就已经显出步伐不一、难以协调，摩擦频频出现，以至于惊官动府。事过多年之后，我们已不愿意再翻腾那些琐碎的旧账，去分辨谁是谁非，客观地说，这个结局似乎是命中注定的，挂靠在华侨大学现有框架之下的仰恩学院不可能实现吴庆星的梦想，吴庆星也不可能甘心屈居于挂靠地位而听命于他人。甚至可以说，从挂靠之日起，他就准备着在时机成熟时与华大脱钩，走自己独立办学之路。

仰恩在兴办之初，曾经引来多少褒奖赞叹，而今，一些负面的冷嘲热讽也从不同方向飞来：

"仰恩不可能办成第一流的大学，吴庆星是搞农业的，根本不是办教育的人！"

"这个学校要是建在北京、上海、厦门、福州就好了，山沟里办大学，谁愿意来啊？"

"等着瞧吧，他这是花钱找气受！"

吴庆星拍案而起：这个学校我就是要办，办定了！而且要办的不是大专，是大学！这是他早已打定的主意，在仰恩的基建时期，学校的布局和基础设施都是按大学规格筹划的，而且在请黑龙江省原省长、以擅长书法著称的陈雷题写"仰恩学院"的校名时，就预留了一手，另写了一个"大"字备用，并请石匠在一座两米多高的巨石上镌刻"仰恩大学"四字。现在，是时候了，一怒之下，干脆把它竖立在主楼前的仰恩广场上！并且扬言：谁要想砸掉它，先砸我吴庆星！

吴庆星似乎太天真了，你以为自行竖起"仰恩大学"的金字招牌，它就变成大学了？谁批准的？脱钩、易帜、独立，哪里有这么简便？这可不像在荒山坡上开出平地盖一所小学，把小学升格为中专，再把中专"挂靠"为大专那样一路通畅，华侨大学仰恩学院已经在国家体制内登记在册，为了取得这个合法的身份，有关部门、有关领导给了你多少关照，公文旅行经过了多少关卡，盖了多少图章？如今，你想把这些都一笔勾销，如同逆水行舟必须把重重关卡再闯一遍，把数不清的图章再盖一遍，这谈何容易？

偏偏吴庆星是个九牛拉不回的倔人，在竞技场上冲杀出来的血性男儿，他甚至有些偏爱逆流而上、绝地反击，这是一场勇气和耐力的考验，他必须取胜而且坚信必定取胜，悬念只在时间的早晚。

但吴庆星又绝不是李逵式的莽汉，长期的商战，特别是这些年回国经商和办学的经历，磨炼了他的智谋和技巧，也使他熟悉、了解了中国的国情。他知道，在我们这个地方，政府、机关、政策、法规固然是必不可少的，但更重要的是掌管政府、机关、政策、法规的人，领导批示往往比正常的公文旅行更迅速，更具威力，更有成效。正因为如此，有话要说、有事要办的人们总是不断地重复着先辈们"击鼓鸣冤"的古老办法，冒着种种风险，越级"上访"。而吴庆星作为爱国归侨，身家雄厚且享有相当知名度的企业家，在经商和办学的过程中经州过府、走南闯北，在不同等级的官场中已"混个脸儿熟"，结识了大大小小的领导干部，自认为比普通的草根百姓更具有话语权，又怎么能放着这条捷径不走呢？

1989 年新年伊始，吴庆星即前后三次向中共福建省委和省人民政府呈送《关于仰恩大学建校设想意见书》，详细申述建校设想和具体意见。

1989 年 2 月 7 日，农历己巳年大年初二，下午 4 时 30 分，全国人大常委会副委员长叶飞在北京华侨饭店接见并宴请吴庆星、林惠夫妇，中国侨联副主席黄军军、生产福利部负责人陈怡祥在场陪同。这是一次耐人寻味的会见，因为叶飞具有太多的身份：当年曾任福州军区司令员兼第一政委，威镇东南的一方"诸侯"，现任全国人大常委会副委员长兼全国华侨事务委员会主任，并且兼任华侨大学校长，从哪个方向看，都和吴庆星"接轨"，在当今的政要人物中几乎找不到第二个。显然，这不是一次礼节性的请客吃饭，而是由中国侨联精心策划、巧妙安排的"接访"。

宴会伊始，宾主互贺新春。叶飞说："福建是我工作和战斗过的地方，我对那里很有感情，见到你，就像见到了老朋友，见到了福建的父老乡亲。听说你在福建办了一所仰恩大学……"

吴庆星忙说："仰恩大学的名字是我自己起的，现在还不合法，官方承认的名字是'华侨大学仰恩学院'。"

叶飞笑了笑，说："叫什么名字并不重要，重要的是把学校办好。听说你很有创意，很有闯劲儿，学校办得不错嘛！"

吴庆星说："多谢叶副委员长的夸奖。可是有的人并不这么认为，放出话说：吴庆星是搞农业的，根本不是办教育的人！言下之意，吴庆星不懂教育，怎么能办得好大学？"

叶飞摇摇手说："哎，这话不对，谁说搞企业的不能办教育？陈嘉庚先生也不是办教育出身的，在福建，他最早办起来的集美学校、厦门大学，不是办得很好吗?"

吴庆星说:"我不跟陈嘉庚比，就说眼前的。林绍良在福清办企业，享受优惠待遇，原材料按计划内价格供应，而我办仰恩呢，很多原材料都是按市场价买来的，比如:水泥，计划价每吨230元，市场价480元;钢材，计划价每吨1100元，市场价2450元;镀锌管，计划价每吨1800元，市场价2900到3000元。多花了成倍的钱。我不是心疼钱，而是觉得不公平，这哪像办公益事业啊?正像人家所讽刺的那样:花钱找气受!爱国华侨，无论你有多少资产，都是一样的爱国华侨，不能只看得起'大侨'，看不起'小侨'啊!"

话说到这个程度，分量有些重了。吴庆星虽自称"小侨"，而气魄却不小，也不可小看!

叶飞说:"你也应该享受林绍良在福清办企业所享受的优惠待遇，一视同仁嘛!"说着，转过脸看看旁边的黄军军和陈怡祥，"我们做侨务工作的机构和干部是干什么的?就是为侨胞排忧解难嘛!吴先生回国办学，是为国家做贡献，为家乡做贡献，我们要为他们做好服务工作!"

陈怡祥忙说:"首长说得是，我们还得多加努力!但是，有些问题不是我们力所能及的，还要靠许多部门互相协调，共同解决⋯⋯"

吴庆星道:"其实，优惠政策还是小事情，反正钱已经花过了，我也不在意了，现在最让我痛苦的是，我的办学理念得不到认同，抱负得不到施展!"

"哦?"叶飞神情专注地望着他，"这是一个新鲜的命题，中国的教育面临一场改革，我倒是想听听你的办学理念。"

吴庆星等的就是这句话。他一直希望能有一个机会，在有职、有权、有影响力的人物面前把自己心里的话都说出来，而对方又能够听得进去。现在，这个机会来了，他要当面告诉叶副委员长，如果能给他充分的自主权，他要把仰恩大学办成个什么样子。

他认为，仰恩应该有别于国内大学现行的体制和办学模式，在遵循党和政府制定的教育方针和教育法规的前提下，学校享有充分的办学自主权，实行董事会领导下的校长负责制，重大问题由董事会行使决策权。要尽量减少办事机构、专职人员，建立严格的考核制度和奖惩制度，实现职权同步。

他认为，要培养高质量的人才，必须建设一支高质量、高水平、高效率的师资队伍。一项调查资料表明：目前中国教师月工资平均水平排列在国民经济十二个行业职工工资的倒数第三。与世界各国相比，中国教师工资收入指数只有同档次发展中国家的四分之一，甚至不到印度的一半，实在令国人难堪。吴庆星直言不讳地指出：中国高等教育经费拮据是事实，"穷教授"的称谓也不无道理，但高等院校的人才浪费也是惊人的。据调查，现在高校师生的比例为一比三，有的甚至是一比一，很多教师无课可教，后勤机构庞大低效。而国外的师生比例是一比十，尽管人家拿的工资比国内多得多，毕竟付出的劳动量也大。他希望仰恩的师生比例最低为一比八，最佳结构为一比十二，其平均工作量达到目前美国大学的工作量水平，教师的平均工资达到或接近目前深圳大学的工资水平。师资队伍的结构由校内专任师资、校外名牌大学兼任师资和国外专职、客座教授三部分组成，实行公开招聘、社会竞争、择优录用，并根据教师承担工作的数量和质量付给报酬，同时在北京、上海、香港、泰国、新加坡、澳大利亚和美国设立办学联络机构，定期选派教师出国进修、考察和留学。

针对目前国内大学存在的理论脱离实际的弊端，他主张采取教学与生产实际相结合，既办专业又兼办侨资实业的办学之路。在方圆数十公里的马甲山区，一座座现代化的种植园、养殖园、饲料厂正在兴建之中。按照他的设想，学生将严格按照教学计划，在这些企业勤工俭学，提高动手和实践能力。吴庆星说，工科类专业的学生，不仅要懂技术，而且要懂人文科学，会经营管理；文科类专业的学生，既要懂经济，又要懂技术。因此，学生的实践课必须从最艰苦的劳动岗位上做起，在一、二、三年级实行勤工俭学，四年级专门安排学生实习对内对外的商业往来，仰恩企业根据学生所担负的岗位职责和实际绩效给予报酬，既培养学生的管理能力，又增加学生的收入。

吴庆星要求，将来从仰恩毕业的学生要相当于硕士生的外语水平。国家规定大学本科英语四级合格，他要求达到六级。他甚至规定，学生过不了驾驶汽车的关就不能毕业。因为，国家需要的是一专多能的有用之才，而不是纸上谈兵的书呆子。

他预料，20世纪末到21世纪初，在世界发展与进步的潮流中，中国的科学技术和国民经济必将有一个巨大的飞跃，因此，仰恩在原有专业设置的基础上，还应该增设生物工程、工商管理、食品科学、国际商务等专业，这是时代的需要。

在他的心目中，仰恩不是一所通常意义上的"学校"，而是一座集教育、科研、生产为一体的综合性的经济技术开发区、生物科学和现代科技的实验区、自然生态和人文景观的大观园……

吴庆星不是演说家，然而，只要说起仰恩，他既不用讲稿，也不必运用什么演讲技巧，就充满激情，滔滔不绝，因为他所说的是凝结着吴氏家族两代人心血、盘桓心中许久的一个梦，仰恩之梦，绮丽斑斓，令人闻之动情，心驰神往。然而，实现这个梦想的重任，是华侨大学下属的一个大专层次的学院所能够承载的吗？

叶飞静静地听着，不去打断他，直到他说完最后一个字，才若有所思地"哦"了一声，感叹道："英雄，还要有用武之地啊！"

一句话，使吴庆星心头为之一颤，说："谢谢叶副委员长的理解。我一生办了不少事，都不像办仰恩大学这么困难、这么复杂，在中国办事太难了！"

"所以今天中国要清理整顿嘛！"叶飞说，他抬起腕子看了一眼手表，"我们仅仅谈了五十分钟，就知道你目前在办学问题上遇到了很多困难，可以说是'焦头烂额'了。在这个世界上，要做成什么事都会遇到困难的，你办仰恩大学的过程，就是不断解决困难的过程，旧的困难解决了，还会有新的困难，我劝你一句：要知难而进，不要知难而退！"

吴庆星说："退？我决不后退！学校已经办起来了，我们的校舍、仪器、设备都是第一流的，吸引了很多名牌大学的教授和讲师，上海复旦大学的苏东水教授就表示愿意到仰恩任教，我怎么能退呢？我只是希望脱离华侨大学，独立出来，改名为仰恩大学，走自己的路！"

叶飞说："你把学校办成教学、生产、科研紧密结合的办法很对头。我的意见是：第一，赞成将学院改名为仰恩大学；第二，与华侨大学彻底脱钩；第三，走独资办学的路，有相对的独立性。实行董事会领导下的校长负责制，教职员工实行聘任制。不过，我这个华侨大学校长是挂名的，许多事情没有亲自过问，也不能一个人说了算，今年3月份人大在北京开会，福建的代表到北京来，我会跟他们讲讲。当然，我的能力有限，也只能助一臂之力就是了。"

"感谢叶副委员长的鼎力相助！"吴庆星举杯祝酒，表达他由衷的敬意和谢意。叶飞的表态，对他所有的主张和要求都给予了充分肯定和支持，这使吴庆星深为感动。当然，他也明白。叶飞最后的自谦也并非客套，要把事情办成，总要经过一定程序，有一个协调和落实的过程，还需要等待。

在等待中，吴庆星并没有放弃通过其他渠道进行努力，用中国内地的话来说，就是"两条腿走路"——吴庆星甚至已经多条腿走路了。

就在叶飞会见吴庆星之后，陈怡祥受中国侨联委派，于1989年2月19日至26日赴泉州进行调查，不仅充分听取吴庆星的意见，还与市侨联、鲤城区人大华侨委员会、鲤城区侨联、仰恩大学负责人、仰恩工程技术人员以及吴庆星的乡亲进行了广泛的接触。在山边村期间，也和北京、上海、福州、厦门前来参加泉州市经济发展战略论坛会的一些教授、学者座谈，并接触了泉州旅港同乡会的一些香港同胞，写成《关于吴庆星先生在泉州办学情况的调查》，记述了仰恩工程的进展情况，阐述了吴庆星的办学理念和建校设想，表达了社会各界对吴庆星捐资办学精神的普遍赞扬，也如实反映了在办学中所遇到的实际困难和所存在的一些问题。报告于3月12日写成，4月2日，中国侨联副主席萧岗阅后批示："这个调查报告写得很详细、很好。建议向有关高层反映。"随即，报送中联部、国务院侨办、外交部、经贸部。正如陈怡祥所说，侨联这个"半官方"机构，虽不是政府衙门，没有什么行政权力，但也因为它的特殊性质，恰恰又是在党政机关和侨胞之间进行沟通和联络的极好媒介，和什么部门都说得上话。

5月12日，吴庆星致函福建省人民政府，提出三点要求：现有的华侨大学仰恩学院在本学期结束之前从华大脱离出来，定名为仰恩大学；仰恩大学由仰恩基金会和福建省人民政府联合办学，具体条件另行商定；仰恩大学由上述双方共同组成董事会，实行董事会领导下的校长负责制，校长由仰恩基金会理事长提名，福建省人民政府聘任，在近期由双方联合组成仰恩大学筹备委员会。

5月24日，吴庆星致函中共福建省委书记陈光毅、省长王兆国、副省长陈明义、省人大常委会副主任黄长溪和省教委，重申以上要求，希望尽速决策。

5月31日，福建省教委复函吴庆星，表示：您多次寄来的办学意见书及信函均已收悉。先生的爱国兴学的精神是可贵的。根据省委、省政府领导的指示，经教委多次研究，考虑到先生的愿望，鉴于目前状况，在一些原则意见商量确定并拟出办学方案后，即向国家教委呈报仰恩学院脱离华侨大学及申请筹建仰恩大学。

省教委提出，目前可考虑两种办学方式：

一是由仰恩基金会作为社会团体独立办学。省有关部门将在贯彻执行国家教育方针政策方面予以指导，发动社会各方面尽力支持学校进行各项教育改革，省政府提供一定的财力资助。学校享受国家关于社会团体办学的各种优惠。

二是成立福建省高等教育发展协会，与仰恩基金会联合办学，双方议定并签署联合办学的协议，明确各方的责任。

复函指出，不管哪一种办学形式，都要遵照国家的教育方针办学，努力把学校办成适应改革开放的新型大学。学校由福建省人民政府领导，省教委主管，原则上按省属高等学校进行管理。学校实行董事会领导下的校长负责制，校长由董事会提名，报省有关部门考核任命，学校的中共各级党的组织，按党章规定的办法产生。校级领导班子必须由专职人员组成。省里将根据财力和需要，确定学校规模和专业设置。在招生和培养计划等方面，主要考虑福建省的需要，也可接受省外委托代培；在引进国外教师、教材和试行先进的教学方法等方面，充分尊重吴先生的意见。

6月13日，吴庆星致函省教委并转呈省委、省政府领导，表示："我愿接受第二种办学方案，即由福建省高等教育发展协会和仰恩基金会联合创办仰恩大学，并请您在近日内正式批文成立仰恩大学筹备委员会，一俟批文下达，我即带领有关人员前往福州商讨联合办校协议和筹委会如何开展工作。"

6月15日，省教委致函省高等教育促进会、仰恩基金会："经请示，省政府同意，由福建省高等教育促进会和仰恩基金会共同组成仰恩大学筹备委员会，两会各派出七人及若干工作人员组成筹委会，主任由福建省高等教育促进会派出人员担任，副主任由仰恩基金会派出人员担任。"

6月19日，吴庆星带领有关人员前往福州，与福建省高等教育促进委员会共同组织仰恩大学筹备委员会，并商讨联合办学的各项工作。

6月21日，福建省教委呈报国家教委：

> 根据1988年国家教委〔1988〕教计字第21号《关于同意联合兴建华侨大学仰恩学院的批复》，我省成立的华侨大学仰恩学院，经过两年多的办学实践，已具备了独立办学的条件。考虑到学院捐资人吴庆星先生的意愿，为把学院建成一所进行综合改革试验的新型大学，更好地开展学校教育教学各方面的改革，经过多方研讨，现申请华侨大学仰恩学院从华侨大学独立出来升格为仰恩大学，拟由福建省组成仰恩大学筹备委员会，进行筹备工作，并在下学期开学前负责管理学校。
>
> 如批准以上报告，仰恩大学建校方案将另报。

6月22日，仰恩大学筹备委员会在福州西湖大酒店成立。

7月1日，吴庆星接到省教委高教处处长樊祺泉打来的电话，从中得知仰恩大学筹备委员会未获国家教委批准，于是在7月8日致函省委、省政府领导，信中说："敝人为祖国创办新型大学以及各种配套企业，奔波回乡六十次，亲临督导建校工作，以最快之速度在一年多些的时间将教学大楼、餐厅、宿舍等建成，让第一批学生如期入学上课，其他校舍仍在继续兴建中。敝人倡导师生等爱党爱国，为建树精神物质文明、优良作风，安定、优美的教学环境，新型的大学系统工程而心劳尽瘁。现在各方共同努力之下，办大学之条件均已齐备，希望领导了解敝人为祖国培养人才之一片真诚，尽快于暑假之前向国家教委再次要求给予正式明确批示。"

同一天，吴庆星致函全国人大常委会副委员长兼全国华侨事务委员会主任叶飞，把上次面谈的内容写成文字报告，恳请将仰恩学院从华侨大学独立出来，升格为仰恩大学，并附上《关于仰恩大学建校的设想》，就创办具有鲜明特色、第一流教学质量的大学，学校管理体制，专业设置和教学与科研机构设置，以及资金来源等方面的设想做了阐述，还附列了一份未来师资队伍的名单。

当日，吴庆星收到省教委的传真函，函件称："国家教委对仰恩学院的下一步办学已有明确意见，即同意仰恩学院从华侨大学独立出来，暂时不宜命名为仰恩大学，同意成立仰恩学院筹委会，筹划新校的办学事宜。先生坚持办大学的愿望我们也已了解。目前我们希望与先生或先生派出的代表一起探讨按国家教委的意见，磋商办独立的仰恩学院具体步骤。我们相信，只要共同努力，是可以把仰恩学院办成一所进行综合改革试点的新型学校，也有利于为日后创办仰恩大学创造条件。"

这个答复，与吴庆星所希望的，仍有很大距离，他当即复函，重申自己的要求。

8月3日，省教委致信吴庆星："顷接上级意见，仍只同意仰恩学院脱离华侨大学办独立学院，暂不组成仰恩大学筹备组。省里研究认为，要尽快组成独立的仰恩学院工作班子。根据吴先生以往意见，考虑到今年招生迫在眉睫，难以进行招生，但要采取积极态度，做好新学院的筹建工作。希望近期内由先生和仰恩基金会代表，与省高校促进会一起商议办学的有关事宜。"

8月18日，省教委约见吴庆星，由省政府、教委指派有关人员与吴庆星及仰恩基金会代表商谈仰恩学院的独立办学事宜。

8月23日，福建省省长王兆国致函吴庆星："国家教委同意华大仰恩学院脱离华大，办成独立的仰恩学院。为在教学工作不中断的情况下，组成独立的仰恩学院，特邀先生到福州面谈。"吴庆星、林惠夫妇应邀前往福州，中共福建省委书记陈光毅、省长王兆国会见并宴请他们，就办学问题进行了交谈。

此后，福建省政府聘任苏东水为仰恩学院院长，樊祺泉、陈笃平为副院长。

12月23日，经省体改委批准，福建省高等教育促进会正式成立。会上讨论了高教促进会与仰恩基金会联合兴办仰恩学院协议书初稿。12月30日晚，叶品樵会长，张瑞尧、王昕副会长又与吴庆星交换了意见，对协议书进行了修改，形成正式文件：

福建省高等教育促进会、仰恩基金会
联合举办仰恩学院协议书

仰恩学院位于福建省泉州市马甲乡，由仰恩基金会理事长吴庆星先生捐资建校。

吴庆星先生爱国爱乡、热心教育，受到福建省人民政府赞赏和鼓励，仰恩基金会对福建省人民政府、省有关部门以及泉州市政府给予的关心支持表示感谢。

为了尊重吴庆星先生的意愿，充分发挥各方面的积极性，办好仰恩学院，经福建省人民政府批准，仰恩学院由福建省高等教育促

进会(以下简称甲方)同仰恩基金会(以下简称乙方)联合办学,是一所省属全日制普通高等学校(正厅级单位)。

一、双方确认,仰恩学院要贯彻执行国家的教育法规、方针、政策,坚持党的领导,坚持社会主义的办学方向,为我国四化建设培养有理想、有道德、有文化、有纪律的高级专门人才。

二、双方确认,仰恩学院直属中共福建省委、福建省人民政府的领导,由中共福建省委高校工作委员会、福建省教育委员会管理。

三、仰恩学院实行党委领导下的院长负责制,同时要明确党政分工。院党委主要负责保证中央方针政策的贯彻执行,管理干部,加强党团的建设和做好师生的思想政治工作;院长行使学院的教学、科研、行政管理工作等权限,对学生的德、智、体全面发展负责。

学院党委书记、副书记由学院党的代表大会选举,报省委有关部门考核任命;院长、副院长可由福建省有关方面推荐,也可由董事会提名,报省人民政府考核任命或聘任。

学院享有比其他省属普通高校更多的办学自主权。在执行国家的法规、方针、政策的前提下,在国家计划的指导下,享有教学、科学研究与社会服务的自主权,中层干部任免权和人事调配权,经费、物资的占有和使用权,开展国内外教育与学术的交流、合作权。

四、成立仰恩学院办学联合委员会,代表办学双方行使监督、决策权,主要负责监督校务,审核预、决算,审议和决定教学、科研和行政管理中的重大问题,协调双方办学意见等。委员会由双方派员组成。

为调动各有关方面积极性，共同办好仰恩学院，成立仰恩学院董事会，主要负责咨询审议、资金筹集及使用等项工作。董事会由双方提名协商组成，也可以聘请海内外知名人士参加。

五、仰恩基金会兴建的校产划归仰恩学院所有，仰恩学院享有永久使用权，该校产永远不得转让、出售或作为他用。

六、学院的办学方案，包括办学规模、专业设置、年度招生计划等应按照福建省社会发展和经济建设的实际需要，由学院提出，经董事会审议后分别报省人民政府、国家教委批准下达执行。根据办学条件，也可以接受省外委托代培。

七、双方商定，根据国务院国发〔1986〕108号文件《普通劳动者高等学校设置暂行条例》的规定标准，应尽快充实配套仰恩学院的各项办学条件，包括校舍、仪器设备、图书资料、师资队伍等。仰恩基金会通过兴办同教学、科研相关的实业，促进仰恩学院朝着教学、科研、生产以及教学、服务、实践相结合的方向发展。

八、仰恩学院作为省属高等学校综合改革的试点单位，在学院的教学、科研、管理和教职工聘任等一系列改革方面享有更多的优惠政策。改革方案由学院提出，经双方研究同意，按程序报批后实施。学院应充分发挥优势，办出自己的特色和水平，把学院建设成为改革开放新形势下的新型大学。

九、根据上述办学要求和目标，双方各应负的责任如下：

甲方：

1. 负责依法征用仰恩学院建校所需的土地。

2. 负责解决正常的教育事业经费，并根据财力可适当发给一些专项补助费；创办初期，提供一定的开办费。

3. 负责帮助解决学院办学所需的人员编制，以及国家计划任务内的招生、毕业生分配等事宜。

4. 帮助学院推荐所需外国专家人选，联系参加教育国际交流活动。

乙方：

1. 负责长期提供仰恩学院办学所需的各项基建经费(包括教学与生活用房、附属设施及正常维修等)，以及办学必需的教学仪器设备购置费。

2. 提供长年办学资助，按省拨正常教育经费1：1拨给学院。此外，学院地处马甲山区，为聘请优秀教职工到校工作，在校内和泉州市兴建或购置较好的教职工住宅；长期提供按国家给予教职工的法定工资总额的一倍以上优惠工资待遇。为了鼓励教书育人、勤奋学习的优秀师生，设立奖教、奖学基金予以表彰。

3. 兴办与教学、科研相关的并为学院提供经费来源的各项实业。

4. 推荐国内外专业对口的优秀教师到校任教。

十、本协议对联合办学过程中未尽事宜，由双方共同协商解决。

本协议经福建省人民政府批准后生效，并取得公证，具有法律效力。

协议签订后，甲、乙双方必须遵守协议条款办学，仰恩学院领导班子根据协议条款具体负责学院各项管理工作。

福建省高等教育促进会(签章)

仰恩基金会(签章)

1990 年 1 月 25 日

至此，吴庆星回乡办学之路已走过五个年头，五年辛劳，五年期盼，所得到的就是这个结果，大学梦，几番梦不成。他并不满意这个结果，却只能接受。当然，这也只是暂时的隐忍和等待。比起当初"挂靠"华侨大学，现在毕竟前进了一步，何妨再一次"借梯上楼"？他决不会放弃那个斑斓多彩的梦，一定要实现它，正如一首闽南民歌所唱的，"爱拼才会赢"！

1992年3月24日，国家教委发给福建省人民政府的教计〔1992〕40号文件《关于同意建立仰恩大学的通知》称："经国务院批准，同意你省在仰恩学院的基础上，建立仰恩大学。"并规定，"仰恩大学为普通高等学校，设在福建省泉州市马甲镇，由吴庆星先生捐资兴建，国家办学，福建省人民政府领导。"

福建省人民政府聘任潘庭国为仰恩大学校长，樊祺泉、吴雨水为副校长。

第 八 章

春江水暖

1991 年 2 月 16 日，农历辛未年正月初二，厦门机场。

一架来自丹麦的专机徐徐降落。停机坪上，早已有一排汽车等在那里，显然有贵宾将临。飞机缓缓地滑行，迎候的人们目光随着它移动。飞机终于停稳了，机场工作人员搭好舷梯，准备迎接贵宾。

舱门打开，不等贵宾露面，接机的人们已经鱼贯而上，这迥异于常规的接机方式让机场工作人员一头雾水。少顷，"贵宾"出来了，那是由接机的人小心翼翼地抬着的一只只木箱，箱体上印的是丹麦文，也看不懂。

机场工作人员忍不住问："这箱子里装的是什么？"

接机的人说："鸭蛋。"

"鸭蛋？什么鸭蛋这么珍贵？还租了专机从外国运来！"

"当然珍贵喽，每个四十八美元！"

"你们买了多少？"

"两万个。"

机场工作人员不禁咋舌，他们从来没有见过，也没有听说过，世间还有这么贵的鸭蛋。当年，大清光绪皇帝问翁同龢："翁师傅，鸡蛋这东西很贵重啊，朕听说，每一个要花三两四钱银子！您家里也不常吃吧？"翁同龢吃了一惊，心里说，这些太监真黑，一个鸡蛋进宫，他们就要从中盘剥这么多银子！可他不敢这么说。"回皇上，鸡蛋确非寻常之物，臣只是逢年过节才吃一次。"这则传闻，真假已无从考据，而现实版的天价鸭蛋却现身在厦门机场，四十八美元一个，两万个就是九十六万美元，这是谁买的？孝敬什么人？

接机的人已无暇再向他们多说，只是忙着搬运鸭蛋。

鸭蛋搬完了，车队开出机场，开出市区，沿着厦泉公路，直奔泉州而去。

此刻，在北京的全聚德烤鸭店，吴庆星正在和他的一位朋友共进午餐。在烤鸭店吃饭，主菜自然是烤鸭，他们边吃边聊。

餐厅的墙上挂着一幅画，画的是群鸭在水中嬉戏，还题了苏东坡的名句，"春江水暖鸭先知"。

吴庆星的目光落在画上，不由得赞道："好，这张画有意思！"

朋友却说："可惜挂在这里，煞了风景！"

吴庆星没听明白："为什么？"

朋友说："活生生的鸭子成了我们的盘中餐，让人有一种'焚琴烹鹤'的罪恶感，哪里还吃得下去？"

吴庆星笑道："你太多愁善感了吧？烤鸭店做的就是鸭子生意，凡是到这里来的人，都是来吃鸭子的，哪一个不是吃得兴高采烈？"

朋友不以为然："人吃得高兴，可是对鸭子来说，却是一场灾难！刚才进大门的时候，你有没有注意？门口装饰了两只拍着翅膀的鸭子，旁边还写着'欢迎，欢迎'，真是活见鬼，鸭子能欢迎人来吃它们吗？"

吴庆星哑了哑嘴，这位朋友的话题，涉及了"子非鱼焉知鱼之乐"的哲学问题和"君子远庖厨"的道德问题，如果争论下去，会越说越糊涂，很难论得清的，他也无意纠缠，便干脆说："世界就是这样子啦，一边讲护生，一边还在杀生。要是没有人来吃鸭子，烤鸭店的老板和员工都要饿死了！请你也为他们想想好不好？"

守在一旁侍候的服务员忍不住插了嘴："就是嘛，这位老板说得在理儿，我们都是靠鸭子养活着呢！"

吴庆星本来胃口正好，关键时刻又有人叫好，就更高兴了，和服务员攀谈起来，当然句句都离不开鸭子，从烤鸭店用鸭的供货渠道，到中国、外国鸭子的品种，从雏鸭的饲养到鸭肉的营养成分，从宰杀到烤制技术，从成品销售到鸭毛、鸭绒的加工利用，通通都仔细盘问，把那位服务员问得满头大汗。尽管服务员也不年轻了，但他所知道的，不外乎工作当中的一些经验之谈，没有理论，也不成体系，而吴庆星想要的是一部鸭子的百科全书，人家哪里有这样的知识储备？外国的鸭子，他连见都没见过，谁知道它的肉里包含多少脂肪、蛋白质？

"好了，不要难为人家了！"朋友替服务员打个圆场，然后问道，"老吴，你怎么突然对鸭子产生了这么大的兴趣？是想收购全聚德，还是要和人家唱对台戏？"

那位服务员不由得一愣，眼神里多了一分尊重，眼前的这位爷，保不齐赶明儿真成了他的新老板呢！

吴庆星哈哈大笑："放心，放心，我没有兼并人家的意思，也不是唱对台戏，不过，我要做的也是鸭子生意，等你有空了，到泉州去看看吧！"

运送鸭蛋的汽车奔驰在厦泉公路上。

这些鸭蛋是吴庆星买的，产自丹麦，芳名"丽佳"。丽佳鸭是丹麦科学家花费十五年的工夫培育出来的新品种，低脂肪，高蛋白，红纤维，集世界各国优良鸭种的长处于一身，且饲养周期短，五十六天体重就可以达到七市斤。

泉州马甲乡，乌潭水库旁，葱茏花木掩映着几十幢精巧别致的小房子，仿佛童话世界，这里就是吴庆星专为丽佳鸭准备的高标准的鸭舍，投资一千七百万美元兴建的丽佳鸭种鸭场。随机而来的丹麦养鸭专家惊奇地发现，这里的规模之宏大、设备之先进、环境之优雅，甚至超过了丽佳鸭的原产地丹麦，堪称世界第一的现代化种鸭基地。

以办学出名的吴庆星为什么对鸭子产生了这么大的兴趣？当然不是心血来潮、不务正业，而是在实施他的深谋远虑。他不远万里从丹麦买来的两万枚鸭蛋，不是供人们品尝的美味食品，而是孕育着生命的胚胎，只需要二十八个日夜，就会孵化出两万只毛茸茸的雏鸭，那可是天下第一的优良品种啊！按照设计能力，这两万只"祖父母代"种鸭在一年之内就可繁殖出十八万只"父母代"种鸭，从而再繁殖出三千五百万只商品鸭，"三世同堂"了。与此配套的是，投资五千万元人民币，占地一百二十亩，引进澳大利亚关键设备，采用电脑控制管理，实行全自动化生产，年产饲料二十万吨的协昌饲料厂；投资两千万美元，占地一百八十亩，集世界一流屠宰和加工技术于一体的和昌食品厂。饲料是和昌集团的拳头产品，动物科学是仰恩大学的龙头学科，二者在美丽的丽佳鸭身上巧妙地会合了：这里，既是赢利养学的企业，又是学以致用的课堂。在协昌饲料厂的电脑总控制室旁边，就专设有六十个座位的教室，仰恩的师生和科研人员可以在这里进行饲料生产、饲料配方、饲料营养成分分析等多课题的直观教学和观摩研究。此外，吴庆星还要兴建羽绒加工厂，对鸭绒进行精加工和成品制作；兴建肥料厂，把鸭粪制成颗粒肥料，用于仰恩果园，连废料也变成宝了。

吴庆星大养特养其鸭，必然引起人们的好奇。尤为新奇的是，这个世界第一规模的金昌孵化厂每年出厂的三千五百万只雏鸭，吴庆星只留下五百万只，其余三千万只统统分流到附近农户散养。当地农谚云："养猪逢过年，养鸭换油盐。"自家院子里养几只鸡鸭，无非是用鸡蛋鸭蛋换几个油盐钱，何曾大规模地养过鸭子？既没有饲养经验，也没有销售市场，养了这么多鸭子，卖给谁呢？

吴庆星说：一切我都包了，从鸭苗、饲料、技术指导、卫生防疫到成品鸭收购、加工出口，提供一条龙服务，你们只管养鸭子就是了，保证大家都有红利！

天下竟然有这等好事！有人善意地提醒吴庆星：你这样做，是把到手的利润白白地流失啊！吴庆星说：我不只是在让利，更重要的是，借此让农民相信科学，接受新事物。中国农民就像一块未加雕琢的宝石，一旦剥掉愚昧，就会放射出光彩！

吴庆星说的是心里话。他是农民的后代，马甲乡的子孙。回乡办学、办企业，都是为了回报父老乡亲，从根本上改变家乡一穷二白的面貌，而丽佳鸭的引进，就是他所选定的牵一发而动全身的突破点。工业化的生产方式突然从天而降，这对于沿袭了千百年的小农经济无疑是一个巨大冲击，但同时，依靠科学技术，发展开发性农业，又使山区农民看到了传统农业向现代化农业转化的希望。乌潭水库旁，刚刚破壳而出的丽佳鸭发出"嘎嘎"鸣叫，这叫声虽然稚嫩、柔弱，却迅速传遍马甲山区，引起强烈震动，一大批乡办、村办、户办、联户办的丽佳鸭饲养场如雨后春笋般涌现，一项新兴产业奇迹般地崛起，成为山区的支柱产业。

由养殖业辐射到种植业、旅游观光业，都在吴庆星的规划之中、预料之中。随着丽佳鸭的登场，占地一千四百亩的亚洲最大的花卉出口基地、投资一千万元开发乌潭水库水面三千亩网箱养殖名贵观赏鱼等项目也随之实施，此外，仰恩系列工程还包括：名优水果观赏园、植物品种园、观赏鲤鱼溪、水族馆、钓鱼台、山庄别墅、星级酒店……小小的丽佳鸭蛋，孵化出来的不仅仅是毛茸茸的雏鸭，还"孵化"出了一片高科技农业开发区，一个以开发区为中心的，集旅游、观光、疗养、度假和教育、科研、生产为一体的泉州马甲农业大观园。

早在1990年11月，著名学者费孝通到泉州考察，听到了关于吴庆星的种种传说，产生了极大的兴趣，表示"想见见这位现代的陈嘉庚"，于是在当地侨务部门的陪同下，驱车前往马甲，亲眼看到了拔地而起的仰恩大学。那时候，丽佳鸭还远在丹麦，但在吴庆星的心中已经飞来了。他兴致勃勃地把引进丽佳鸭的一整套计划向费老报告。1991年3月，费孝通在《瞭望周刊海外版》撰文谈及当时情景："他告诉了我办企业支持学校的计划。他想在这山区里发展养殖业，办一个养鸭场，一年两批，一共四千万只。吴庆星先生说他将从国外引进鸭种。孵化出来的雏鸭将逐步放到农民家里去喂养，另办饲料厂供应科学饲料。等鸭子长到一定重量，收回来，进屠宰厂处理，再放进冷藏库，分批按订单输出国外。"这些，很快得到事实的印证，从两人交谈到文章发表，短短的几个月时间，吴庆星的预言已经实现了。"为了办学，牵引出了办企业，回头又充实了办学的内容。"费孝通对此很为欣赏，"看来吴庆星正在兴办的是一个周密规划的宏大企业，体现了他的一个宏伟理想。通过这几千万只鸭子和遍山的果树，他将把故乡的经济切切实实地提高一个水平。他是一心要把侨乡发展到现代水平的人。"费孝通说，"我这次侨乡之行得到了一个重要的信息，这是我们国家实行了改革开放政策之后才出现的侨乡经济的新苗头。它是多年来我们侨胞的爱国爱乡之心的一种新的表现形式，它已越过赡养侨眷、办学校、办公益的门槛，而踏进了用侨资开发侨乡的新时代。"

成片的土地开发，对福建省来说并不是新课题。早在20世纪80年代初期，省政府就投入五亿元开发厦门湖里工业区1.1平方公里和福州马尾经济技术开发区4.4平方公里，兴建基础设施，使昔日的荒滩、荒坡一变而为海港新城。然而当成片开发的热潮在全国涌动之时，福建的决策者们却面临两难的选择：一要吃饭，二要建设。福建的人均耕地只有0.61亩，不足以解决吃饭问题，每年需要从省外调进的粮食达十五亿公斤之巨，土地资源的稀缺决定了成片土地开发决不能占用良田。因此，决策者们把目光投向荒滩、荒山和荒坡。根据国内外的经验，工业用地即使只搞最基本的"五通一平"，每开发一平方公里山坡地，也需要投入1.5亿元。如此巨大的成本，使政府行为的成片土地开发举步维艰。由于历史的原因，造成了福建省基础建设"欠账"太多，像厦门和福州这样的开发已经不堪重负，不可能一再重复，必须另谋出路。"'引鸟筑巢'，我们有优势。福建有众多华侨，他们有着爱国爱乡的优良传统，"省领导由此道出韬略之见，"吸引侨心，借用侨力，打好侨牌！"

吴庆星的所思所想所作所为，与省委、省府不谋而合。

为鼓励吴庆星热心桑梓、兴学育才、开发贫困山区的精神，泉州市人民政府对他所创建的仰恩系列工程项目实行特殊优惠收策：

仰恩系列工程配套企业属基础设施项目、文教科技项目、回收期长的工农业开发性项目，经营期十年以上的企业所得税从开始获利年度起，三年免征，四年减半征收，企业所得税税率为15%；属产品出口企业、先进技术企业的所得税三年免征以后的年度，按10%的税率征收；对企业所得的利润用于再生产、投资期限不少于五年的，退还再投资部分已纳所得税的50%；对其投资于产品出口企业或捐赠国内公益事业的，全部退还再投资已纳的所得税税款；企业作为投资进口、追加投资进口的本企业生产用设备、生产性项目自用建筑材料以及企业自用的交通工具和办公用品，免征工商统一税；属农产品出口加工项目的进口种子、种苗、种畜免缴进口关税和进口的工商统一税；所进口的饲料、动植物保护药物、耕作种植养殖和农村产品加工机具及其他必要的技术设备，十年内免缴关税和进口的工商统一税。对引进的农、林、畜牧业优良品种，必要时检疫部门派员进驻现场进行检疫。

对其投资办学及为教育服务的配套企业所需用地审批权限，要求省政府下放泉州市审批，并按国务院有关规定，一律实行土地使用权有偿出让，政府只收合理的土地出让金，不收土地使用金，使用期限根据不同行业确定，最高年限为：科技、文化、教育、卫生用地九十年；工业、旅馆、商业、办公楼、住宅用地七十年。若期满需要继续使用，经批准可再延续。土地出让手续从简，土地经开发后，在法定有效期内可以买卖、转让、出租或抵押。

对其投资兴办的学校及为教育服务的企业所需国内配套资金（包括流动资金），从银行贷款指标中按实际投资额的一定比例优先照顾解决。

仰恩系列工程所属的配套企业可通过银行发行股票、债券；企业的外汇可以在外汇调剂中心自由调剂，价格随行就市。

为仰恩服务的乌潭水库综合开发项目和饲料生产及为其提供配套的机械项目，可开展各种形式的补偿贸易。补偿贸易原则上要用所产产品偿还，如需用其他商品偿还的，属于中央管理的商品由国家经贸部审批；凡不涉及国家实行配额和许可证管理及省统一经营出口的补偿贸易项目，要求下放由泉州市审批；在合同执行期间，补偿项目外汇按规定扣除补偿进口设备的价款后的净收入全部留归企业。

这些，诚为明智之举。世间最宝贵的，无非是自然资源和人，其中蕴含着无穷的创造力。马甲的山川河流沉睡了许多年,马甲的人等待了许多年,等待着创造力的爆发,而政策则是起爆的开关。如今,马甲的土地没有增加一亩,国家财政没有投入一分,仅仅出台了助侨、惠民政策,就使吴庆星如虎添翼,带领乡亲们脱贫致富,建成了现代化的高科技开发区,这副"侨牌"打得漂亮!

山边村,吴庆星寄予无限深情的这个小村庄,自霞井吴氏开山创业以来,也曾经有过发达和辉煌,但世事沧桑,到了清末民初,地方不靖,匪患成灾,山边村反复遭受悍匪烧杀抢掠、残酷蹂躏,迫使村民纷纷举家外逃他乡,无处可逃者如惊弓之鸟,在恐惧和贫穷之中艰难度日。中华人民共和国成立后,匪患绝迹,但由于自然条件所限和长期受单一农业经济的约束,加之1958年因兴建乌潭水库,大部分耕地被淹没,本来的余粮村变成了缺粮村,口粮靠回销,劳动力又没有出路,村民长期处于穷困状态。

仰恩工程的兴起给山边村带来了生机和活力,既为劳动力资源找到了出路,也带来了第三产业的发展,本来找不到活干的村民也开始忙了起来,有的被派上基建工地,有的参与工程管理,有的开始在工地周围摆摊设点,从事服务性经营。随着工程的全面铺开和陆续建成,仰恩大学正式开办,大批教师和学生云集此地,为适应外来人口不断增多的生活需要,以开设具有各种风味的饮食业为主并且包括理发、缝纫、文具、食杂、果蔬等项业务的第三产业迅速地发展起来。村民既有了就业机会,也增加了经济效益,走上了脱贫致富之路。如今,天外飞来的丽佳鸭,又为乡亲们的经济腾飞插上了新的翅膀。

富起来的山边村村民,比过去更爱自己的家园。他们在吴庆星的倡导下,根据实际情况提出了改造旧山村建设新山村的宏伟设想和具体方案,作为市、区的示范点,由马甲镇政府抽调工程技术人员组成规划小组，按照高起点、高标准、科学合理地建设花园式、集镇式文明新村的总体要求，对山边村的改造进行了统一规划，同时，镇政府还统一抽调基建工程队负责基建施工，采取拆除一批、建成一批、迁居一批的分期实施办法，经过数年努力，一幢幢依山傍水、整齐有序、宽敞明亮的崭新住宅楼房，形成了一条新颖独特的山村小街，与雄伟壮观的仰恩大学相映成趣。仰恩大学改变了山边村的一切，加快了历史进程，把进入小康和城镇化的步伐大大提前了。这个像海市蜃楼一样冒出来的新村，应该叫个什么名字呢？村民们怀着感激之情，异口同声地说：就叫它"仰恩村"吧！山村虽小，但事关国家的行政区划，这个提议正式上报到洛江区人民政府，并获批准，从此，在中华人民共和国的土地上，正式出现了一个仰恩村。村前的乌潭水库，也有了新的名字：仰恩湖。

1992 年 1 月至 2 月，邓小平同志一路到南方视察，先后在武昌、深圳、珠海、上海等地做了重要讲话，吹起了深化改革开放的春风，成为日后广泛传诵的"春天的故事"。邓小平说：经济发展得快一点，必须依靠科技和教育。我说科学技术是第一生产力。近一二十年来，世界科学技术发展得多快啊！高科技领域的一个突破，带动一批产业的发展。我们自己这几年，离开科学技术能发展得这么快吗？要提倡科学，靠科学才有希望。近十几年来我国科技进步不小，希望在 90 年代，进步得更快。每一行都要树立一个明确的战略目标，一定要打赢。

乘着这股春风，1992 年 4 月 26 日到 27 日，全国人大常委会副委员长彭冲在省委副书记林开钦、省人大常委会副主任蔡良承的陪同下前来泉州视察工作。在视察仰恩工程时，彭冲详细地了解这个集教育、科研、生产于一体的农业综合开发项目的总体建设情况，实地视察了丽佳种鸭场。他要求市里要积极创造条件，尽快协助解决饲料配套生产的问题，要利用本地资源，办好系列化的饲料专业厂，带动当地一批乡镇企业的发展，还可以以工补农，促进农业的进步。作为各类专业人才的培训中心，将为社会输送更多的合格人才。彭冲欣然为吴庆星挥笔题词："爱国爱乡，繁荣祖国经济。"

1992 年 7 月 15 日，时任国务院副总理的朱镕基来仰恩大学视察。

车子在学校门口停下，朱镕基下了车，迎面看见"学会做人"四个大字，不觉止住了脚步，伫立了好一阵，若有所思。这四个大字，正是吴庆星所倡导的，后来发展成为仰恩大学的校训："学会做人，守信笃行；学会做事，创业有成。"等到参观、考察完毕，学校领导恭请朱副总理讲几句话，一向健谈的朱镕基却惜字如金，笑着说："学校大门口题的'学会做人'那四个字，已经讲得很清楚了！"

1993 年春，国家教委主任朱开轩来仰恩视察。早在 1990 年，他担任国家教委副主任时就已经到过仰恩，对吴庆星捐资办学的壮举和风光旖旎的仰恩校区极表赞叹。那时候，仰恩刚刚脱离华侨大学，成为独立的仰恩学院。时隔两年，这里已是名正言顺的"仰恩大学"，朱主任再度光临，陪同他前来的还有福建省分管教育的副省长王良溥、省教委主任郭荣辉，以及国家教委的几位司长，这一次，他们已经不是通常意义上的视察，而是要促成一个重大行动：将仰恩大学的体制由私建公办转变为私立大学。

这使吴庆星感到意外："为什么？"

朱开轩说："小平同志讲了，'经济发展得快一点，必须依靠科技和教育'。为了适应科教兴国战略的需要，我国的教育事业面临着一场巨大的改革，借用经济体制转轨的有益经验，把它引进到我们教育界来。我国现行的教育体制是公办教育和民办教育共存，但总体来说，民办教育还很弱小，无论是幼儿园、小学，还是中学——包括职业中学，和公立学校相比，学校数量和在校生数量的比例都很低。私立的高等学校多一些，但真正符合标准的很少，而且大部分民办高等教育机构是培训班性质或属于高等教育自学考试的助学机构。为了促进民办教育的更大发展和健康发展，并使两者结合起来，以便形成我国现阶段以政府办学为主体、公办教育和民办教育共同发展的格局，国家教委希望在仰恩大学进行教育改革的试点，实施教育体制的转变。"

吴庆星问："公办和私立有什么区别？"

朱开轩说："如果从实施科教兴国战略、发展教育的根本目的与任务来看，两者都是为了培养人才，为了提高国民素质、劳动者素质，为国家培养建设者和接班人。也就是说，民办教育和公办教育共同发展的出发点和归属根本上是相同的。"

吴庆星说："既然如此，为什么还要化公为私呢？我吴庆星捐资办学，目的就是为国育才，不图私利。我知道国家财政困难，朱主任作为掌管教育的最高长官，想必已经尽了最大努力去争取，但迄今为止，教育经费在政府的财政预算中的比例都不足百分之三。但仰恩大学完全是由我吴庆星出资兴建的，一砖一瓦，没有花国家一分钱。现在学校已经投入正常运转！只要能保证生源，靠学费收入完全可以养活学校，况且还有我的企业为它输血，政府的投入已经很少，不至于成为负担！"

朱开轩说："经费不是主要问题。评判一所学校办得好不好，主要不是看它收费高低、运行机制如何，关键是要看它是否把握住了办教育的根本目的和宗旨。"

吴庆星说："早在仰恩脱离华侨大学时，省教委在给我们的复函中就曾经指出：'不管哪一种办学形式，都要遵照国家的教育方针办学，努力把学校办成适应改革开放的新型大学。'我们也正是这么做的，并没有违背国家的教育方针和改革开放的方向，甚至可以不谦虚地说，我们在与国际接轨、引进发达国家的成功经验、培养理论联系实际的有用之才方面，做得比某些名牌大学还要好!"

朱开轩说："我最欣赏你的也正是这一点。你是从国外回来的，眼界开阔，头脑里的条条框框少，胆子大，步子迈得也大，我们的教育改革，就需要这样的闯将。我之所以希望在仰恩进行体制转变的试点，就是要为你解放思想、放开手脚提供更大的方便，给你更多的自主权。比如，采用什么教材，聘任什么样的师资，都由学校做主，政府充分尊重你们的选择。打个比方，现在年轻的媳妇，是愿意事无巨细都听婆婆的呢，还是愿意过自己当家做主的小日子?"

一向不苟言笑的朱主任难得地幽了一默，让吴庆星动心了。他这个人，生性如孙悟空，最恨的是"紧箍咒"，最爱的是无拘无束。他在马甲办学，从办小学到办中学，到后来终于办成了大学，在别人看来，那真是筋斗云十万八千里，七十二变随心所欲，他想怎么干就怎么干，政府处处依着他、护着他，除了他吴庆星，谁还曾享受过这样的"特权"? 可是他还觉得不过瘾，一些有形、无形的绳索处处制造羁绊，放不开手脚。要问他最想要的是什么，那就是办学的自主权啊! 朱主任真算摸透了他的心思，一句话就点到要害处。既然给他充分的自主权，那他为什么不干呢?

不，吴庆星还有疑虑。他热爱自由，但同时也珍惜尊严。他虽然生在国外，长在国外，天命之年才真正回国，但从少年时期起就对新中国的意识形态有所了解。在中国，"大公无私""公而忘私"一直是国家主流价值观，"文化大革命"中还流行过"斗私批修""狠斗'私'字一闪念"的口号，"公"与"私"，一褒一贬，一正一反，形成鲜明的对比。虽然，改革开放以来，国家实行了社会主义市场经济，私营企业大量涌现，而且在国民经济中越来越占有举足轻重的地位，但"公"与"私"的传统观念就能够因此而彻底改变吗？如果仰恩大学成为一所私立大学，能够拥有和公办大学同等的地位吗？一贯争强好胜的吴庆星，既要"里子"，又要"面子"，不但追求教学的质量，而且特别看重"名分"，如果公办大学是"嫡传"，私立大学是"庶出"，小老婆养的，低人一等，他可不干！

"如果我们改为私立大学，是不是仍然和公办大学平起平坐？"他问朱开轩。

"当然，"朱开轩说，"你们的毕业生将拥有政府承认的学历和政府授予的学位证书。"

会谈是朋友式的，因为吴庆星和国家教委打过多年交道，他们已经是老相识了，朱开轩就住在仰恩阁，一住就是一个星期，就办学的许多细节和吴庆星进行磋商。友谊归友谊，事情还是要公事公办，改制问题，涉及学校的运行机制、资金的来源和分配、产权归属、学校内部管理体制以及政府对学校的管理方式等等，要形成具有法律效力的条款，双方必须进行严肃认真的"谈判"。这项谈判，断断续续，长达一年。

在这个漫长的谈判过程中，学校在继续运转，而吴庆星又开辟了新的战场——创办昌林(福建)食品有限公司。这个公司，下设屠宰厂、羽绒加工厂、冷冻厂、纸箱厂四个分厂，投资两个亿，按照设计能力，投产后每小时可以屠宰鸭子三千只，内脏直接进入饲料厂，羽绒直接进入羽绒加工厂，鸭肉直接进入冷冻厂，一条龙设备，全部自动化运作。

这个庞大的工业区，设在厦泉公路与马甲公路交会处的琯头，距马甲二十二公里。为什么要设在这里？因为是工业区，自然要远离学校，但为了学生实习方便，又不能太远。更为重要的是，紧邻厦泉高速公路，将为产品的运输、销售提供极大的便利。美中不足的是，从琯头到马甲这二十二公里的公路，还很不好走。当年，胡平省长、贾庆林省长都曾经亲自过问，把马路拓宽、展平，但几年过去，又跟不上时代的需要了。

1999年春，时任省委书记陈明义、省长习近平来仰恩视察，两位领导平易近人，吴庆星也不说套话，见了面，就笑着问："一路过来什么感觉？"

陈明义实话实说："高速公路很快，可是到了你这段，很颠。"

吴庆星等的就是这句话。这一招儿，当年在胡平面前就曾经用过，屡试不爽。见省委书记上了他的"圈套"，于是说："那你修吧！"

陈明义笑着看看习近平："近平，怎么样？"

习近平回答得很干脆："我修！"

两位领导当场测算，当场拍板，从瑁头到马甲，全部铺成水泥路，大约需要五千万，省里包了。

陈明义又问："先从哪头修？"

习近平毫不犹豫："先从马甲修！"

事情就这么定了。对于两位省级领导来说，修二十几公里的公路只不过小事一桩，而在老百姓眼里，却是连接着千家万户衣食住行的大事。吴庆星的瑁头工业区，有了一条宽阔平坦的公路。这些，已是后话。

在兴建瑁头工业区的日子里，吴庆星的心整个扑在施工之中的工厂上。每天早上，吃过早饭，第一件事就是和程如平一起去工地。小程是刚刚从部队复员来到仰恩的。1988年，吴庆星带着第一批新生到部队军训，认识解放军某部52师副师长林炳尧。林炳尧是福建晋江人，对家乡充满感情，与吴庆星一见如故，成为朋友。林炳尧后来做到南京军区副司令员，晋升中将。而在52师任职时，程如平是他的部下。1993

年初，林炳尧把三十名复员军人交给了仰恩大学，其中就包括程如平。如果不是林副师长这乘兴一挥手，他这条山东汉子还不知流落天南地北做何营生，岂料偶然的机遇开始了他新的人生，程如平与仰恩有缘，在马甲落地生根，从担任学生事务部副主任、主任、党支部委员，后来一直做到党委副书记。

刚来的时候，学校安排程如平给老板开车。而有意思的是，吴庆星却从来都是亲自开车，像个老司机，而让小程坐在旁边的副驾座位上。为什么？他没有解释过，谁也不知道。也许是借此显示自己并不老，也许是向学生们做个示范：当老板的都会开车，何况你们呢？我可是有言在先，不会开车的，不准毕业！

在工地上，他则是一副监工架势，拄着拐杖走遍每一个角落，看见哪儿不对头，就大发雷霆，"怎么搞的？你是在工作哎，不是在玩游戏！玩游戏也不能用你这个玩法，打牌要'和'，打球要进球，那才算本事，你算什么？废物，连替补队员都不够格！赶快重做，做好了给你奖励，如果还是不合格，立即给我滚蛋！"

许多人都被他骂过，可是到了吃午饭的时候，他们又同坐一桌，吃一样的盒饭，促膝谈心，喜笑颜开，仿佛什么事也没发生过。他们都已经习惯了，吴老板就是这样一个人，虽疾言厉色，却心地善良，他所痛恨的是玩忽职守、粗制滥造，而不是针对某一个人。他严格要求每一道工序，为的是保证整个工程的质量，"千里之堤，溃于蚁穴"啊，投资两个亿的工程，任何一点纰漏都可能前功尽弃，可马虎不得！

第九章

一夜白头

1993 年 5 月，关于仰恩大学公办转私立的马拉松谈判终于有了结果，福建省政府和仰恩大学基金会达成协议。6 月 30 日，国家教委正式批准福建省教委提交的《关于仰恩大学管理体制变动的报告》。

一纸文书带来巨大变动。省教育厅和仰恩基金会委派专人进行学校固定资产的交接，历时一个月才办理完毕。现有的老师，原则上从哪里来回哪里去，不愿意走的，可以留下。由于专业设置的变动，在校学生五百多人一律分流离校，分别转到福建农学院、福建师大和华侨大学这几所公办学校就读。对于这些学生来说，这一变动太突然、太不可思议了。当初，他们经过慎重选择才在高考志愿书上填写"仰恩大学"四个大字，能到仰恩读书是他们的人生追求、他们的理想，在接到录取通知书时欣喜若狂。他们怀着青春的热情和求知的渴望走进这所大学，如愿以偿，并且立即爱上了这个美丽温馨的"家"。也许，分流所到的那几所学校并不比仰恩差，甚至论资历比仰恩更老，但那里不是他们的选择，不是他们的志愿所在，不是他们的"家"。就像被父母送人的孩子，不明白这个家为什么不要他们了，更不知道，这一走，要在外面待到几时，什么时候才能回到朝思暮想的仰恩。

一封封沾着泪迹的信，邮寄到吴庆星手中。

尊敬的吴叔叔：

你好！首先，请接受我们一群离家孩子的问候，祝你贵体健康，事业顺利！

此时，你是否已回到我们日夜思念的仰恩？也许正望着空旷的校园，为我们的出走而难过。想想往日，这里正洋溢着我们的欢歌笑语呀！

屈指一数，我们已经离开仰恩十多天了。吴叔叔，你可知道，我们是带着无限伤感和满怀眷恋走的。该上车了，曾亲切、熟悉的身影似乎将离我们远去，此时此刻，我们又能做些什么呢？最后望一眼那青青校园和如今已成行的玉兰树，我们哭了，许多同学悄悄地把泪水咽进肚里，默默地提起行囊，却让心儿留下来……

吴叔叔，我们就这么匆匆地走了，临别也没能见上你一面，我们感到万分遗憾。你还记得军训时，你来带我们回校时说的话吗？"同学们，今天带你们回家，回我们自己的家！以后你们大家都是兄弟姐妹，要和睦相处，相亲相爱……你们要把军队的刻苦作风带回学校，努力学习，奋发图强，发扬我们的仰恩精神！"当时我们听了是多么的兴奋和激动啊！喜悦万分的我们，忘记了大阅兵的劳累，终于来到了久已向往的家。回到学校后一年多，我们一直没忘记这句话，按照你的期望，严格要求自己。而如今，我们背井离家，无法遵照你的要求做了，我们感到遗憾呀！回首往昔，创业者用双手开山劈岭，建起了如今庄严雄伟的仰恩学院，创业者的艰辛、苦心谁人不知?! 在还是灰沙遍野、光山秃岭的时候，我们没有厌弃她，再简陋，再困难，毕竟是我们的家。也就是在这样的艰难时刻，我们在仰恩的蓝天上让国旗高高飘扬，把仰恩的精神传播向神州大地。而如今，校园内已是芳草遍地，红砖碧瓦，青山绿水，却让我们离开她……

人非草木，孰能无情？

寄人篱下，陌生的环境，所有的这些让我们都可以忍受，但我们绝对无法忍受一些不知内情的人的风言风语。

我们是一群离家的孩子，但我们很团结，我们对未来充满着希望，因为我们知道吴叔叔正在惦记着我们，关心着我们，为我们的前途而操劳。

我们每一个同学都能理解你时刻在为仰恩的命运劳心费神。我们迫切盼望能有稳定的环境，完善的师资队伍、实验设备，我们多么希望能在仰恩安心地读书、跑步、生活……

我们想早回家，莘莘学子要回家，回我们自己充满温暖的家！

何日有了消息，莫忘了给我们捎个信，以安慰游子思念的心。

…………

捧读这样的信件，让吴庆星为之心碎。就像自己的孩子被什么人抢走了，他留不住，拦不得，只能眼睁睁地看着骨肉分离。这些孩子奔着仰恩来了，却又被遗弃了，赶走了，真对不起他们！他甚至有些后悔答应了学校改制，给这些孩子造成了无法弥补的伤害！可是，如今木已成舟，后悔又有什么用呢，他们走了，永远也回不来了。

在五百多名奉命分流的学生当中，有一个来自福清的女孩子，姓周名茜。她考上仰恩的预科，读了一年，又考上本科国际贸易专业，该升二年级的时候，赶上了学校改制，需要分流，让她走人，她不走！我既没犯国法，又没违校规，凭什么赶我走？我生为仰恩人，死为仰恩鬼，誓与仰恩共存亡！

出人意料的是，她竟然真的留下来了，诚可谓"只有想不到的，没有办不到的"，有志者事竟成。这个结果，如果让那些乖乖地分流走的同学们知道了，该后悔成什么样子？世上没有后悔药，但世上却有不吃后悔药的人。周茜，一个柔弱的女孩子，面对不可抗拒的外来压力，顽强地把握住自己的命运，创造了仰恩唯一的奇迹。日后，她可以骄傲地说：今生无悔！

校园里空空荡荡，吴庆星举目四望，心境悲凉。如果在往日，这里随处可见孩子们轻捷矫健的身影，耳畔充盈着欢声笑语，现在，一切都消失了，突然消失了。

远处，一个身影朝他走来。她很普通，如果在过去，很容易就被淹没在人群中，不会引起别人特别的注意，但现在不同了，偌大的仰恩校园里，她已经是最后一名学生。

"吴叔叔，你好！"

像往常一样，学生们在校园里遇到吴庆星，总是这样亲切地打招呼。但今天不同了，除了她，再也没有第二个人了。

"好，你好……"吴庆星答应着，两眼不知不觉地涌出了泪水。

"我是国贸专业一年级的周茜。"

"我知道你。谢谢，谢谢你对仰恩的这份情感！"

学校经历了翻天覆地的变动，琯头工业区的工程却一天也没有耽误，即便在长达一年的谈判过程中，也是如此。1993 年 7 月，学校放假了——其实放与不放已经一个样，学校没人了。吴庆星那颗空落落的心，需要有个安放处，那就只有全部投到工程上。现在，工人正在加班加点地进行机器安装、设备调试，预计9月15日屠宰厂就要试车，这意味着包括屠宰、羽绒加工、冷冻、包装在内的昌林(福建)食品有限公司一条龙就要投产了。8月，工程进入倒计时，吴庆星的那颗心，像百米赛跑时的秒表在跳动。

8月16日，星期一，这一天，吴庆星临时有事，没有去工地。说来也怪，平时他每天必去，早出晚归，比那些工人和技术人员还要准时。唯独这一天，他没有去。中午一点多钟，他正在仰恩阁吃午饭。这顿饭吃得心慌意乱，好像有什么事等着他去做，却又想不起来是什么事。人哪，年纪大了，记性不如过去好了。仔细想想，能有什么事呢？学校的改制，大局已定；厂子也万事俱备，只欠东风，单等9月15日那天，他吴庆星一声令下："开工！"

就在这时，电话铃响了。吴庆星这个人，向来是工作高于一切的，把来自外界的一切信息看得比吃饭还重。他一手端着饭碗，一手拿过电话："喂，是我，吴庆星！"

电话是昌林食品公司的总经理吴志雄打来的："老板，不好了，冷库失火了！"

"什么?!"吴庆星扔了手里的饭碗，大吼一声，"失火了？怎么回事？"

"具体起火原因还不清楚，"对方也在声嘶力竭地呐喊，"现在火势很大，还没有得到控制！"

"赶快报火警啊！"

"已经报了，鲤城区消防局，还有惠安县的消防局，都来了人，消防车派了四十多辆，正在全力扑救！"

吴庆星丢下电话，说声："小程，走！"抬腿就往外走，身上还围着纱笼，也来不及换了。

程如平一把拉住他："老板，你不能去！"

"为什么不能去?"吴庆星眼睛瞪得血红，"水火无情，火场如战场，你懂不懂? 现在，所有的人都在救火，这个时候，我怎么能待在家里? 我要到现场指挥！"

"老板，我说句话，你可别生气，"行伍出身的程如平说，"这个战场，你指挥不了，要听消防队的！人家比我们内行！"

吴庆星平生第一次听到有人这样跟他说话，竟然敢于对他说"不"，这还得了? 难道天下还有他所不能的吗? 如果在平时，面对这个公然造次的小子，吴庆星会抽他的嘴巴，拿烟灰缸砸他的脑壳！可是今天，吴庆星没有这个工夫，也没有心思收拾他，大火不等人哪，得赶快走！

"我没有干过消防队，可我是厂子的老板啊！你知不知道，我在那里头投了两个亿，怎么能眼睁睁地看着它化为灰烬? 我得走！你不敢去，我去！"

"老板，我不是怕救火危险，当兵的连枪林弹雨都不怕，还怕救火吗?"程如平喊道，"我是怕你看见了难受！我知道，厂子就是你的命，你一砖一瓦地把它建设起来，又怎么能忍心亲眼看着它烧毁? 别去了，千万别去了！"

小程的眼睛里含着热泪，他说的是实话。如果听任吴老板赶到火灾现场，那么，熊熊大火燃烧的就不仅仅是一个厂子、一批设备，而是他的心，等于把他那颗滴血的心放在火上煎熬。而且，火灾的现场一片混乱，四十几辆消防车围着火场，高压龙头喷着水龙，消防队员冒着浓烟攀登云梯，哪里有他吴庆星插足的地方?

吴庆星一声发自肺腑的长叹，拳头重重地砸在饭桌上，不得已放弃了奔赴火场的念头。

琯头厂区，大火仍在熊熊燃烧，滚滚浓烟遮天蔽日，连远在二十多公里之外的仰恩校区都能看见。这时，学校已经没有学生，只有少数留守的教职员工，他们默默地望着远方的黑烟，轻声议论着：唉，这一下，吴老板的损失大了！

晚上 10 点多，已经看不到琅头方向的烟雾，吴庆星终于忍不住，说："小程，咱们去看看吧？如果你是指挥员，这一仗无论打得有多惨，也得面对啊！你得知道，自己的弟兄伤亡多少，枪支弹药耗费多少，总不能躲在碉堡里不出来吧？"

程如平没有理由再阻拦他，只好陪他出发，依旧是老板开车，他坐在旁边。

车开到河市，又接到了食品公司总经理吴志雄的电话。那个时候还没有手机，吴老板用的是笨重的"大哥大"。

"那边怎么样了？"吴庆星问。

"经过十个小时的扑救，大火已经扑灭了，没有造成人员伤亡。"吴志雄说，"消防局的同志很辛苦啊，连市领导都到场了，这一仗打得真不容易！"

"你等着，我马上到！"吴庆星喊道。

"现在？老板就不必来了吧？"吴志雄劝他，"这里有我在，天晚了，你回去休息吧！"

吴庆星愣在路上，不知是该进，还是该退。如果退回去，他心有不甘，但若是往前走，在这个凄凉黑暗的夜半时分，他恓恓惶惶地赶到火灾之后的废墟，又将看到什么呢？那是他想要看到的吗？

他没有说话，默默地掉转车头，原路返回。

当夜，泉州市市长林大穆专程来到仰恩阁，向吴庆星表示慰问。

"谢谢林市长！"吴庆星激动地走上前去，双手握住市长的手，"你那么忙，还亲自到火场指挥救火，就已经让我十分过意不去了，怎么敢再劳你大驾到家里来看我呢？我应该登门去感谢才是啊！"

"吴先生就不必客气了，"林大穆一边落座，一边说，"泉州市的任何地方，出了任何事情，我都要管的，这是一个公务员的本分！吴先生归国办学，办企业，对泉州的贡献很大，你的成就是我们的骄傲，你的困难是我们的责任，厂子里出了这么大的事，我怎么能坐视不顾呢？现在，造成事故的原因还有待调查，我已经交代有关部门，一定要查清楚，有什么问题，解决什么问题！"

市长走了，这一夜，吴庆星彻夜未眠。

次日，程如平来到仰恩阁，轻手轻脚，生怕惊动老板，不料吴庆星还坐在那里，桌上的烟灰缸里，烟蒂已经堆积如山。程如平一愣，定睛看时，只见吴庆星双眼布满了血丝，那一头花白的头发和嘴唇上一抹灰白的短髭，都已经变成雪白。在此之前，程如平只是在戏文里听说"伍子胥过昭关，一夜白头"，不承想今天亲眼见证了吴庆星一夜白头，这不是演义，没有丝毫的夸张，谁能够想象，这一夜，他经历了怎样的痛苦！

"小程，跟我走，到厂里看看去！'死要见尸'！"

他们到底还是去了，白发苍苍的吴老板开车，陪着他的，一个是程如平，一个是浙江建筑设计院院长景政治。房子是景院长的团队盖的，他要看看烧成什么样儿了。

眼前是一片废墟，顶棚、门窗都烧光了，只剩下黑乎乎的墙壁。这些还都是小意思，房子的装修用不了多少钱，最要命的是那些机械设备，五百吨的冷冻机，六台，全部报废，钢架都烧化了，像烂树根一样扭曲着，那现场，即使地震过后也没有如此悲惨。

吴庆星的心在滴血。两个亿，就这样化为灰烬，烟消云散了。不，他心疼的还不是钱，而是他为此而花费的心血。从最初的设想，到绘就蓝图，再落实到每一块砖瓦、每一颗螺丝钉，都浸染着他的心血。从屠宰厂到冷冻厂到羽绒加工厂到纸盒厂，这是他精心设计的一条龙，任何一个环节出了问题，这条龙就成了死龙，他"死要见尸"，见到的就是这个样子！

消防局经过现场勘察，做出消防鉴定：工人在安装机械时，电焊火花落在了聚氨酯保温瓦上，引起火灾。按照供货合同，聚氨酯保温瓦必须添加阻燃剂，而鉴定证明，施工现场的聚氨酯保温瓦未加阻燃剂，属违约行为造成的责任事故。

火灾发生之时，正是中央电视台隆重推出《中国质量万里行》栏目之时，可谓撞在了枪口上，栏目组派人来拍摄，央视《中国质量万里行》连续报道了两天，举国上下家喻户晓，还被评为1993年十大火灾之一，一时名声大噪，可惜不是什么荣誉！

泉州市政府对吴庆星因火灾造成的重大损失深表同情，并且伸出了援手，表示愿意由政府出钱，重建焚毁的厂房，重新购置设备。吴庆星感激涕零，却婉辞不受："这不是天灾，而是人祸，人祸就要追究责任，冤有头，债有主，谁造的孽，跟谁算账！"

他坚持诉讼，对簿公堂，一纸诉状将提供设备的山东省烟台冷冻机厂和负责安装的福建省安装公司告上省高级人民法院——因为涉案金额太大，中级法院接不了，直接进了省高院。一审判决，由两被告共同赔偿昌林(福建)食品有限公司经济损失若干万元，其中，福建省安装公司所占份额为百分之八十，山东烟台冷冻机厂所占份额为百分之二十。

判决一经公布，舆论哗然。电焊的火花落在石棉瓦上引起火灾，电焊工固然是有责任的。但是，如果石棉瓦按合同规定添加了阻燃剂，电焊火花即使落上去也不会引起火灾，主要责任还在于石棉瓦不合格，而且有合同为证，无可推托，怎么反倒是供货方的赔偿占小头呢？福建方不服，吴庆星也不服。尽管无论哪家赔偿，接受方都是他吴庆星，但这钱，他要拿得明白，拿得在理。赔钱的人，也要让人家赔得不冤枉，不委屈，心服口服。

吴庆星是个倔人，他认准的道理，走到天边也要讲到底。不但为自己讲理，还要为被告讲理。官司一直打到最高人民法院，惊动了中央领导。案子重新审理，结果倒也颇具戏剧性：把原来的赔偿方案颠倒了过来，福建省安装公司赔偿百分之二十，山东烟台冷冻机厂赔偿百分之八十。

漫漫诉讼路，这场官司前后历时十年，直到 2003 年，烟台冷冻机厂的分期赔款还没有还清。这时候，烟台冷冻机厂已改制为烟台冷冻机械有限公司了。新上任的公司董事长在福建省高级人民法院执行庭庭长的陪同下，前来仰恩看望吴庆星，满怀愧意地说："吴先生，十年前的那场大火，给贵公司造成了巨大损失，我们公司上上下下都十分痛心，这十年来也一直引以为戒，严把质量关，决不允许类似的事故重演。说实在话，这场大火对我们来说，也是一场灭顶之灾，造成了不可估量的损失，所以，一直到现在，应该付给你们的赔款还没有还清，这要请吴先生谅解，实在是不好意思了。当年的老厂长已经过世了，我代表他，代表全体职工……"

五大三粗的山东汉子，低眉顺眼地说这些软话，实在也太难为他了。不等他说完，吴庆星就把话头拦住："不必说了！事情已经过去了十年，当事人也不在世了，这个账还算他干什么？不要了，剩下的尾数一笔勾销！"

"啊?!"董事长没有料到这个结果，"谢谢了，吴老板真是个痛快人，豪爽，义气！"

"你们山东人实在！"吴庆星握住对方的手，"我们交个朋友吧，从今往后，有用得着我吴庆星的地方，尽管说！也欢迎齐鲁子弟到仰恩大学来读书，那都是孔夫子的老乡啊，来为仰恩增光添彩！"

远方来客激动得说不出话。久闻泉州有"海滨邹鲁"之称，果然名不虚传！

这些已是后话。

现在，让我们仍然回到1993年秋。

两年前曾在北京全聚德和吴庆星一起吃烤鸭并且高谈阔论的那位朋友，此时外出游历八闽大地，从武夷山到福州、漳州、厦门，一路走来，到了泉州，想起和吴庆星有约，到了人家门口，岂能不见一面？于是兴致勃勃地来到仰恩大学，事先也没打招呼，想给老吴一个惊喜。谁知见了面，却惊呆了，大火之后的吴庆星，像是变了一个人，白发苍苍，形容憔悴，看到了老朋友，没有拥抱，没有握手，甚至也没有礼节性的寒暄，而是大发雷霆："你来干什么？"

朋友说："是你约我来的呀，来看看你，看看仰恩大学，也看看你的鸭子事业！"

偏偏触到了吴庆星的痛处："别看了！为什么你早不来，晚不来，偏偏这个时候来啊？"

"怎么了，老吴？甭管出了什么事儿，都告诉我，咱们一起想办法，也许我能帮帮你……"

"你帮不了我！"吴庆星摆摆手，"我的事，自己解决，你走吧！现在，我这里谢绝参观！"

这就是吴庆星。他不相信"哀兵必胜"，平生最不屑的，就是以自己的不幸去换取人家的怜悯。尽管他也知道，盖世英雄也有失手的时候，但即便到了那步田地，他也只愿意自己舔干伤口，积蓄体力，厉兵秣马，再杀回战场。

但是，要做到这一步，又谈何容易？为了给火灾讨个说法，他陷入了旷日持久的官司之中，而刚刚改制的仰恩大学又怎么办？招考新生的工作还没有开始，是不是可以缓一缓？钢铁硬汉也需要歇歇肩，他有些力不从心了！

省教育厅的领导认为，仰恩大学刚刚完成改制，从全局考虑，必须树立正面形象，气可鼓而不可泄，招生工作应该立即展开。仰恩面临的困难和挫折是暂时的，有政府做后盾，相信吴庆星一定能够闯过难关，再创辉煌。

真正是慧眼识英雄。永不言败，永不退缩，这正是英雄本色。没有牢骚，不再叹息，从灾难中站起来，一切从头开始。

按照省政府的精神，1994年仰恩大学招收本科生250名，实到251名。这多出来的一名，就是经历了公办、私立两个时代，坚持到最后的周茜。她将在四年后毕业，加上前面的两年，一共拥有六年的学龄，这在仰恩的历史上是唯一的。将来，千万名仰恩毕业生未必都能被人记住名字，但不会漏掉周茜。历史就是这样奇特，一个偶然的细节，成就了一个人物。

1994年7月，仰恩大学基金会聘任原福州大学外语系系主任李聪普教授为改制后的第一任副校长。

7月盛夏，阴雨绵绵，空气闷热而潮湿，令人难以忍受。而在一楼大厅里，却有三个人在挥汗如雨地干一件力气活儿：印制校旗。这三个人，一个吴庆星，一个程如平，还有一个陈成志，他从1987年起进入仰恩，是最早的驾驶员，现任协昌饲料厂副经理。这不但是个力气活儿，还挺复杂，上面印校徽，下面印中英文校名，一共七种颜色，还要双面印。模板是从香港做好寄过来的，需要印制六百面。如此大批量制作，吴庆星却并没有委托专业厂家机械化生产，偏偏采用极其原始的手工制作方式，而且参与者没有一个精通此道，完全是"土法上马"，这是为了什么？是为了节省几个钱吗？不，这十年来，他从香港往返泉州的机票和两地之间的长途话费就足够盖几座大楼，难道连印制校旗的钱都舍不得花吗？他要的是这个体验、这个过程、这个精神、这个意义：私立仰恩大学的第一面旗帜，这上面印着的岂止是四个大字？这是父母的期望，是自己十年来的心血，是他酝酿已久、成竹在胸的办学理念，是来之不易的独立自主办学的权利，他要亲手制作这面旗帜。这种庄严的仪式感，是他人难以体味的。

雨下了一个星期，校旗印了一个星期，七天七夜，这三个人没有合眼，六百面校旗全部完成。这种事，只有吴庆星和他的部下才会干。

他们手中捧着的，是仰恩之旗。

第 十 章

润物无声

1995 年 2 月 5 日，中共中央政治局委员、国务委员、国家体制改革委员会主任李铁映来仰恩大学视察，并题词："振兴国家的希望在教育，振兴教育的希望在教师。"

1995 年 7 月，张永谦出任仰恩大学校长，李聪普仍为副校长。

1995 年 10 月 21 日，中共中央政治局常委、国务院副总理朱镕基在陈嘉庚诞辰 120 周年纪念会上会见吴庆星，并进行亲切交谈。

1996 年 3 月 4 日，福建省教委发闽教字〔1996〕15 号文批复：同意仰恩大学设置国际金融、会计学、国际经济学、国际企业管理、经济信息管理、市场营销、英语七个专业，学制四年。1996 年度招收本科生九百人。

1996 年元宵节前夕，新学期开始之际，仰恩大学的领导岗位上出现了一张新面孔，绝大多数师生员工都没有见过他，而他却是最早参与创办仰恩大学的"元老"之一，这便是吴庆星的老朋友陈怡祥。当年，他是亲耳听到吴庆星提出为家乡捐资办学构想的第一人，并且亲手接过委托书，开始了南下泉州的奔波，在长达两三年的时间里，他南北往返无数次，进出省级、市级、区级、乡级的各套"班子"和大大小小的官方机构、社会团体，会见生脸、熟脸、半熟脸的各级官员，参加了难以数计的谈判，草拟、收发了品类浩繁的文件，过手了又不知多少件细碎驳杂的事务，可以说，他几乎和吴庆星一起经历了创办仰恩大学的全过程。而当一切就绪之后，他却功成身退，悄悄地从人们的视线中消失了，以至于后来者反而把他当作"新"人，"笑问客从何处来"。

1994年11月，陈怡祥从中国侨联经济工作部的领导岗位上离休，应北京华兴展贸实业公司之聘，担任顾问，并曾前往香港、缅甸、泰国、昆明等地调研。这让吴庆星动心了，对他说："老兄，你既然有这样的余力，何不来帮帮我呢？我这里正缺人手！"

陈怡祥说："仰恩大学已经办起来了，我又不是搞教育的，帮不了你什么忙了。"

"这是什么话？"吴庆星说，"仰恩大学是我们共同建起来的，你是最早的参与者，对这里的一草一木、一砖一瓦都非常熟悉。如果把我比作产妇，你就是助产士啊，功不可没！"

"不敢当！"陈怡祥道，"前几年，由于职分所在，协助你做一些前期工作，都是应该的，无足挂齿。现在教学工作已经正常运转，我能干点儿什么呢？"

"我请你当训导主任！"吴庆星说，"副校长级的！"

"什么级别我倒不在乎，"陈怡祥笑笑，"但是，这个训导主任，我当不了！"

"为什么？"

"你知不知道？新中国的学校编制，只有教导主任，没有训导主任，那是民国时代的产物，老皇历了！"

"我不管那些，这个名称好!"吴庆星却说，"你不懂，对于学生，既要训，又要导!"

这个人向来固执己见。如果在仰恩大学私建公办时期，他的这项主张也许施行起来会遇到障碍，而在转制私立之后，竟然成为事实。

1996年春节过后，吴庆星从北京返回仰恩，对陈怡祥说："跟我走吧!"

几十年的老朋友，一声召唤就是最大的信任，陈怡祥真的跟着他走了，就此走马上任，就任新中国历史上独一无二的"训导部主任"。不久，由于"训导"有方，改任副校长，自1996年7月起接替张永谦，任代校长，由梁嘉顺、张国庆任副校长，后又增设钟金凤、吴明亮、夏华强为副校长。

吴庆星亲自拟定仰恩大学校训：学会做人，守信笃行；学会做事，创业有成。

吴庆星为学校制定了"三严"方针：从严治校，从严管理，从严施教。这"三严"，相信在全国大专院校都没有异议，确有许多应该共同遵循的准则，但"严"到什么程度，吴庆星又有他自己的创造。比如，每天早晨6时50分全校师生员工齐集操场，7时整升国旗、唱国歌，这在全国是独一份。比如，国庆节放假不离校，集体组织体育活动，下乡演出，晚上搞游园活动、焰火晚会，缺席者给予处分，"走了的就不要回来了"。这是吴庆星的原话。有的学生已经登上了回乡的火车，半道上接到这个通知，马上中途返校。也有人认为这个规定太过分，放假就是放假，为什么不许离校? 出去看看电影、会会朋友，又有什么不可以的? 吴庆星说："国庆节就是母亲的生日，你妈妈过生日的时候，你不愿意在家里陪她? 非要出去看电影、会朋友吗?"于是，异议者哑然。比如，每年春季开学必须在元宵节之前，因为这一天是中华民族传统的上元佳节，要赏灯、吃汤圆，闽南人称之为"状元丸"，莘莘学子不可不吃，人人要争当状元，每人六个"状元丸"，由学校食堂煮好了，全校共度良宵。比如，毕业生必须通过英语六级、计算机二级考试，英语、计算机和体育课必须上足四年，甚至每个学生还必须学会演奏一样乐器，吹口琴不算，无论弹钢琴、拉提琴、吹喇叭，你总得会一样，否则毕不了业。这些都是仰恩所特有的。比如，"绿化校园"，本来也是一个寻常口号，但是他又增加了"净化""香化""美化"这三项。净化即净化空气，为此规定伙房和锅炉房不准烧煤，改用柴油为燃料，以减少空气污染；"香化"这个词，无论古汉语和现代汉语词典中都找不到，纯属吴庆星杜撰，意即大量种植鲜花，使校园处处可闻花香。如此，环境自然也就美化了。

仰恩大学的学生守则也很独特。比如"九不准"，因为经过多次修订，各种版本略有不同，但其中几项最基本的是一直不变的：不准吸毒、贩毒，不准喝酒、吸烟，不准赌博，不准偷盗，不准打架斗殴，不准留长发、染彩发，不准穿超短裙和太高的高跟鞋，不准恋爱。校园里男女生宿舍实行封闭式管理，不准相互串门。更富有戏剧性的是，他把男女生宿舍分别建在仰恩湖的两岸，连接两岸的仰恩大桥俨然是一座"鹊桥"了。对于学生守则中的种种"不准"，人们看法不一。像不准吸毒、贩毒、赌博、偷盗、打架斗殴，这些都能做到，其余的，就比较难了。不准吸烟，在中小学也许行得通，但在大学，难。不准喝酒，如果只是不准喝高度数的白酒、红酒，也许还能做到，但吴庆星规定的是连啤酒也不准喝；不但在学校里不准喝，在校外、在家里也不准喝，就让人觉得太过分了。至于头发和裙子的长度、高跟鞋的高度，以多少为准？也不好量化。而最难掌握的是不准恋爱。怎样的表现才算恋爱？如果搂搂抱抱是恋爱，手拉手是恋爱，那么人家心心相印、眉目传情、海誓山盟算不算？你管不管？幸亏，吴庆星只是禁止肢体接触，下雨天即使两人打一把伞，如果互相不搂抱，也可以不算。为了贯彻执行种种"不准"，吴庆星派了司机和自己身边的工作人员去校园里巡逻，碰到违规的就拍下照片，作为处罚的证据。这个"立此存照"是很厉害的，被拍下来一次，记过一次，记过三次就留校察看，留校察看期间如果重犯，开除学籍。处分决定都要张贴告示，上面贴着受处分学生的照片，并且通报家长。如此严酷的"校规"，居然获得学生家长的认可，他们也是望子成龙啊！

当然，吴庆星并非铁石心肠，已为这些惩戒条令预设埋伏：处分不进档案，而且可以减免，为公益事业做好事十五次，"罪"减一等，多次递减，以至撤销。无论处分撤销与否，不影响参加三好生的评选。于是，校园里出现了一个有趣的现象，那些活跃在运动会上的纠察队员，往往是背着处分的人，他们在努力"表现"，争取早日撤销处分！

陈怡祥理解吴庆星的良苦用心，"不依规矩不能成方圆""玉不琢不成器"这些古训都是有道理的，他也非常希望仰恩的学生能够严于律己，百炼成钢。但是，学校毕竟不同于军营，严格要求也应该有个"度"。现如今，连幼儿园的孩子都在唱《纤夫的爱》了，怎么还能锁得住青年人躁动的情思？让学生因为谈恋爱受处分，让他这个做校长的真下不了手。他不便要求吴庆星收回成命，而是采取了灵活机动的、人性化的管理方式。

陈校长在办公之余，喜欢在校园里散步，一是为了享受这"绿化、净化、香化、美化"的优雅环境，二是为了查看"九不准"的执行情况。有多少次，他远远地看见前边一对青年男女，执手相对，互诉衷肠，以至忘记了身在何处，处分的危险近在眼前。这时，陈校长便昂首挺胸，运足了气，从丹田发出一声高亢悠远的"喂"！好像在跟什么人打招呼，其实只是想惊动那一对情侣。果然，突如其来的这一嗓子，把前面的两个年轻人从美梦中惊醒，回头一看，啊，校长？不妙！两人立即像触电一样闪开，各自飞奔而去。陈校长若无其事，继续在校园里溜达，随时准备再喊一声"喂"。

在这样的情势下，竟然还有好事者提出要求办周末舞会。吴庆星当然不赞成。男男女女，搂搂抱抱，成何体统？不出事才怪呢！一个见识过国外花花世界的人，竟有如此古板的言论，令人想起电影《老兵新传》里崔嵬的一声断喝："不许跳！"但那是什么年代？什么环境？又是些什么人？不可同日而语。学生会干部和体育老师向陈校长求情，陈怡祥不忍驳他们的面子，再去说服吴庆星，好歹答应每周六举办一次。谁知这帮人得陇望蜀，一次还不过瘾，要求每周两次，好不知趣！陈怡祥说："我批准的只有一次，你们另外再搞，就算是非正式的练习吧，只当我不知道！"

仰恩的学生对吴庆星既"恨"又爱。"恨"的是他要求太严，管理过苛，以至于"不近人情"；爱的是在那副严父般的外表下，有一颗慈母般的心，那颗心充满温馨，充满柔情。谁能想到，当初像避猫鼠似的偷偷恋爱的男女同学，当他们毕业之后走出校门，终于公开举行婚礼之际，吴庆星竟然亲自到场祝贺，并献上厚礼。孩子们，不是老爹不懂爱情，是怕儿女情长误了你们的前程。现在，你们终于成才了，我祝你们比翼双飞，前程无限！

"桃李不言，下自成蹊。"逢年过节，仰恩阁门庭若市，学生们成群结队地来给吴叔叔拜年，表达由衷的敬意和亲情。这时候，吴庆星也大宴宾客，把没有回家过年的师生员工，包括外籍教师都请来，还有专程来拜年的往届毕业生，大家欢聚一堂，茅台、酒鬼全上，一醉方休。当然，对在校生还是要例外的，"九不准"里面有"不准喝酒"这一条嘛！

一日，某教授来找陈怡祥，一副很为难的样子："陈校长，我……"

陈怡祥忙问："什么事？请讲！"

"这个，哦，是这样……"那人又支支吾吾，语焉不详，似有难言之隐。

"教授请坐，慢慢讲，"陈怡祥请他坐下，又倒了一杯水，"我们都是仰恩的人，自己人，无论出了什么事，尽管跟我说，只要我能解决的，一定帮你去办！"

"陈校长，我遇到了一件难办的事，"教授这才说，"我应一个商人的委托，帮他写了一本书，宣传他的企业，广告之类的东西。唉，有辱斯文，不好意思啊！"

"哦，"陈怡祥似乎听懂了，便笑笑说，"市场经济嘛，你在业余时间挣些稿费，这也没什么，只要你写的书不违反国家关于出版物的规定，出版社愿意出版，学校并不加干涉。"

"现在的问题是……"教授急切地说，"书已经出来了，稿费没拿到。你知道，这属于自费出书，出版社不付稿费，由商人付给我，原来说好了的，他给两万块钱。可是后来又变卦了，拿两千本书顶账！嗨，这种书我卖给谁去？白送都没人要！"

陈怡祥这才真正听懂了，觉得十分新鲜，他平生还是头一回碰上这种事儿，似乎不是他这个当校长的管得了的。

"我看，这件事还是你们友好协商解决为宜，你再和那个商人好好谈谈。"

"谈不通啊！"教授几乎是在哭诉了，"我给他打了无数次电话，他一直拖着不给钱，后来连电话也不肯接了，拖到现在，钱也没给。今天我再打电话催他，你猜他说什么？"

"他说什么？"陈怡祥茫然，他实在猜不出一个商人在这种情况下会说出什么话来。

"他威胁我：你还想要钱？还想不想活了？陈校长，你看，我现在连生命安全都受到威胁了！我该怎么办呢？你得帮帮我啊！"

陈怡祥为难了。这件事，涉及法律，涉及治安，他没法插手，但是，面对这位文弱书生，他不能说"不"，人家有困难找校长，难得这份儿信任！

"这样吧，"他对教授说，"你写一份材料给我，把整个事情的过程讲清楚，注意，一定要真实，不要有任何误差。然后，我再去想办法！"

"好的，好的，谢谢陈校长！"

教授千恩万谢走了，陈怡祥心里并没有底。这件事，就性质而论，属于私人之间的财产纠纷，那个商人又不归他管，恐怕只能通过法律渠道去解决了。

教授很快就把材料写好送来了，内容跟他口述的一样，显然这个人说的全是实话，仅凭直观的印象，也应该相信他不可能凭空讹诈一个商人。

陈怡祥把这份材料送到吴庆星那里，请他过目，帮助想想办法。

吴庆星听陈怡祥说了事情的大概脉络，那份材料连看也没看，就说："你让他再给那个商人打个电话，不要在校区打，免得他不接，到街上找个公用电话去打，别的废话不要说，只问他一句话：你认识吴庆星吗？"

"然后呢？"陈怡祥还在等着下文。

"没有'然后'，"吴庆星笑笑，"然后就是他的事了！"

陈怡祥领了锦囊妙计，心里半信半疑，就这么一句话，能管用吗？

他把这话对教授如实转告，教授也感到心里发毛，甚至不敢去打这个电话。

"这是吴先生交代的，你就照办吧，"陈怡祥还得给他鼓气，"然后把结果告诉我!"

教授犹犹豫豫地去了。

很快，他又返回来向陈怡祥汇报。

"电话打通了吗?"陈怡祥忙问。

"打通了。"教授说。

"他说什么?"这一回，迫不及待的倒是陈怡祥了，他急于知道吴庆星出的这道怪题，答案是什么。

"我问他认识吴庆星吗，他半天没说话。"

"那你呢? 有没有再问他?"

"没有。你让我只说这一句话嘛!"

"那你把电话挂断了?"

"怎么会呢? 挂断了就没机会了，还怕他挂断呢! 我就等着，过了一会儿，他说话了: 钱，我还，尽快送去!"

"哦?"这个结果虽然是陈怡祥所希望的，但真的实现了，还是让他有些吃惊，吴先生的这一招儿，好像《三国演义》和《孙子兵法》里面都没有啊!

不出两天，两万块钱果然送来了，而且是由泉州市武警大队的大队长亲自送到陈校长办公室，请他转交某教授。这意味着，不但某教授和某商人之间从此再无经济纠纷，而且再也不必担心生命安全，有武警大队保驾护航，还怕什么?

某教授千恩万谢: "谢谢你啊，陈校长!"

"要谢的不是我，是吴先生，"陈怡祥说，"吴先生的威望高，让那些无德商人闻风丧胆!"

某日，陈怡祥又来找吴庆星。说是学校的电工遇到了难处。他老婆

208

在马甲街上买菜的时候，被一辆摩托车撞伤了，当时双方商定，肇事者赔偿两千元，此事就"私了"了。可是，到现在过去了几个月，赔钱的事儿却没了踪影，任你千催万讨，人家就是一个子儿不给，看起来是没指望了。电工求助于校长，陈怡祥自知当不了这个"讨债专业户"，只好再求助于吴庆星。

吴庆星勃然大怒："把马甲镇派出所的所长叫来!"

一个电话打过去，所长赶紧骑着摩托车"突突突"过来了，不知吴先生有何吩咐。

吴庆星说："在发达国家，文明社会，人人都懂得'女士优先'。我们中华民族是礼仪之邦，历来有一个关爱老弱妇孺的好传统，马甲地方不大，大家都是乡里乡亲，更要文明礼让。车子撞了人，而且撞的还是一位女士，理应好言抚慰，赔偿经济损失，哪有赖账的道理? 你身为派出所所长，官虽然不大，但责任不小，要保一方平安，为民做主。在你的治下，出现这种刁民，是马甲的耻辱，是你的失职!"

所长唯唯："吴先生批评得对，是我的失职!"

吴庆星说："那就快去办吧! 两千块钱如果拿不回来，就由你来付!"

所长匆匆去了。陈怡祥却没有走，在吴庆星对面坐下来，面带微笑，端详着这个有趣的人。

吴庆星问："老陈，你笑什么?"

"不是笑你，是佩服你!"陈怡祥道，"这么一些乱七八糟的纠纷，在你手里却能够快刀斩乱麻，好像是开封府里包龙图审案子! 别人办不成的事情，在你手里都能办成，这不光是'中国特色'，而且带有'仰恩特色'!"

二人开怀大笑。

1997 年，仰恩大学招收本科生 1002 人。

1998 年 5 月 11 日，福建省教委下发闽学位〔1998〕19 号文，批准仰恩大学的国际金融、国际贸易、会计学三个专业具有学士学位授予权。

1998 年 7 月，仰恩大学改制私立后的首届本科毕业生 231 人毕业，于 1999 年元旦举行毕业典礼，福建省教委主任朱永康亲临祝贺，并发表讲话。

1999 年 3 月 5 日，福建省教委下发闽教字〔1998〕高 26 号文，同意仰恩大学增设财务管理本科专业，学制四年。

同一天传来喜讯，仰恩大学 1995 级国际金融（3）班本科毕业生施健报考厦门大学研究生，已被录取。此事如果发生在那些资深名牌大学，并不算稀奇，而在后起之秀仰恩，却还是破天荒的第一次。这是一个信号：仰恩有实力，可以培养出一流人才！"今天我以仰恩为荣，将来仰恩以我为傲"，同学们常说的这句励志名言，在施健身上实现了，母校以此为荣，全体师生员工和历届校友以此为荣！仰恩基金会决定，奖励施健同学一千元。

1999 年 4 月 23 日，全国民办大学校长研讨会在仰恩大学召开现场交流会。

1999 年 5 月 23 日，福建省教委发〔1999〕8 号文，批准仰恩大学的国际经济、国际企业管理、信息管理、市场营销等四个专业具有学士学位授予权。

1999 年 8 月，仰恩大学招收本科新生 1200 名。9 月 5 日，第二届本科毕业生举行毕业典礼。

1999 年 9 月 4 日，中共福建省委书记陈明义、省长习近平、省委副书记何少川在泉州市领导何立峰、施永康、吴汉民的陪同下，视察仰恩大学，听取了学校领导就各项建设和管理工作所做的汇报，请他们向辛勤工作的老师们转达节日的问候，并亲临仰恩阁，看望了吴庆星先生。

在中华人民共和国成立五十周年庆典前夕，吴庆星应邀赴京，受到中共中央总书记、国家主席、中央军委主席江泽民的亲切接见。10 月 1 日，吴庆星登上天安门观礼台，观看了盛大的阅兵式和群众游行。

在学校建设的同时，重修康济祖庙和吴氏宗祠的工程也在进行，这两项工程，似乎与教育无关，但也和仰恩大学一样，都紧紧地系在吴庆星的故土情结上，对于祖先的崇拜和对于教育的忠诚，在他来说是完全统一的，都是仰恩工程不可分割的一部分。既信科学又信神灵，这就是真实的吴庆星、立体的吴庆星。

康济祖庙曾在清乾隆十二年、光绪十五年、民国二十五年先后多次修葺。1981 年，旅居缅甸和印尼的吴氏宗亲捐资十四万元，依原样重建。1984 年，泉州市文管会为其竖立保护碑志，成为市级文物保护单位。1999 年，吴庆星独资捐赠两千万元，将康济祖庙扩建重修，整个工程占地九十余亩，前殿与大殿依山缓坡而建，前殿系硬山式，面阔三间，进深二间，带双护厝，前有护廊；正殿为歇山式，面阔三间，进深三间，带双护厝，殿内供奉兴福尊王林昭德一家七尊塑像。前殿、正殿恢宏壮观，与望佛门、土地庙、清心园连成一组建筑群。在庙宇周围的广场，增建了露天剧场、凉亭、篮球场、停车场，还修筑了一条通往梅桐岭的沿山水泥公路，把梅桐岭建成在马甲境内继双髻山之后又一个集人文历史、民俗信仰、旅游观光为一体的新景点。

1999 年春节期间，吴庆星以霞井公益事业理事会的名义，发出了关于重建霞井吴氏宗祠的《倡议书》和《公开信》，恳切希望海内外吴氏宗亲有钱出钱，有力出力，慷慨解囊，踊跃捐资，共襄盛举，并率先垂范，斥巨资两千万元，投入重建宗祠工程，且在百忙中亲自参与制定重建方案。

按照当地民间传统，工程择吉于己卯年十一月十五日即公元 1999 年 12 月 22 日破土动工，依照宗祠原址和坐向重建，历经一年又三个月的紧张施工，一座规模宏大、典雅古朴、雕梁画栋、金碧辉煌的宫殿式宗祠雄伟地矗立在霞井大舍坡。新宗祠占地 4000 余平方米，主体建筑面积达 1098 平方米，比原祠扩大近三倍，由顶、下两落及东西厢组成。顶落分五厅，摆列神龛各一，可安放神主牌位一千七百多位。东厢为陈列室。陈列先辈族人勤奋劳作、建设家园使用过的农耕工具和生活用具近四千件；西厢为办公、会客和作为传播知识技能的教育场所。宗祠大厅正中悬挂着"霞井吴氏宗祠"六个金光闪闪的大字，门前两侧雄狮踞守，平添了祠宇的威严和庄重。宗祠四周遍植奇花异草，祠前正面三个宽大的大埕以花岗岩板材铺设而成，祠宇东侧修建一条由祠前停车场连接马甲至洪濑的公路以及通往各个村庄的水泥大道，西侧修建了篮球场和露天戏台，今后，每逢元宵佳节，一年一度的春祭活动将在此复活。

值得一提的是吴氏宗祠的入祠准则，历代传下来的有两条：一是"家国，先人所开创也，吾当慎守之"；二是"他姓，吾姓之缘亲也。须知吾母为他姓，故百姓一家，吾等当亲睦之"。而在吴庆星主持重建吴氏宗祠之后，又增加了第三条："好公民孝顺长辈，为社会国家做贡献。"读到这里，我们便顿然领悟：这与中华民族的爱国主义传统，与党和国家倡导的和谐社会愿景，与仰恩大学的办学理念，完全是相通的！

1999 年 10 月，官鸣出任主持工作的副校长，不久，任代校长。

官鸣，福建长汀人，1941 年 4 月生。1981 年 9 月复旦大学哲学系科学技术哲学专业研究生毕业，哲学硕士。从事高校教学以来，主要担任研究生《自然辩证法》《欧洲哲学史》《科技管理学》等课程的教学工作，为培养高层次专门人才做出了贡献。在学术上，主要致力科学认识论、科学技术史、管理哲学和科技管理等方面的研究，成果颇丰。曾任厦门大学哲学系主任、统战部部长，还没到退休年龄，受吴庆星盛情相邀，经厦大领导同意，赴仰恩履新。

"你不要以为自己是从国立重点大学来的，什么都懂。仰恩大学是国家教育改革试点的新型大学，当领导的必须从头好好学习。"这是他上任之初所受到的吴庆星的告诫。

这番话并不中听，却坦率、真诚。世间三百六十行，处处都有哲学，而哲学家却不可能样样精通。具有一副哲学家头脑、来自名牌大学的官鸣，也需要从头学习自己所不熟悉、不擅长的东西。

仰恩阁的灯光，夜夜长明，官鸣和其他几位校领导几乎每晚都围坐在吴庆星身边，谋划仰恩的未来。

仰恩大学必须靠改革才有前途。面向世界，面向未来，面向现代化；解放思想，勇于创新，创立特色，创造品牌，这是吴庆星一贯的坚定信念。

英语教学是整个教学的切入点。吴庆星亲自担任英语教研部主任，实行英语教学四年一贯制、平均每周八课时的长线教学计划，八个学期英语教学不断线，累计一千一百余课时，占教学计划课时的百分之三十。并且规定，从大三起所有的专业课都必须进行英语专业教学，引进国外最先进的原版教材，开创了国内双语教学的先河。为了弥补国家四六级考试的不足，他主持创立了仰恩大学英语六级考试体系，组织教师编写了《仰恩大学实用英语六级教材》，考试时比国家规定还高了一个程度。这个教材，在吴庆星担任英语教研部主任期间，反复修订了三次。吴庆星规定，二年级必须过四级，三年级必须过六级；如果到了四年级仍未过六级，不能毕业。在全国实行双休日之后，仰恩大学仍然坚持每周五个半工作日，星期六上午照常上课，四年累计增加五百七十六课时，使专业课教学课时得到充分保证。高标准，严要求，不是跟学生为难，而是为了增强学生的实力。在仰恩大学的校园里，每周一至周五晚上，由中外英语教师主持的热烈而活跃的英语学习角都是最吸引人的亮点，每学期举办一次英语演讲比赛，则是全校学生检阅自己英语学习成果的盛会。精英赛由每班遴选出两男两女选手，参加全校竞争，经过初赛、复赛、决赛，夺取最后胜利；普通赛不设门槛，人人可以参加，由于报名者太多，以至于不得不"抽签"决定参赛资格。2002 年，在厦门大学举行的福建全省高校英语演讲比赛中，仰恩的选手夺得二等奖二名、三等奖一名，仅次于拔了头筹的老牌名校厦大，也足以令全省轰动了。2003 年 6 月，仰恩大学英语六级考试过级率高达 86%，远远超过全国平均过级率 12.5%。8 月，成绩揭晓，吴庆星在仰恩阁设宴庆祝：仰恩的品牌打出去了！

追求卓越，创造辉煌，在仰恩蔚然成风。

尤其令人不可思议的是，对于英语并不精通的吴庆星，竟然在这方面有所发明创造。通过观察，他发现，在英语口语考试中，老师和学生对面交谈、我问你答的方式，因人而异，有很大的随意性，老师们会提出各自关心的不同问题，对于学生水平的判断也各有不同的价值取向，一念之差可以造成天壤之别。这不公平。他想，考试能不能由电脑来进行？人虽然能造出电脑，比电脑聪明，但人脑却不如电脑精准。电脑没有"心情"，没有"脾气"，没有"好恶"，一切按程序办事，在电脑面前人人平等。经过反复琢磨、试验，他亲自设计出了由电脑控制的口语考试机，将上万条试题分三个档次编为程序。考试时由两名老师监考，两名学生应试，随机按键选题，答题内容即时录音，与标准答案对照，由电脑程序做出评判。

吴庆星的这一创造，避免了人为因素的干扰，杜绝了"黑哨"误判的可能，受到许多行家里手的赞扬。

教育部副部长周远清说："这种口语自动考试机，我也曾经设想过，想不到吴先生已经创造出来了，真了不起！"

中科院院士高庆狮说："吴先生对计算机教学改革高瞻远瞩，令我钦佩！"高庆狮何许人也？他是著名的计算机科学专家，计算机总体设计专家，我国第一台自行设计的大型通用电子管和第一台大型通用晶体管计算机体系结构负责人之一，我国第一台十万次/秒以上晶体管计算机亦即被称为"两弹一星"功勋计算机的109丙机的体系结构负责人。能够获得他的首肯，实属不易。

仰恩大学副校长、外籍专家马歇尔说："吴庆星先生是我见到过的最优秀的教育家！"

吴庆星却笑笑说："我这个不懂英语、不会电脑的人当教研部主任，主要是为校领导做个样子，其实事情都是全体老师做的！"

尊师重教，是吴庆星铁的信条。他主张，英语教学必须是地道的英语，决不能让"洋泾浜"误人子弟，为此不惜重金礼聘外籍教师，长年保持在五十至六十名，分别负责英语教学和专业教学。同时，积极培养自己的师资力量，每年选派三名中青年教师到上海外语学院、厦门大学进修英语。

良师兴校，关键在于教师队伍和学科带头人。为此，仰恩借校长官鸣的"近水楼台"之便，从厦门大学聘请了十六位年龄在五十至六十岁之间的著名教授，作为仰恩的兼职教授，举行隆重的就职仪式，颁发聘书，请他们定期来校做学术报告，每一次，吴庆星都亲自接见，待若上宾。不仅如此，校长和几位副校长还分赴上海、南京、湖北和东北三省，广揽人才，并且选派优秀教师到国内外的名校攻读博士学位，费用完全由仰恩负担。吴庆星说："你们出去，不要光想着给我省钱，要注意树立仰恩的形象。穷家富路，钱一定带够。遇到曾经在仰恩工作过的老师，要向他们问候，请他们吃顿饭，感谢他们为仰恩所做的贡献，欢迎他们再到学校来。"

吴庆星深知科研对于高校发展的重要性，他提出，我们是全国第一所私立本科大学，也要争取成为第一个硕士授予单位。2003 年 12 月 20 日，官鸣从东北完成招聘任务，带病回到仰恩，还没来得及去看病，就被吴庆星叫去，说有要事，要连夜开会。

会议主题就是如何把科研搞上去。吴庆星提出，科研论文要在国家级刊物上发表，学校还要奖励。奖多少？官鸣说四千，吴庆星说八千。外请的专家做学术报告，讲课费每场一千至两千。班主任也要另外给予补助，以往是每月一至二百，吴庆星说，干脆一律三百。一切商量停当，已经是后半夜了，吴庆星说："老官，你明天可以去医院了！"

马歇尔是吴庆星特聘的外教代表人物。此人生于德国柏林，英国国籍，曾先后在英国、德国、美国、匈牙利、波兰等国有过长期从事教育、公司高管以及外事外企商业咨询的经历，1999 年应聘到仰恩大学从事英语教学，2000 年被任命为副校长。由外国人当副校长，这在中国还是一件新鲜事。吴庆星自有吴庆星的打算，他让这个副校长专门负责管理外籍教师，官鸣校长称之为"以夷制夷"。这一招儿果然生效，马歇尔很看重这个身份、这份荣誉，认真履职，把外教管理得井井有条。

2001 年夏天的一个深夜，女教师宿舍走廊响起一连串粗暴的敲门声，敲了一间，不开，又敲另一间，把女教师们都惊动了，她们惊慌失措，不知道发生了什么事，急忙向负责治安的程如平报告。程如平匆匆赶来，发现是一名外籍教师，醉醺醺地在发酒疯。程如平立即制止他胡闹，责令他回自己的宿舍去，然后马上将事情报告吴庆星。

吴庆星立即召集几位校领导开会，大发雷霆："混账！外国人有什么了不起？在中国的土地上，就要服从中国的法律；进了仰恩，就要遵守仰恩的校规！这样的家伙，怎么能为人师表？开除，立即开除！你们的意见呢？"

官鸣和其他几位负责人没有异议。据教师们反映，此人经常酗酒，曾经把他的女朋友咬伤，品行极差，这种人开除了也好。但是，他那个女朋友是中国人，也在仰恩任教，该如何对待？有必要考虑在政策上予以区别。经过讨论，决定征求她本人的意见，愿意留下，仍然可以留在仰恩，如果想跟他一起走，那也就不挽留了。

决定将在明天宣布。吴庆星特别指出，这个决定，一定要由负责外教的副校长马歇尔宣布。

次日，校长官鸣向马歇尔通报此事，马副校长也十分气愤，同意校方的决定。

下午两点，曼谷楼一楼会议室，校长官鸣、副校长马歇尔端坐在长条会议桌后面，办公室的老贾担任记录。为了防止再生事端。负责治安的程如平也在座，并且安排了保安人员守卫在门外。

肇事者被传唤到场。马歇尔代表校方宣布，鉴于此人扰乱治安，违反校规，予以除名，限于二十四小时之内离校。

那人跳了起来，嚷道："这是污蔑！没有这回事，你们的决定是不合法的，我不接受！"

马歇尔说："事实俱在，铁证如山。你如果不服，可以向中国的法院提起诉讼，我们有足够的证据证明你在昨天晚上做了什么，整座宿舍楼里的人都是证人。喏，她们所写的证词都在这里，你如果有兴趣，可以一一过目，我们给你时间！"

那人傻眼了。

马歇尔继续说："我对你的家族和本人的历史有所了解，希望你自爱，注意维护作为一个美国公民的形象。如若不然，我将马上通报美国驻中国大使馆。你认为还有这个必要吗？"

那人只有沉默。

"如果你没有话说，请在这里签个字，我们的手续就算办完了。"马歇尔把刚才宣读的那份决定放在他面前。

那人低下头，默默地读着上面并不复杂的文字，终于拿起笔，签上了自己的名字，匆匆离开了仰恩。

他的那位中国籍女朋友也随之而去。

人各有志，该走的走了，该留的留下了，热爱仰恩的中外教师大有人在。

澳大利亚籍教授威廉·瑞恩撰文说："当今世界，由于经费紧缩，一些西方大学再也不关心学生的品德培养，而像工厂一样以最短的周期'生产'自己的毕业生。再也不像过去，学校像家庭、老师像母亲对待孩子那样对待自己的学生，学生间缺少那种友谊和温暖。""仰恩大学是工作与学习的好地方。除了风景如画的自然环境和宽广的校园，教室和教学设备也是一流的。校主和管理者们为教学提供了有益的、支持性的、令人感激的社会环境，他们如同对待家人一般地关心老师和学生。在这安全、有序的环境中，仰恩的学生表现出文明、勤奋的品德。""毫无疑问，仰恩大学有着美好的未来，仰恩学子应为他们的母校感到骄傲。"

瑞恩教授还特别提到，"我了解的大学中，唯有仰恩大学师生共同组织丰富多彩的、富有中国传统文化特色的节目，庄严地庆祝国庆。"仰恩大学的"运动场地之多、条件之好，在国内外大学中也属仅有。每年的田径运动会全校师生都参加，连我们这些外籍教师也都成了'运动员'，有别于一般大学只有运动员参加的运动会。""仰恩大学鼓励学生继承、发扬传统文化作为提高整体素质的组成部分，这是仰恩大学的特色。让人吃惊的是学校规定每个学生必须学会一样乐器，这是仰恩大学独有的特色。"

的确，这都是独一无二的仰恩特色，都是吴庆星的创造。

仰恩有一个颇具规模的管乐团，成立于 1998 年，从入学新生中择优录取，大一、大二、大三，各有一个分团，阵容达三百人之众，十四类乐器，分为七个声部，每一个团员都经过全面、系统、正规的训练，并从武汉聘请一级演奏员担任首席。每逢盛大节日、重要活动，必然大展风采。2001 年，厦门大学举行校庆八十周年纪念活动，因为官鸣校长来自厦大，于是慕名邀请仰恩管乐团与会助兴。这是何等的面子？吴庆星正要大展身手！于是派了一个分团，浩浩荡荡一百多人，举着校旗，开往厦大。要知道，堂堂的厦大，管乐团也只有五十人，仰恩仅一个分团就是它的两倍，在厦大校门外一字排开，高奏迎宾曲和厦大校歌，这也是厦大校歌诞生以来首次配乐，竟然是由仰恩管乐团完成，又是何等光彩！

盛会结束，吴庆星在红牡丹酒店宴请管乐团全体成员：你们为仰恩露脸了！

2000 年 8 月 16 日，福建省省长习近平在副省长潘心诚和秘书长陈芸以及中共泉州市委书记刘法章、市长施永康和副书记黄印春的陪同下，再次来到他所牵挂的仰恩大学，代表中共福建省委、省政府向吴庆星表达了深厚的关切之情，并就学校的建设与发展做了深入探讨。仰恩大学转制以来，作为全国教育改革的试点，在专业教学改革、文艺体育教学改革、考试制度改革、升留级改革和毕业改革、管理体制改革、学生思想教育的改革等等诸多方面都进行了大胆探索，并取得了可喜的成绩，受到中央领导同志、国家有关部委、福建省和泉州市党政领导同志以及来自国内外的嘉宾的高度评价。

中共中央政治局常委、国务院总理朱镕基说：在山沟里创建如此规模的大学，别人难于做到，只有吴庆星这样有勇气、有气魄、有胆量的人，才敢于做出来。仰恩大学值得一看！

全国人大教科文卫委员会主任朱开轩在陪同俄罗斯国家杜马主席教育与科学顾问舒克舒诺夫博士参观访问仰恩大学时说：我来仰恩四次，每来一次都感受到学校的大变化，这是吴先生的功绩。办好教育不仅要有基本建设，还要有好的设备，例如电脑，任何现代化教育都离不了。有了好的设施后，最重要的就是有一支高素质、高水平的教师队伍。要加强教师队伍建设，这才能保证把教育办好。仰恩大学是按教育规律办事的。我很高兴地看到，学校重视教育质量，重视学生的德、智、体、美全面发展。中国的体制改革在深化，要建立市场经济新体制，教育一定要适应市场经济发展的需要。学校的运行机制要适应市场经济这个规律，才能培养适应新形势的优秀人才。仰恩大学正是这样做的。他并且希望各级政府对社会力量办学、特别是爱国华侨办学的热情和积极性要十分珍惜，在力所能及的范围内给予大力支持，希望基金会和学校领导班子要密切配合，校领导要尊重吴庆星先生，要理解吴庆星先生投资办学的爱国热情。有良好的合作关系，学校才能发展。作为一位长期从事教育事业的组织与管理工作的官员，他深情地说：一个出色的学校领导者，应该在自己的任内尽职尽责地做好工作，为后来的领导打好基础，做出成绩。经过几十年后，再来回顾当年打基础的过程，会为自己所取得的成就感到慰藉，感到由衷的高兴。

中国侨联主席林兆枢在参观、访问时，对仰恩大学日新月异的变化表示由衷的赞叹，对吴庆星先生怀着一颗拳拳赤子之心，倾资办学，培养人才，历尽艰辛，呕心沥血，使仰恩大学成为全国唯一由华侨独资创办的私立大学，成为全国高等教育改革的先行者，表示由衷的钦佩。他高度赞扬吴先生倡导爱国主义教育，弘扬民族传统精神，使仰恩大学成为中国侨联爱国主义教育基地，体现了爱国华侨为国家富强、民族复兴所做出的无私奉献。

福建省省长卢展工在视察时说：我对仰恩大学很重视，久仰吴庆星先生和仰恩大学的大名，今天亲自来看，学校比我想象的还好。校园布局合理，教学设施先进，管理严格、规范，有一批高水平的中外教师，教书育人搞得很好，学校工作有全新的机制。卢省长说，仰恩大学是全国第一所私立大学，到 2006 年本科生将达到一万五千人，对我省和国家贡献很大。国家实行九年义务教育，但高中、大学国家不可能包下，要靠社会各种渠道办学。在这方面，吴先生爱国爱乡，捐资办学，做出了典范，闯出了一条新路。仰大要继续探索、改革、创新、发展，不断总结经验，把学校办得更好，推进我省高等教育事业的发展。卢展工认为，仰恩大学强化英语和计算机的教学，强调专业要与国际接轨，突出能力与素质培养，这是很有远见的，取得的教学效果也是很明显的。希望仰恩师生不断开拓、创新，团结一心，与时俱进，为把学校办成有特色的、国际化一流大学做出新的贡献。他风趣地说，将来要动员自己的子女报考仰恩大学。

福建省副省长汪毅夫在全省民办高校发展座谈会上发表重要讲话时说：举办这次座谈会定在仰恩大学，具有重要意义。仰大是我省民办高校办得最早，在全国办学层次较高、学校规模较大的少数民办高校之一，今天我们来参观，百闻不如一见，大家要好好学习仰恩的宝贵经验。他说：仰恩大学是我国教育改革的试点，中央领导、教育部、省政府十分重视。卢展工省长来校调研过，我也曾七次来过仰大。每次来仰大，看到吴庆星先生倾心办学，呕心沥血，为培养祖国人才，鼓励学生健康成长，吴先生特地设立了仰恩奖学金，并拿自己的钱，贷给贫困的学生。这种爱国兴教的事迹和精神，令人十分感动和钦佩。

教育部部长周济在视察时对仰恩大学各方面取得的显著成效给予了充分肯定，对仰恩大学的艰苦创业历程与教育改革成果表示赞赏，对吴庆星先生为国家教育事业所做出的贡献表示感谢。他说，随着社会主义市场经济的不断完善和发展，促进民办教育发展的配套改革措施和法规即将出台，发展民办教育的社会环境将不断优化，坚信仰恩大学一定会办得越来越好，为国家培养更多的高素质人才。

中共泉州市委书记施永康称赞仰恩大学作为教育改革的试点，为泉州经济的发展做出了智力和人力的贡献，表示今后继续全力支持学校的发展，对学校目前存在的一些困难和实际问题予以协调解决。

中共泉州市委常委、宣传部部长黄少萍说：仰恩大学办在泉州，不仅造福泉州，而且是泉州的光荣和骄傲。泉州市委、市政府要进一步关心支持仰恩大学，为仰恩大学的发展创造更好的条件，使仰恩大学尽快办成一流的大学。

2002年6月18日，中国共产党仰恩大学委员会成立暨第一次党员代表大会隆重召开，这是仰恩大学历史上具有里程碑意义的一件大事，而人们却不知道也难以想象，并不是共产党员的吴庆星为促成此事付出了多少努力！

早在仰恩改制之初的1995年，吴庆星就向中共泉州市委要求在学校成立党委，"我不是共产党员，但是我拥护共产党，相信共产党，学校里有了党的组织，我心里踏实"。私立学校的校主主动提出这样的要求，实属罕见。鉴于当时学校里党员数量很少，不足以成立党委，仅成立了一个支部。吴庆星尊重党的领导，鼓励老师和学生靠拢党组织，加入党组织，每年都有二三十名新党员入列，党的组织在发展，在壮大，成为建设仰恩大学的骨干力量。2000年，吴庆星正式向中共福建省委打报告，要求成立仰恩大学党委。省委对此非常重视，书记陈明义亲自来到仰恩，召开党员座谈会，并充分听取党外人士的意见和建议，省委组织部也进行了深入细致的调查研究，认为成立仰恩大学党委的时机已经成熟。

吴庆星期盼已久的这次大会终于胜利开幕。到开会时为止，全校已发展党员488名，随着毕业生离校，许多已走上工作岗位，目前在校党员152名，满怀豪情走进大会会场。中共福建省委教育工委副书记、省教育厅副厅长鞠维强，省委教育工委组织处副处长詹松青，省委宣传部干部处副处长张永生，中共泉州市委常委、宣传部部长黄少萍，泉州市教育局局长郑建树、副局长吴少锋等省市党政有关部门领导同志出席大会。

大会由校原党支部委员、学生事务部主任程如平主持，詹松青宣读省委教育工委关于成立中共仰恩大学委员会的决定。经省委教育工委批准，首届中共仰恩大学委员会由官鸣、梅国平、程如平、郑兆领、沈剑、胡海智、贾文、郭南、戴玉珍等九名委员组成，由官鸣任书记，梅国平任副书记。

这里还有一个"内情"：省教育工委在酝酿仰恩大学党委人选时，原打算派一名书记来，吴庆星说："我们这里就有一个现成的，老官可以当嘛!"省教育工委从善如流，于是拍板，书记就是官鸣了。

仰恩大学党委直属省委教育工委，在整个福建省，具有这个"身份"的高校只有十个，其中九个在省会福州，还有一个就是仰恩。特殊吗？

很特殊，山沟里的私立大学与省城里的公办高校平起平坐，这个"身份"和"地位"是仰恩人打拼出来的。

在党委成立大会上，鞠维强代表省委教育工委和省教育厅讲话。他说，中共仰恩大学委员会的成立，是我省社会力量举办学校中建立党委的首创，必将对我省社会力量举办学校的党建工作提供重要的示范、辐射和带动作用。仰恩大学党委的成立，是省委领导重视关心、省委有关部门协调指导、吴庆星先生关心支持以及仰恩大学党组织和广大党员共同努力的结果，是仰恩大学办学规模不断扩大、办学质量不断提高的一个重要标志，也是我省高校党建工作的一个新成果。

鞠维强高度评价仰恩大学创办人、爱国华侨吴庆星先生矢志报国、无私奉献的光辉办学业绩。他指出，仰恩大学作为新中国成立以来第一所私立本科大学，是吴庆星先生将孝道与自尊、敬业与勤奋、经济与人文统一于一身的成功范例。在全面回顾并充分肯定仰恩大学改制为私立大学、由仰恩基金会独立办学以及作为中国教育改革试点以来和学校的改革发展和建设的历程之后，鞠维强特别指出，在仰恩大学转制独立办学的整个过程中，吴庆星一直关注在仰恩大学建立党组织这件大事，他代表省委教育工委、省教育厅，再次向吴先生致以崇高的敬意。

会上，鞠维强还代表省教育厅，宣布仰恩大学为"福建省学校爱国主义教育基地"，梅国平代表学校接受了省教育厅颁授的基地标志牌。

会场之外，仰恩阁中，党外人士吴庆星在自斟自饮，为仰恩大学党委的诞生举杯庆祝。仰恩人做什么像什么，如今也有了党委了，他高兴啊！

当晚，官鸣像往常一样，又来到仰恩阁，所不同的是，现在他又多了一重身份，仰恩大学党委书记。今后，他不但是吴庆星工作中的合作者，而且是政治上的领导者，这个领导权，还是吴庆星争取来的。

"谢谢吴先生对我的信任和支持！虽然你不是共产党员，但我们是同志！"官鸣的这句话，完全发自肺腑，没有丝毫客套成分。

"这不是我们个人之间的感情，是出于我对共产党的信任！"吴庆星说，"你有没有看过一出叫《杜鹃山》的戏？山上的党代表，就是雷刚主动'抢'来的！"

官鸣会心一笑。这出戏他当然看过，虽然自知不能和柯湘相提并论，但他在领悟吴先生借此表达的情感的同时，也真切地感到了落在自己肩上的重任，他要和吴先生一起振兴仰恩。

两人促膝对坐，品茗谈心。透过缭绕的烟雾，官鸣端详着面前这张熟悉的面孔，一位须发皆白的老人，一位可亲可敬的兄长，一位肝胆相照的知己。在陌生人看来，这个人并不好相处，他性情火暴，口无遮拦，疾恶如仇，当谈起社会上的腐败现象和不正之风，当面对那些贪恋权势、不办实事的官员，当发现手下的人玩忽职守、弄虚作假，就禁不住怒火中烧，拍案而起，严词斥责。多少次，他对工程负责人大发雷霆："立即把不合格的材料统统给我换掉，工期一天也不能拖，否则，就别来见我！"但是，熟悉他的人，却把他看作最可信赖的朋友，在学生面前，他是和蔼可亲的慈父。他骂过很多人，却从来没骂过任何一个学生。

一桩桩往事，浮来眼底。

一名来自龙岩山区的学生，快毕业了，不幸患了白血病，请假回家治疗，病情稍稍好转，又立即返校学习。但不久又病情复发，不得不离校回去治疗，两个多月后，终于不治而逝。可以想象，这对于一个贫困山区的农民家庭是何等残酷的打击！学生的父亲到学校来取儿子的遗物，和老师、同学谈起儿子临终对学校的恋恋不舍，不禁潸然泪下。吴庆星听到汇报，马上对校长官鸣说："马上退回三年来的全部学费，另外由学校再发给一笔慰问金。孩子虽然不在了，但毕竟曾是仰恩学子啊！"

官校长亲自把这笔钱交给了学生家长，并且转达了吴先生的亲切慰问，这位老实巴交的农民泣不成声，站起身来，朝着仰恩阁方向深深地鞠了一躬，说："我们全家永远感谢吴先生，孩子九泉之下也会感激学校，感激吴先生的！"

一名来自河南农村的新生，入学两个月，家里发生变故，父亲不幸去世，无法继续学习，只好办理退学手续回家去了。校长官鸣向吴庆星汇报了此事，吴庆星大发脾气："你们当领导的，要把学生当成自己的孩子，要负责到底！马上把他缴的一万元学费作为困难补助款给他寄去，还要告诉他，如果有可能，随时可以回校复学，仰恩的大门永远对他敞开！"

这名学生后来给吴庆星写了一封长信，细述他内心的深深感动，信的最后说："我感受到了人间最宝贵的爱，我永远牢记吴先生的恩情，今后无论到哪里，仍是仰恩人！"

一位英语女教师身患多种疾病，只好辞职回武汉住院治疗。吴庆星对她的病情非常关心，几次嘱咐官校长打电话询问手术情况，并要求立即向他报告。女教师手术后，吴庆星又交代校长："立即寄一笔款，发一封慰问信，让她安心休养，有什么困难，随时可以向学校提出来。"如此知遇之恩和患难之谊，令这位女教师难以言表，病体初愈，她立即返回仰恩，重执教鞭。

一名家在北方的学生，假期结束时，不坐火车，更不乘飞机，而独出心裁地骑自行车跨过大半个中国，来校报到，他本以为，此举一定会受到热爱体育事业的吴庆星的赞扬，却没想到吴先生心疼地说："不能这么蛮干，把身体搞坏了！"

一名 1995 级的学生，因家境贫寒，缴不起学费，当时学校还没有实行助学贷款，吴庆星让学校暂借给他一笔钱，等毕业后挣了工资再还。1999 年 7 月，这名学生毕业了，走上了工作岗位，他牢记着当初对母校的承诺，10 月份就回来还钱，因为自己的工资不够，又借了三千元，凑足了数，宁可再次举债，也不愿意失信。吴庆星十分赏识他诚实守信的品质，却没有收下这笔钱，对他说："孩子，父母供你读书不易，工作挣了钱，应该先给你的父母寄去！"

一名 1994 级学生，1998 年毕业，应聘到某企业工作，三年之后，积累了一些资本和工作经验，离开这家企业，另立门户，自己创业，不料却被原单位诬告为"盗窃商业秘密"，卷入一场官司，被当地拘捕。消息传出，同学们为之不平，奔走相告，并且向母校求援。吴庆星并不认识这名学生，对事发地区也不熟悉，但通过对案情的初步了解，他坚信这是一桩冤案，仰恩学子绝不会做出狗窃鼠盗之事，于是向人民日报社反映情况，请求前往调查。结果，真相大白，无辜的学生清洗了不白之冤。出狱后，他直奔母校，到仰恩阁当面向吴叔叔叩谢相救之恩。吴庆星注视着这个似曾相识的昔日学子，直到这时，才注意到他原来是一个失去左手的残疾人。

吴庆星的眼泪夺眶而出："孩子！你只有一只手？却被人家诬陷为'三只手'，委屈你了！"

…………

绵绵思绪，使官鸣也不禁双眼湿润了。那么多从仰恩出去的人、和仰恩血肉相连的人，都感念吴庆星，忘不了吴庆星，这正是吴庆星的魅力所在，也正是仰恩精神所在。这么多年了，仰恩的学生毕业了一届又一届，就业率高达百分之百，他们以其优良的品格、扎实的知识、敬业的精神、熟练的英语和计算机能力，以及理论联系实际的务实作风，赢得了社会的认可，在"就业难"成为社会最大难题之一的今天，堪称奇迹；一封又一封陌生人的信件，从不同的地方寄往仰恩大学的校长办公室，感谢仰恩的学生拾金不昧、解人危难、助人为乐，母校未必清晰地记得他们每一个人的名字，而他们在走出仰恩之后却有一个共同的称号：仰恩人。吴庆星所倡导的"学会做人，守信笃行；学会做事，创业有成"，已经辐射到四面八方。

就在几年前，官鸣初来乍到时，仰恩大学还只有第一教学区，2000 年就又建起了共和教学楼、和昌阶梯教学楼，2001 年，第二生活区和十余幢大楼在仰恩湖对面拔地而起，一座精美的普照彩虹桥连接着湖的两岸，三幢教师宿舍楼在仰恩桥旁落成，2002 年，建成泽钏电脑楼和可容两千人跳舞的湖上文艺广场，两个具有标准四百米塑胶跑道的田径场。2003 年，还要再建由第三教学区、第四生活区组成的新校区，其中包括仰恩教学楼、普照教学楼、标准田径场、文体中心、四幢二十二层教师宿舍楼，以及仰恩大学附属中小学。在扩建工程的工地上，吴庆星把手一挥，对官鸣说："这里要多留一些地方，将来建研究生部！"是啊，在吴庆星的心里，仰恩魅力无限，仰恩前程无限！

2003 年，是仰恩大学创建十五周年，仰恩基金会独立办学十周年，为此，本不擅写诗的官鸣，满怀激情，执笔创作了《仰恩大学校歌》：

仙公山下，学府屹立，国旗高扬；
仰恩湖畔，书声琅琅，青春荡漾。
学会做人，守信笃行，是我们的指南；
学会做事，创业有成，是我们学习的殿堂。

教育改革，全国首家，指引前进的方向；

面向世界，面向未来，肩负民族的希望。

奋斗，奋斗，仰恩齐奋斗；

向前，向前，仰恩永向前。

我们是祖国的栋梁；

我们是初升的太阳！

闽南岭秀，挥写百年，树人篇章；

霞井水长，滋润满园，桃李芬芳。

学会做人，守信笃行；时代新人茁壮成长；

学会做事，创业有成，是我们成才的摇篮。

私立大学，仰恩试点，成果灿烂辉煌；

为国育才，振兴中华，胸怀崇高的理想。

奋斗，奋斗，仰恩齐奋斗；

向前，向前，仰恩永向前。

我们是祖国的栋梁；

我们是初升的太阳！

歌词写就，由马清谱曲，吴庆星迫不及待地要试听。他是这首歌曲的第一位听众。听了一遍，再听一遍，年近七旬的吴庆星老泪纵横！

2004 年 2 月 1 日，仰恩基金会聘任陈传鸿为仰恩大学校务委员会主任、仰恩大学校长。陈传鸿，福建福州人，1939 年生。物理学教授，博士生导师。1983 年在意大利雅斯特国际高等学院获博士学位，1988 年 10 月至 1990 年 10 月作为访问学者在美国阿冈国家实验室材料科学部从事研究工作。1997 年 7 月任厦门大学党委书记，1999 年 4 月任厦门大学第九任校长，2003 年 5 月退休。这位骑自行车上班的"平民校长"在厦大师生心中留下了深刻印象。在任期间，他积极推进学校发展，确定了厦门大学建设为世界知名大学的目标，这与吴庆星把仰恩大学办成一流私立大学的目标是一致的，因此惺惺相惜，请他出山。

第十一章

恩山仰止

2004年4月20日凌晨，电话铃声把熟睡中的阿凯叫醒。天还没亮，他摸索着拿起话筒，电话是协昌饲料厂的经理彭永安打来的，急切地说："老板休克了！"

啊?！阿凯惊坐起来，赶紧穿衣出门，从河市的家中赶往马甲，到了仰恩阁，已是早晨6点。他顾不得像往常那样轻手轻脚，匆匆奔上二楼，闯进舅舅的卧室。

吴庆星躺在床上，鼻子里插着氧气管，好像是睡着了。

彭永安守在他的旁边。彭永安是吴庆星的连襟，论辈分，阿凯该叫他姨丈。

"舅舅怎么样?"阿凯问。

"吸了氧，好一些了。"彭永安说，"刚才他睡着之前对我说，阿凯到了，马上叫醒他。"

"不要叫吧?"阿凯有些犹豫，"让他多睡一会儿……"

彭永安感到为难。在仰恩，在和昌集团，只要吴庆星发了话，没有人敢于违背。

"哦……"阿凯心怀忐忑地走上前去，轻声叫道，"舅舅，舅舅……"

吴庆星睁开疲惫的双眼，极力做出一丝笑容，说："阿凯，你来了？不要怕，舅舅没事。扶我起来，我们到外面坐坐。"

阿凯给他拔掉氧气管，扶他起来，搀着他走到客厅里，坐在那张平时接待客人的圆桌旁。

"舅舅，你感觉怎么不舒服？"

"没有什么，"吴庆星说，"只是感觉有些疲劳，不要紧的。"

阿凯知道，舅舅是轻易不肯承认自己有病的，他自己说"有些疲劳"，那就是明显地感觉不舒服了。是啊，吴庆星一个人兼顾着企业和学校两摊事情，不但操心，而且劳力，今年1月，总建筑面积二十二万平方米的仰恩附中、附小的工程又上马了，给他的双肩增添了一份重量。毕竟是六十多岁的人了，他不能再像十年前那样没日没夜地苦干了。

"舅舅，你这一阵子太累了，我陪你回北京去歇一歇吧？借这个机会，也可以看看病。"阿凯故意把休息和治病的顺序颠倒过来，这样容易被舅舅接受。

"也好。"吴庆星并不反对出去走走，但对于去向却有些犹豫，"去北京还是去上海呢？我们是凡人，自己不好决断，你到王公庙去抽个签吧！"

吴庆星不是唯物主义者，这个极度自信的人，在人间几乎无所畏惧，唯独敬畏鬼神。他所说的王公庙，就是吴氏家族世代供奉并且由他修缮、扩建的康济祖庙，他要让神灵来决定自己的命运。

阿凯就去抽了签，一支为去北京，一支为去上海，都是上签，但比较一下上面的判词，似乎去上海的那一支更好一些。

吴庆星就决定去上海。他虽然家在北京，去北京可以和家人团聚，可以见到爱子阿弟，到医院看病还有家人陪伴，也更方便，但既然神灵指引他去上海，那就去上海吧。

　　于是，阿凯马上联系上海华东医院的戴教授。戴教授是吴庆星的朋友，听说吴老板要来上海看病，满口答应：没问题，随时可以来，一定给他安排最好的病房，按最高规格接待。

　　说走就走，阿凯忙着订机票，收拾行李，吴庆星却又决定不去了。

　　"舅舅，为什么？"

　　"这个日子去看病，不合适。"

　　"怎么？你还要选个黄道吉日？"

　　"那倒不是，"吴庆星说，"是因为快到'五一'了，我们赶到上海，人家马上放假，休息七天，该旅游的旅游，该探亲的探亲，医院里B超也做不成，X光也拍不成，只有值班医生和护士陪着病人消磨时光，我们干什么去？不成了傻子了吗？"

　　"说得也是，"阿凯苦笑一笑，"那就晚几天，等过了'五一'长假再去上海。"

　　"那也不行啊，"吴庆星说，"仰恩附属中小学的工程正是紧张的时候，9月1日就要开学，可是现在房子还没盖好，我怎么能走？上海先不要去了！

　　阿凯无可奈何的一声叹息。舅舅的话，让他没法辩驳。给家乡建一所小学，这是十多年前外公吴善仰留下的嘱托，舅舅吴庆星认真地去做了，把小学升级为中学，又把中学升级为大学，而中学、小学还没有建成，把这项工程留在了最后来做。这也是一项大工程，整个建筑面积二十二万平方米，包括拥有一百七十个教室的中学教学大楼和一百一十个教室的小学教学大楼，三个拥有四百一十个座位的多功能阶梯教室，拥有二十二个实验室的实验大楼，藏书百万册的图书馆，可容纳七千余人的多功能大礼堂兼体育馆，建有网络信息平台、八百一十六台电脑的计算机教室和语言教室以及天文台、乐器练习室、音乐练习厅、舞蹈练习厅、美术练习厅、劳动技能厅、学生社团办公室和大型餐厅，还有七幢教职工宿舍楼，十幢男女生宿舍楼，五十二个篮球场、网球场、羽毛球场，一个有八条四百米环保塑胶跑道和一个标准足球场的运动场。这个阵势，哪像一所中小学？舅舅做什么都是大手笔！现在，学校的主体工程已经完成，正在进行最后的收尾，招生工作也已经开始，等到它们都顺利地开了学，包括大、中、小学在内的仰恩学校才算完整地建成，外公的遗愿才算圆满地实现。舅舅要等到那一天再出去散散心、看看病，也在情理之中。而且到了那时候，他的心也才能真正轻松下来。

去上海看病的计划就此取消。

2004 年 6 月 1 日，全国政协副主席罗豪才率团一行四十余人前来仰恩大学视察。罗豪才参观了第一教学区和昌楼、第二教学区泽钏电脑中心、第三教学区，第四、第五教学区即将开学的仰恩附中和附小，并且在仰恩阁和吴庆星进行了亲切友好的交谈，称赞仰恩大学是真正的爱国华侨办的一所学校，办学很有特色，取得很大成绩。吴庆星先生的爱国办学精神是爱国华侨的一个典范，希望仰恩越办越好。

2004 年 6 月 4 日，福建省副省长汪毅夫到仰恩大学调研，查看了仰恩附属中小学校，和 2004 级毕业生代表进行了座谈，听取了校领导有关教学工作的汇报，并到仰恩阁拜望吴庆星。汪副省长对仰恩大学采取的教改措施和办学中所取得的成绩给予充分肯定和极大赞赏。他欣喜地说，吴先生爱国办学取得了令人瞩目的成绩，这几年仰恩大学发展很快，全校教师工作很努力，教学质量有保证，学生工作能力强，懂礼貌，表现很好。特别是 2000 级专业英语八级全国统考取得优异成绩，通过率高达百分之八十三，超过全国平均通过率二十六个百分点。计算机教学很有特色，多名本科生获得计算机高级程序员证书。仰恩大学毕业生就业率高，受到社会各界的好评。这些，反映了仰恩大学办学的成功。他殷切希望即将走出校门的 2000 级毕业生百尺竿头更进一步，学好过硬本领，报答祖国，回报社会。

2004 年 6 月 8 日，教育部发展规划司副司长薛耀瑄受教育部领导委托，在省教育厅助理巡视员郑祖宪的陪同下来到仰恩大学听取意见。他们一行参观了校园和教学设施，然后与学校领导进行座谈。薛副司长认为吴庆星先生的办学理念正确，学校文化氛围浓厚，校训很有特色，成绩突出；英语口语测试方式很有创意；仰恩大学不仅建设得不错，而且办得不错，相信会越办越好。

2004 年 6 月 13 日，人民日报社华东分社记者团一行二十人在黄敬主任的带领下到仰恩大学调研。记者们兴致勃勃地参观了这所花园式的校园，对学校一流的教学设备赞不绝口，并与学校领导进行了座谈。记者们深有感触地说，仰恩大学是我国第一所由爱国华侨投资创办的私立大学，短短几年发展很快，学校从严管理、从严施教、从严治校，加强爱国主义教育，成绩显著，并高度赞扬吴庆星先生爱国爱乡、投资兴办仰恩大学、致力教育改革的高尚情操。

座谈会后，吴庆星在仰恩阁亲切地会见了记者团全体成员。

2004 年 9 月 1 日，仰恩大学附属中小学彩旗纷飞，气球飘扬，三千多名中学新生、两千多名小学新生和五十名幼儿园新生跨进崭新的学校。

2004 年 9 月 2 日，中共福建省委、福建省政府为表彰奖励吴庆星投资办学的杰出成就而授予他荣誉奖匾、证书和八十万元奖金。

2004 年 9 月 15 日，仰恩大学 2004 级四千三百名本科新生开学典礼隆重举行。从本学期开始，吴庆星谋划已久的《孙子兵法》课程在2001级二十个班全面开课，而且是必修课，每周两课时，由两位教授、两位硕士研究生授课。这是吴庆星的创造，亲自组织力量编写中英文对照的教材，全国高校独一份。仰恩大学并不是军事院校，吴庆星执意设此课程，当然不是为了打仗，而是为了培养学生的智慧和谋略，将来无论从事什么职业处于顺境逆境，都能立于不败之地，其中大有深意在焉！

新学期开始的工作已经就绪，吴庆星却仍然迟迟没有动身，这一拖，拖到了年底，年头岁尾正是最忙的时候，更是走不了了。

2005年1月24日，星期一。早晨，吴庆星起床之后，一阵剧烈的咳嗽，把等在外面的程如平、陈文凯惊动了，他们都是有事来找老板的。听到这咳嗽声不大对头，都不是外人，就跑了进去。吴庆星正俯身站在洗手池前，咳嗽不止，洗手池上溅着混有血丝的黏液。

"舅舅，你吐血了！"阿凯惊叫道，"看病的事不能再拖了，赶快去上海吧？"

"是啊，"程如平也说，"学校里的事你不要管了，快去吧！"

"没事，不要大惊小怪！"吴庆星却说，"这是我抽烟太多了，喉咙干燥引起的，你们看，血丝是鲜红的，没有病！"

话说得貌似内行，到底对不对，在场的人也弄不清楚。但他们本能地认为，结论应该由医院来下，去做做检查还是必要的。可是，他们又深知吴庆星这个人，最不听人劝，他不愿意做的事，谁劝也没用。

阿凯也不敢再多说，心里却在后悔，当初和上海华东医院都联系好了，却没有去成，耽误了舅舅治病，真可惜！

程如平默默地走了出去，琢磨着这事儿该怎么办。他现在已经是仰恩大学的党委副书记，吴先生的健康关系着学校的命运，他不能听之任之啊！可是，吴先生这么固执，谁能说动他呢？

他忽然想到一个人，洛江区政协主席谢定昌，平时和吴先生颇多交往，更主要的是，由于他所处的官方位置，说话有分量，对吴先生有影响力。于是，程如平直接打电话过去，向谢主席报告。

当日，谢定昌前来仰恩阁拜访，探望吴先生的病情。

吴庆星好生奇怪："你怎么知道我病了？我有什么病？是谁这么多嘴，给谢主席添麻烦？"

谢定昌说："同志们关心你的身体，这说明他们具有统战意识。你是我们华侨的旗帜、统一战线的标兵，应该关心！听我一句劝，赶快到医院去做个体检，有病治病，没病保健嘛！我可不提倡带病坚持工作，那是傻干！应该尊重科学，爱惜身体，健健康康地为国家工作，这有什么不好？"

吴庆星果然没有反驳，痛痛快快地答应了。

2005 年 1 月 26 日，吴庆星前往泉州市第一医院。陪同者有洛江区分管卫生工作的副区长刘翠霞，仰恩大学党委副书记程如平，和昌房地产公司经理陈成志。显然，由于谢定昌的过问，此行已经带有官方色彩。

泉州市第一医院院长庄建良亲自出面接待吴庆星，并且安排了血常规、胸透、CT 等项检查。不查不知道，一查吓一跳，果然有问题，肺部发现阴影。

医生并没有对病人透露，悄声向院长汇报，这个阴影，有可能是癌！

院长问："有多大把握？"

医生说："老实讲，没有把握。影像终归是影像，不是实物，在开胸手术、做病理切片之前，谁也下不了结论！"

院长追问："在我们这里手术，有把握吗？"

医生说："我们成功地做过许多例类似手术，在技术上没有问题。但是，科学从来没有百分之百，谁也不能跟谁打保票。此外，还要看患者和家属对我们的信任度，他们放心吗？"

院长点了点头，知道该怎么做了。

他向刘翠霞和程如平、陈成志交了底，情况不乐观，赶快送患者到福州或者北京做进一步的检查，以免耽误病情，丧失治疗的最佳时机。而对吴庆星本人，既不能隐瞒，要告诉他肺部有阴影，但又不能实话实说，尽量讲得含糊一些，这个阴影，有可能是陈旧性的结核钙化点。

吴庆星莫名其妙："我什么时候生过肺结核？怎么自己不知道？"

院长说："是啊，这种情况也是常见的，患者凭借自身的抵抗力，在不知不觉之中把疾病扛过去了。吴先生，这说明你的体质很好啊！"

吴庆星笑了："当然了，搞体育出身的嘛！他们就是多事，非逼着我来一趟！"

院长说："没有白来，做做检查，对健康敲敲警钟，有好处。这个阴影也不能忽视，建议你还是到福州或者北京去看一看。"

吴庆星不以为然："既然是陈旧性的，还看它干什么？"

院长说："陈旧性的，也有复发的可能，大医院的医疗设备更精密一些，还是再去查查吧！"

话只能说到这个地步了。

吴庆星显然没有听进去。向庄院长、刘副区长匆匆道别，就招呼程如平、陈成志赶快回马甲，那边还有很多事等着他做呢。

当晚，一个意想不到的电话打到仰恩阁。来电人是福建省检察院检察长倪英达，前几年因为火灾打官司认识的，也算是老朋友了，但平常日子却来往不多，他怎么突然想起给吴庆星打电话呢？这背后的隐情，是吴庆星所不知道，也无法想象的。

倪检察长开门见山："吴先生，听说你今天去了泉州市第一医院？"

"是啊，"吴庆星一愣，"你听谁说的？"

"当然是庄院长了。"倪英达说，"他建议你去北京再查一查，好像没有引起你足够的重视？这可不对，医生的话还是要听的！"

吴庆星心里一动，没有应声。看来，倪检察长是受庄院长所托，来动员他去北京治病的。那么，自己到底得了什么病？如果真像庄院长所说的"陈旧性结核钙化点"，有必要采取这么大的动作吗？"告状"告到检察院去了！这意味着什么？吴庆星是何等聪明的人，他还能不明白吗？

"谢谢检察长的关心，我听医生的，马上走！"

吴庆星决定，福州、上海都不考虑了，直接去北京。行前，他打电话给妻子，告诉她，自己明天就到。

林惠倒觉得有些意外。吴庆星这个人，向来是四海为家的，北京虽然有个家，也跟旅店差不多，有事情回来住几天，办完事就又走了，并不是久留之地。特别是在马甲建了仰恩阁别墅，那里就成了他的家，回北京的机会就更少了。现在，丈夫突然决定要回来，一定是有什么急事，她不能不问。

"你怎么抽得出时间回来？是不是出了什么事？"

"没有事啦，"吴庆星装作很平静的语气，"现在中、小学也都就绪了，不那么忙了，我回去看看阿弟！"

他找了一个最容易被妻子理解和接受的理由，他们的爱子阿弟，自从1985年因病住进协和医院，至今都没有出院，这二十年来，时时牵动着父亲的心，只要能抽出一点儿工夫，他就想和儿子见上一面！

"好啊，我告诉阿弟，爸爸要回来了，"电话的那一头，林惠笑了，笑声中带有哭腔，那是她落泪了，"阿弟听了，一定会高兴得笑起来！"

这是他们夫妻之间最好的交会点，为了儿子，做什么都是顺理成章的。

2005 年 1 月 28 日，吴庆星由陈成志一路护送，启程北上。

陈成志，1987 年就开始跟着吴庆星，从驾驶员做起，当过协昌饲料厂的副经理，现在是和昌房地产公司的经理。1987 年到 2005 年，转眼间十八年过去了，不管他在什么岗位，做什么工作，在自己心里都摆好自己的位置，永远是老板手下的一个助手，一名小兵，要尽心竭力地照顾好老板，保护好老板。吴庆星在外出的时候，也仍然喜欢带上这个老部下，由这个老资格的驾驶员开车，似乎更安全、更和谐，也更有情趣。而这一次，陈成志护送老板远行，却是另一番滋味。在泉州市第一医院，他已经当面从庄院长那里听到了底细；在仰恩阁，老板和倪检察长通话的时候，他也在场。他很清楚，老板此次进京，其实是在和死神赛跑，不知道能不能抢回一分一秒的时间，挽救那危在旦夕的生命。也许，这是他最后一次陪老板出行？

车子开出仰恩阁，越过仰恩桥，沿着仰恩公路，开出马甲，从珩头驶入厦泉高速。这是一条走过无数次的路，哪一次也没有这一次走得快，不只是因为公路经过几次展宽和修理，更加开阔平整了，而是开车的人心急如焚，快一些，再快一些！

飞机从厦门高崎机场起飞，呼啸着向北京飞去。

北京首都机场，林惠和司机已经等在那里。像往常一样，取了行李，他们一起回家，一路上，也只说一些关于仰恩大学的话题。林惠并不知道吴庆星此行的目的，心里准备的是，等他到家，先好好地吃一顿家里的饭，洗个澡，睡一觉，明天高高兴兴地去医院和儿子见面。可是，从机场到家里的这一路，她总觉得有些奇怪，吴庆星脸上没有笑容，而且陪着他一起来的谢定昌和朱启平，说话也很谨慎。等到了家，请客人落座，她低声问陈成志："是不是出了什么事情？"

陈成志迟疑了一下，说："老板要到协和做个体检。"

林惠明白了。丈夫这是得了急病、重病，要不然，他不可能这样急如星火地主动就医！

这一夜，林惠彻夜无眠。

第二天，林惠把一切事务都抛在一边，先打电话给协和医院院长朱预，吴先生需要住院检查、治疗，要快，十万火急！为什么她和院长这么熟？不要忘记，她的儿子阿弟在协和住院已达二十年之久，一直住在特需病房，由专人特护，每年花费数百万元，是 VIP 当中的 VIP。二十年来，林惠只要在北京，就每天必来医院，这里就像她的家，上上下下都非常熟悉，对她特别地关照，有求必应。

好容易等到天亮，林惠伺候吴庆星吃过早饭，陪他去协和医院。走进这个熟悉的地方，吴庆星一阵心痛。他首先要去看儿子，被林惠拦住了。

"跟阿弟见面还有时间，你要赶快做检查！做完了没有事，也可以让阿弟放心了。"

说得也是。阿弟身有重病，能够在全国最好的医院长时间地住院治疗，正是因为有一个强有力的爸爸在支撑着他，护持着他，做他的根基，他才能安然度过这长达二十年的时间。现在，他的根基出现了危情，必须赶快抢救！

吴庆星忍住思儿心切，把看病放在首位。朱院长找来了肺外科专家李龙云、李泽坚教授，肾内科专家黄庆源教授，按照他们的要求，做了一系列的检查。结果是什么？尽管所有的人心中都充满悬念，但那只是对可能发生的事实的恐惧，而一旦揭开谜底，却毫无悬念地证明，那正是人们最不愿意看到的结果：经过三位专家和十几位大夫的会诊，确定是肺癌晚期，而且已经转移到脑部！所有的人都明白，吴庆星的生命即将走到尽头，即使华佗再世也无法挽回。这对于豪气冲天的吴庆星来说，是不是太突然、太残酷了？

没有人向他明说，但像他这么聪明的人，也已经感觉到了。

吴庆星默默地接受了这个现实。他一生嗜烟如命，每天起床后第一件事就是点上香烟，这一天无论怎样繁忙也烟不离手，直至深夜，在缭绕烟雾中入睡。如果夜里开会，那就一支接一支地抽到天亮。没有人敢劝他戒烟，任何人的告诫他都不肯听。1996 年，他的左眼意外受伤，到美国去治疗，医生要求他戒烟予以配合，他竟然说："我做不到！"一个意志坚强、百折不挠的人，竟然抵御不了尼古丁的诱惑，为迁就自己的不良嗜好而放弃治疗，半途而废，不但眼睛落下了残疾，而且烟越抽越凶，后患无穷。人的肺腑毕竟是肉长的，这样烟熏火燎几十年，会是个什么结果？本应该在意料之中！

医生告诉他，扩散到脑部的肿瘤必须进行伽马刀手术。

吴庆星不明白什么是伽马刀，说："要开刀啊？"

医生说："不，伽马刀并不是真正的手术刀，而是伽马射线立体定向治疗系统。一个布满直准器的半球形头盔，头盔内能射出二百零一条钴 60 高剂量的离子射线——伽马射线，它经过 CT 和核磁共振等现代影像技术精确定位于颅内某一部位，准确度极高，可以致死性地摧毁靶点组织，而不用开颅，所以也不用全麻，无创伤，不出血，完全避免颅内感染，手术时间短，通常只需要几分钟至几十分钟，是当前非常先进的放射治疗肿瘤的设备，只是……"

"只是什么？"

"只是费用比较昂贵。"

"那就不要管它了，"吴庆星说，"好东西总是贵一些的，做吧！"

"吴先生既然决定要做，我建议到天坛医院去做，"医生又说，"这种手术的设备和技术，天坛医院是最好的。您可以请朱院长跟天坛医院打个招呼，那边的院长是朱院长的学生。"

吴庆星点点头。他相信这位医生说的是真话，到手的"买卖"让给别人做，显然是对患者负责。

于是再麻烦朱院长，请他亲自打了电话，把吴庆星托付给天坛医院院长。老师托付学生，学生自然会提供最好的帮助。手术很顺利，当天又回到协和医院。而肺部的肿瘤，该开刀的，却没有开刀，医生说，由于部位特殊，进行手术会面临很大风险，建议先进行营养调理，等他的体质强壮一些，再择机手术。

这么一个没有日程表的治疗方案，让人隐隐觉得，手术可能会遥遥无期，医生明知开刀已经无济于事，只是不忍心把话说破，采取拖延策略，给患者一些心理安慰罢了。吴庆星勉强接受了这个方案，输了一天营养液，他就不耐烦了，这么"营养"下去，要"营养"到几时？是让他在这里养老，还是等死？他不知道自己还能活几年或者几个月，但他不能死在外面，仰恩还有许多工作没有做完，得有个交代，他得回家去，回仰恩阁，那里是他的祖居地，也是他永久的家。

说走就走，他在协和只住了一天，就拔了管子，走人了。临行前，他来到阿弟的病房，和儿子告别。他不让任何人陪同，连林惠也不让去，自己一个人走进儿子的病房。他要说说父子两人之间的私房话，不让任何人旁听。

阿弟静卧在病床上，闭着眼睛，像是在睡觉，那神态，跟小时候一样。在父母的心中，儿女无论到什么时候，都还是孩子。但吴庆星清楚，阿弟已经不小了，他1966年出生，今年39岁了，如果没有病，他早已长成顶天立地的男子汉，娶妻生子，为吴氏家族顶门立户、传宗接代了，而现在，却只能躺在病床上，日复一日，让宝贵的青春年华白白地流逝。这二十年来，吴庆星对阿弟的复苏寄托着强烈的希望，同时也做好了思想准备，永远做阿弟的后盾，只要爸爸在，阿弟就不会没有依靠。可是，如果爸爸走了呢？这个问题，吴庆星过去不曾想过，总认为自己的生命力无穷，距离死亡十万八千里，但今天不同了……

他动情地握住阿弟的手，突然，那只手微微颤动了一下。这么细微的动作，别人几乎不可能察觉，而与他心灵相通的父亲却感受到了。

"阿弟，爸爸来看你了！爸爸这一辈子，最让我挂心的人就是你，寄托着我最大希望的人也是你，可是，爸爸最对不起的人也是你。三十多年前，爸爸正是创业的时候，一个男人需要建功立业，不能婆婆妈妈地整天待在家里，时时刻刻看着你、守着你，一不留神，使你得了这样的病，让爸爸抱恨终生！这些年来，爸爸天天盼着你醒来，和我一起去干一番大事业，爸爸需要帮手，爸爸的事业也需要接班人啊！二十年的时间，铁杵也能磨成针了！这二十年，仰恩大学、附中和附小都办成了，可是，你还躺在这里，我等了二十年，盼了二十年，都听不见你的一句回话！人生能有几个二十年？阿弟，难道你……你非要等到我死了，才醒来吗？"

积压了二十年的一腔热泪涌流而出，滴在阿弟那白净的手腕上。阿弟的手又抖了一下，嘴角微微地抽动，大滴的泪水顺着眼角流了下来。

"阿弟，你哭了？"他意识到自己把话说重了，这样会伤着儿子的心，就赶紧说，"不要哭，爸爸只是想你，没有事儿的，你放心！"吴庆星伸手给儿子擦去眼泪，俯下身去，把儿子抱在怀里，亲了又亲，"阿弟，你要听妈妈的话，听医士、护士的话，早些把病治好，也让爸爸放心……"

泪水哽住了咽喉，他说不下去了。他担心，如果再多待一会儿，自已会倒在这里，那样对儿子的刺激太大，他必须赶快离开，以一个健康人的姿态离开，给儿子留下希望。他走了，父子就此一别，已是永诀，今生今世再没有机会见面了！

吴庆星回到泉州。他不愿意再住医院，直接驱车马甲，回到仰恩阁，他要在这里工作到最后一息，生活到最后一息。

泉州市委、市政府、市侨联对吴庆星的病情非常重视，向省委打报告，省委批准成立由省委书记卢展工任组长、由省内外专家组成的吴庆星医疗小组，作为红头文件下发，以如此规格对待一个没有任何官衔的人，这在福建省解放以后的历史上还是第一次。

医疗小组由省委老干部保健中心办公室组织协调省内外专家，北京协和医院的李龙云、李泽坚教授都应邀前来会诊，经过严密论证，制订治疗方案，经省政府批准，由泉州市第一医院执行。化疗、药物治疗都在家里进行，吴庆星病情的任何变化，都在严密监护之中。

2005 年 2 月初，林惠安顿好阿弟的事，也赶来马甲，照顾丈夫。吴庆星说："你不好好地看着阿弟，到这里来干什么？赶快回去吧，那边还有些事情，你替我去处理一下。"

林惠不愿拗着他，立即回京。可是，第二天就接到妹夫彭永安的电话，说老板全身无力，感觉不好，还是回来吧。林惠马不停蹄，又返回马甲。人们说："吴老板一家，为中国民航事业做出了贡献。"此言不虚，每年花在机票上的钱已算不清数目，但绝非奢侈挥霍，而是不得不如此奔波。

2005 年 2 月到 3 月，两个月在煎熬中过去了，到了 4 月，经复查，癌细胞再次扩散到脑部。医疗小组决定施行伽马刀手术，还是由陈成志护送，马上去福州。

手术在福州肿瘤医院进行。手术过后，进入放射治疗。医生说，放疗是一柄双刃剑，在杀死癌细胞的同时，对正常细胞也具有杀伤力，因此，这种治疗不能过于频繁，只能每周做一次，并且每次也只能做几分钟。而以吴庆星现在的状况，每周为了这几分钟的治疗从泉州到福州跑一趟，已经不现实了。为减少往返奔波，吴庆星和泉州第一医院的随行医生、护士住进福州西湖宾馆的一幢别墅，这样，到肿瘤医院就方便多了。

在福州治疗期间，省里"四套班子"的主要负责人都曾到西湖别墅看望吴庆星，省委书记卢展工还请他吃饭，并且亲自为他推着轮椅到餐厅。这让吴庆星感慨万千。从1985年到2005年，这二十年来，为了办学，他来过福州多少次，已经记不清了，几乎每一任省委书记和省长都跟他有过接触，请他吃过饭，而坐着轮椅赴宴还是第一次，恐怕也是最后一次了，这辞行宴吃起来是什么滋味？

又是三个月过去了，放疗还没有结束，吴庆星却决定回家一趟，有一件重要的事情要办。2005年7月2日是他的七十大寿，这个生日，一定要在家里过。对于此事，他手下的人也都十分积极：老板的生日一定要大办，办得红红火火，热热闹闹！吴庆星知道，他们每个人心里都有一句话，只是谁也不肯说出来。

"阿凯啊，"他对外甥说，"这是我的最后一个生日了！"

"舅舅，不要瞎讲了！"阿凯说，"日子长着呢，明年、后年，我们还要给你过生日，再过几十个生日！"

吴庆星无语。他感谢亲人和朋友们的美好心愿，但明年、后年恐怕不属于他了。

为适应吴庆星的身体状况，祝寿仪式在7月10日举行。仰恩阁一楼，室内篮球场里，灯火辉煌，喜气洋洋，花团锦簇。泉州市和洛江区、丰泽区的领导，仰恩大学的师生代表，马甲镇的乡亲，各界的亲朋好友，数百人欢聚一堂，举杯共祝吴先生健康长寿！"健康长寿"这四个字，本是人们对长者的美好祝愿，早已成为生活中经常出现的礼貌用语，然而在今天这个特定的时间、地点，却有着只可意会不可言传的深意，在场的所有人都诚挚地希望吴先生的生命能够延长一些，再延长一些……

"祝你生日快乐！祝你生日快乐！……"数百人击节而歌，歌声循环往复，在大厅里回响。巨大的蛋糕上，蜡烛点起来，一支一支，整整七十支，七十朵火焰在跳动，象征着七十年的生命在燃烧。

在人们的簇拥下，吴庆星步履蹒跚地走上前去，看着那一片灿烂的火焰。

"许个愿吧！"人们在提醒他。

这种由西方兴来的形式，是年轻人所喜欢的，开始还觉得时髦，久之已成老套，本不是吴庆星这个年纪的人爱玩的游戏，但是今天不同了，诚如他自己所说，这是他今生所过的最后一个生日，那么，在这个不可重复的日子，他心中最渴望的是什么？如果天上确有神灵，他该向神灵祈求什么？

吴庆星低垂着眼睑，双手合十，神情肃穆。没有语言，没有声音，他在用心灵表达自己的最后愿望。那是什么呢？是为自己、为阿弟，还是为仰恩、为那千万个孩子而祈祷？他没有说出来，别人也无从知晓。

蜡烛吹熄了，焰火晚会开始了。吴庆星喜欢看焰火，每年的春节和元宵节，仰恩都要举行焰火晚会，与全校师生员工和马甲乡亲同乐，仰恩校区和新校区、社仔山、钓鱼台都设了燃放点，现在又增加了仰恩湖对岸的仰恩附中和附小燃放点，欣逢吴先生七十寿诞，大吉大利，自然要庆贺一番。吉时一到，七彩霓虹迸射长空，鱼龙飞舞，星落如雨，天上人间，如梦似幻……

夜阑客散，吴先生也该休息了。

不，他还不想上床歇息，回到客厅，在那张圆桌旁坐下，让阿凯去传话，请几位校领导过来一叙。

随即，校长陈传鸿和党委书记、副校长官鸣，副校长梁嘉顺、梅国平，校长助理杨缅昆，党委副书记程如平先后走进来。这是他们经常来的地方，是吴庆星吃饭、喝茶、抽烟、办公、会客的"多功能厅"，有关学校的大事、小事，有多少会都是在这里开的。但今天与往日不同了，吴先生的身体到了这个地步，今天又刚刚过了生日，不能再劳累了！

"吴先生，你早些休息，我们就不多打扰了。"官鸣说。官鸣从1999年来到仰恩，从当副校长到代校长、校长，到校长、党委书记一肩挑，再到重新担任副校长，前前后后和吴庆星合作了六年之久，已经是老搭档了，他们之间无话不谈，建立了深厚的感情。

"不，我不累，想和你们几位再谈一谈。"吴庆星目光炯炯，打量着每一个人，"新学年的开学工作，都准备好了吗？"

这竟然是他此刻所思所想，与自己的身体无关，也与七十岁寿辰无关，仍然像往常一样，他惦念的是仰恩的事业。

官鸣看看校长陈传鸿，请他先说。

"吴先生，今年我校十八个专业，招生四千多名，已经顺利完成，新学年开学前的准备工作，也已经就绪，请你放心。"

"另外，"官鸣接着说，"按照中央的统一部署，在省委、省教委和第五督导组的指导下，我校已经开展保持共产党员先进性教育活动，6月下旬做出初步部署，最近将制订和执行实施方案，这对于全面落实科学发展观，深化教育改革，创办一流大学，都将具有推动作用。"

"好！"吴庆星很满意，点了点头，意味深长地说，"你们要和全校师生员工团结一致，不管前进的路有多么艰苦，多么漫长，仰恩大学一定要越办越好，努力办成世界一流的大学!"

这番话，其实是吴庆星常说的，但今天再一次说起，更让听的人为之动情。因为，这恐怕是校主吴庆星对他们的最后嘱咐了。

生日过后，吴庆星再上福州，继续进行每周一次的放疗。尽管人们都知道这种治疗已经没有实际意义，但只要医生不说停止，谁也不愿意放弃，因为这多多少少还能给人们一点希望和寄托。

2005 年 7 月底，放疗结束，31 日晚上回到马甲，由泉州市第一医院的医生、护士进行药物治疗和日常护理。

2005 年 8 月 1 日是个分水岭，从这一天，吴庆星的意识开始出现混乱，时而清醒，时而糊涂。有时候，说起话颠三倒四，让人很难猜测。由于他的肾脏出现衰竭症状，林惠通过协和医院的朱预院长，把肾内科专家黄庆源教授和重症监护室的李大会大夫也请到马甲，为吴庆星进行血液过滤。此时的吴庆星，本来肥硕的体态已显得消瘦，神情憔悴，体力虚弱，离开轮椅，连步行都困难了。

2005 年 8 月 20 日，医生建议送他去泉州住院。显然，住院的目的已经不是医疗，而是尽可能地延长患者的生命，这当然也是他们的共同愿望。

但是，吴庆星不肯："我不能走，学校还有一个工程没有完工，我不能走!"

这句话，外人未必听得明白，因为仰恩大学早已建成，连附中、附小都已经开学了，难道还有什么未完的工程吗？但仰恩的人知道他指的是什么。

"老板，你是说第二校门吗?"程如平问。

吴庆星点点头。他所惦记的就是正在施工之中的第二校门，其实，门已经建好，只是石刻鎏金的"仰恩大学"四个字还没有装上去，吴庆星不放心。

"哦，我让他们抓紧施工，用最快的速度安装完毕，让老板高兴！"

一项并不算重大的工程，十万火急地大干快上，为的是早一些完工，早一些让老板放心地去医院。

病情不等人。癌扩散使他疼痛难忍，消化不畅，大便不通。医生催促他赶快去泉州住院，他还是不肯，还在焦急地等待工程的完工。

夜晚，被病痛折磨的吴庆星不能入睡，他让家里的人和护士都离开他的房间，只让小程一个人陪着看电视剧《康熙大帝》，一集又一集，甚至通宵达旦。为什么吴庆星到了这个时候，还有这份闲心？不是他痴迷于康熙大帝这个历史人物，真正震撼他的心灵并且引起强烈共鸣的是那霸气冲天而又悲怆苍凉的歌声："我真的还想再活五百年！"烈士暮年，壮心不已，吴庆星顿足捶胸，仰天长叹："天！我不需要五百年，只求你再借给我十年二十年，让我把要做的事情做完！"

没有回应。天意从来高难问，吴庆星明白，天不会等他了。

2005年8月26日，第二校门安装完毕，仰恩大学基础建设的最后一个工程顺利竣工。吴庆星亲眼看见"仰恩大学"四个大字高悬在上，他可以走了。

2005年8月27日下午，吴庆星入住泉州医院。医生立即采取通便措施，并且注射吗啡为他止痛。这意味着，在病人以天计、以小时计的余生，一切以减轻他的痛苦为目的，已经不计后果了。

暂时解除痛苦，对于一个病入膏肓的患者来说，只不过是权宜之计而已，恶性肿瘤的扩散，严重威胁着他的脑、心、肺、肾，随时可能病危。但这些话不能对吴庆星本人明说，他还以为自己的病好了呢，刚刚住院，又吵着要回家。也许，在他最后的时刻，遂他心愿就是对他最好的关怀，既然拗不过他，那就只好顺着他吧，于是，原班人马又护送他返回马甲。

此时的家，已不像往日那样安逸温馨，输液、输氧、心电监护等等急救设备一样也不能少，全身插满了各种管子的危重病人，无论在哪里都度日如年。他的腿肿得厉害，医生说，如果血管中的斑块脱落，形成血栓，将有致命的危险，还是回医院吧！

2005年9月3日下午，吴庆星再次到泉州住院。

"阿凯，"临行前，他交代陈文凯，"我丢不下仰恩！你替我看好了，回来给你发奖金！"

阿凯说："舅舅，你放心去治病吧！家里的事不用操心，我一定替你看好，也不要奖金！你把病治好了，我给你发'奖金'！"

泉州第一医院的重症监护室里，林惠和四个女儿轮番守着吴庆星，程如平、彭永安、陈成志等这几个他平时最信任、最倚重的人也一直陪在身边。省教委和市委、市政府的领导陆续来到医院看望，尽一切可能再为他做些什么。

他现在什么都不需要了，只想回家，天天吵着要回家。

2005年9月10日，下午一点半钟，值班护士突然从病房走出来，叫等在外面的程如平进去。

有情况？当兵出身的程如平，第一个反应就是吴先生的病情可能出现变化，他倏地站起，快步走进病房。

此时的吴庆星，倒是神态安详，不像病危的样子。

"吴先生，你还好吧？"程如平问。

"我没事。"吴庆星说，"那些小孩子的吃、住都安排好了吗？"

他说的这番话，别人未必听得明白，但程如平知道，他所说的"那些小孩子"，指的是今年刚刚招收的2005级新生，十八个专业，一共四千多名，来自全国二十四个省市，现在，注册工作都已经完成，定于9月15日举行开学典礼。这个重要的日子，吴先生记着呢！

程如平心里一阵难过。吴先生病成这样，心里还惦记着那些"小孩子"！那都是刚刚招来的新生，他没见过面，一个也不认识，但只要走进仰恩的门，就都是他的孩子，他一样疼爱！

"都安排好了，"程如平说，"你就放心吧！"

"我这里没事，你再回去看看，开学典礼准备得怎么样了。"吴庆星却仍然不放心。

"好吧，等一下我回去一趟。"

程如平跟值班护士打了个招呼，就匆匆走出病房，开车回仰恩。虽然他明明知道，家里的事用不着他操心，一切都按部就班，但他不忍心辜负了吴先生的这份情感，他要回去告诉陈校长、官书记和各位领导，告诉老师们，告诉那些"小孩子"……

车子刚刚开到清凉山下，手机响了。程如平腾出手来，一听，是王锦江从医院打来的："不好了，赶快回来！"

程如平一惊："怎么了？"

王锦江说："老板插呼吸管了！"

程如平赶紧掉头回医院，奔进病房，吴庆星已经插上呼吸管，脸憋得发紫，嘴里断断续续发出一些含混不清的声音，说不出话了。

程如平问："怎么办？"

医生说："该用的措施，已经都用上了，病人家属要有思想准备……"

泪珠在林惠眼眶里打转，她心里明白，老吴恐怕已经到了最后时刻，他这一辈子，最讨厌打针吃药，最讨厌医院，死也要死在家里！如果他的生命结束在病房里，而最终没能够回家，那将遗恨终生！

"回家吧!"林惠说,两串泪珠无声地坠落,"他一直想回家,听他的,回家!"

一辆白色的救护车鸣着笛声,开出泉州市第一医院,开出市区,向北郊驶去。车里,吴庆星躺在病床上,鼻子里和身上插满管子,医生、护士和家属守护在旁边,这样的阵势,本应该是接病人去医院抢救,而现在却是送病人回家,因为病人已经无药可救了,只能回家等死。承认这样残酷的事实,病人的妻子、女儿心中要承受多么巨大的痛苦!

从市区到马甲,这条路过去走过千万次,不算长,一路看着两旁的风景,很快就到了。可是今天不同,车子在和死神赛跑,快一点,再快一点,回家的人恐怕等不及了!

吴庆星仰卧在病床上,凭借氧气的帮助,维持着呼吸,一双眼睛半睁着,说明他的意识还是清醒的,如果身体还有足够的力量,他一定会坐起来,看一看车窗外那熟悉的风景,到什么地方了。

"庆星,"林惠俯在他的耳旁,轻轻地说,"到琯头了!"

吴庆星点点头。琯头,从泉州到马甲的必经之地,为了修建一条琯头通往马甲的宽阔大道,他先后惊动了三届省委书记和省长,现在,这条路已经和国道一样宽敞、便捷,而他吴庆星的人生之路却走到了尽头,奈何?奈何!

车子进了马甲,离家很近了。

"吴先生,前面就是仰恩附中、附小了,"程如平问,"你要不要看一看?"

吴庆星点点头。

程如平连忙让护士把床摇高一些,他和林惠一起扶着吴庆星,让他从车窗里看一眼矗立在仰恩湖畔的那一片崭新的校舍。

车子放慢了速度,为的是让他看得清楚一些。

吴庆星的嘴角泛出一丝笑意，吃力地抬起双手，用左右两个食指比画成一个"十"字。

"庆星，你想说什么？"林惠猜不出这是什么意思。

"是指红十字吗？"医生试探着问，"我们医生、护士都在，你有什么要求？"

吴庆星摇摇头，手指仍然比画着那个"十"字。

"我明白了，"程如平说，"今天是 9 月 10 号，吴先生想说今天是教师节吧？"

吴庆星点了点头，两手无力地垂落下来。

程如平的眼泪夺眶而出："吴先生，我替全体老师谢谢你，今天也是你的节日，我们应该向你致敬！"

吴庆星闭着眼睛，闭着嘴，没有任何动静。

"庆星，我们已经在过仰恩桥了，你再坚持一下，马上就到家了！"

下午 5 时许，车子开到仰恩阁别墅。为了不折腾病人，从车上把医院的病床直接抬下来，抬到别墅二楼吴庆星的卧室，各项监测仪器安装完毕，一切安顿下来，已是晚上 6 点多了。

吴庆星呼吸平稳，情绪正常。这多少有些出人意料，本来以为在泉州就不行了，所以才分秒必争地抢时间把他送回马甲，而没有料到，回到家，他反而好一些了。

"家"的力量真是不可估量，这使林惠感到一些安慰。其实，吴庆星的"好转"只是回光返照，不可能持久，第二天精神就差得多了，神志恍惚，目光暗淡，嘴里不时地发出一些含混不清的声音。医生、护士都守在他身边，监测着他的血压、心电图、脑电波，并且进行血液过滤。家属和手下的人都守在他的身边，陪伴他度过分分秒秒，熬过一天又一天。

前来探望的客人络绎不绝，省里的、市里的、区里的领导，泉州乃至全国各地的朋友，马甲当地的乡亲，都闻讯赶来，要亲眼看看他的身体怎么样了，当面向他表达衷心的祝愿，祝他早日康复。当然，到了这个时候，说"康复"已经是不可能实现的奢望了，但这是人心所向啊！

看着这些熟悉的面孔，吴庆星的眼中流露出无限的留恋，他多么想像过去那样，敞开心扉，和好友亲朋畅谈一番！可惜，现在他连这个能力都没有了，只能眼睁睁地听他们说话，再目送他们离去。

仰恩大学笼罩在一种肃穆的气氛中。新学年即将开始，从四面八方赶回学校的教职员工和学生们，都在惦念着吴先生的病情，以轻声的交谈，沟通他们所知道的传说和详情。尽管谁都不愿说出那句话来，而在心里最关心的就是那句话：他的生命，还有多久？

然而，就是在这样的情势之下，仰恩这部机器并没有停转，仍然在按照预定的轨道运行。

2005 年 9 月 15 日，仰恩大学 2005 级新生开学典礼在仰恩文体中心隆重举行。泉州市副市长潘燕燕，仰恩大学校长陈传鸿，党委书记官鸣，副校长梁嘉顺、梅国平，党委副书记程如平，以及 2005 级班主任和来自全国二十四个省市的四千多名新生出席了典礼。

2005 年 9 月 17 日，星期六。从泉州回家已经一个星期了，这七天过得真艰难。

吴庆星缓缓地睁开眼睛，混浊的目光望着天花板，似乎在寻找什么。

"庆星，你要什么？"林惠俯下身来，轻声说，"我在你身边呢！"

"爸爸，我也在，"长女丽冰说，同时指着她的三个妹妹，"我们都在!"

丽玲和丽云、丽菁都偎上前去,靠在父亲的枕边。

吴庆星默默地看着她们,嘴唇艰难地嚅动着,却说不出话,只是从鼻腔里发出一丝叹息,那声音很轻,但是,最亲的亲人却能够感觉到,而且明白其中的含义,他是在感叹:可惜阿弟不在,以后,恐怕再也见不到阿弟了!

林惠有意转移他的注意力,说:"庆星,你什么都不要想,好好休息,身体会好起来的!"

吴庆星听得烦躁,嘴里发出一些断断续续、含含糊糊的声音,两只手也激动地比比画画。

阿凯说:"舅舅,你不要急,心里有什么话要说,把它写出来!"

吴庆星点点头。

孩子们马上找来了纸和笔,把笔递到爸爸手里,用一本书托着一张白纸,请他写字。

吴庆星吃力地握住笔,一笔一画地划动,很遗憾,笔不听使唤——其实是手不听使唤了,心想向左,它偏向右,划出来的笔画,歪歪斜斜,交错扭结,不要说别人不可辨识,连自己都不认得。

笔从指缝间滑落,吴庆星沮丧地垂下手,他现在连字都不会写了,想"笔谈"都做不到了。可是,他心里还是有话要说!

在场的人都焦急地看着他,猜不出他要说什么,却又一筹莫展。

吴庆星也在注视着他们,抬起右手,一一指点着,然后,两手做聚拢状。这是什么意思呢?好像是说:你,你,你,还有你……你们都过来!

林惠和四个女儿,以及程如平、陈文凯、陈成志、彭永安这几个经常守在身边的人都围到床边,一个不祥的预感告诉他们,老板恐怕不行了，是要交代后事吧？

吴庆星的眼睛微微转动着，扫过在场的每一个人，最后把目光落在林惠脸上。注目片刻，他抬起右手，指了指林惠，然后握起拳头，竖起大拇指，向上举动，反复再三。

这是什么意思？

程如平试探地问："老板的意思，是让林阿姨把仰恩的大旗举起来？"

吴庆星点点头。还是老部下了解他，他至死仍然惦记着仰恩。

"不，我不行！"林惠忙说，"庆星，你不要往坏处想，你的病能好，继续把仰恩的事办好，我来辅助你！"

吴庆星发怒了，两眼逼视着林惠，右手的拇指还在固执地举着。谁都知道，这个人的命令是不可违抗的，如果在往日，谁要敢在他面前说个"不"字，他一定会雷霆震怒，摔东西、骂人都是轻的，说不定还要打人呢！可是现在不行了，他沉疴在身，心力交瘁，朝不虑夕，不但没有发火的能力，连发火的机会都没有了，他必须抢在死神扼住咽喉之前，把身后事交代给他最信任的人，与他携手创业、养儿育女将近半个世纪的妻子！

"我答应你，答应你！"林惠握住丈夫的手，泣不成声。她知道，吴庆星这个人，不到最后的时刻，绝不肯放下手中的权力，现在做出这种交代，实在是末路英雄的无奈之举，难道她能让丈夫死不瞑目吗？她只有答应，而且向他做出庄严承诺，他才能放心地走！

吴庆星长长地舒了一口气，慢慢地闭上眼睛。

心电监测仪上，跳动的曲线渐渐趋于平缓，终于变成了直线，病人的呼吸也已经停止了。

而医生还没有停止抢救，直接压迫胸腔，做人工呼吸，虽然知道这已经是徒劳的，但有一个神圣的信条在鞭策着他们，那就是：珍爱生命，永不放弃！

泪水打湿了林惠的衣襟，打湿了吴庆星的床单。她一直握着丈夫的手，摸着丈夫的脚，直到他的体温全无，全身冰凉，一切生命体征都已经消失。

"谢谢你们，不要再折腾他了，他已经走了！"林惠说。在这个世界上，最放不下吴庆星的人是她，而最终却又由她决定放手，命运真是太残酷了。

此刻是 2005 年 9 月 17 日下午 6 时 30 分。

仰恩大学和洛江区的领导，在现场操持办理吴先生的后事。吴庆星生前有佛缘，当年曾在新加坡拜宏船法师为师，法名"普照"，是佛门的俗家弟子，为尊重吴先生的宗教信仰和当地风俗习惯，立即派人前往承天寺，将亡者的生辰八字和亡故时辰报告向院法师。

向院法师赶来了，吴庆星是他的好友，按照辈分，还是他的师叔。现在，就拜托他为师叔"开殃单"：择定入殓、出殡、安葬、落土的日子和时辰。

林惠一边流泪，一边为丈夫洗浴。他这个人，从小生长在缅甸，养成了每天冲凉的习惯，病倒以来的这些日子，洗澡不大方便了，委屈他了。现在他要远行了，妻子要给他洗得干干净净，一尘不染，让他清清爽爽地上路。

阿凯给舅舅换上衣服。按照闽南风俗，给亡者换寿衣，"父亡由孝男换"，舅舅只有阿弟一个儿子，可是他来不了啊，这件事又不能让女孩子干，阿凯责无旁贷，外甥和儿子差不到哪儿去。舅舅当年曾让阿凯改姓吴，那是拿他当儿子啊，阿凯没有答应，现在想想，真对不起舅舅。舅舅平生最疼阿凯，最信任阿凯，阿凯应该为他送终。舅舅这个人，为了办学，为了公益事业，挥金如土，可对自己却"吝啬"得很，一件背心穿好多年，前胸后背都是窟窿。他从香港给学校买来那么多高档的灯具和餐具，而舍不得给自己买一双名牌的袜子和皮鞋。唉，舅舅太苦自己了！现在，由不得你了，舅妈给你买了新的，从背心、短裤，到衬衣、西服、裤子、皮带、袜子、皮鞋，一律是崭新的、最好的，你一辈子不讲究，就让你讲究一回吧，堂堂的和昌集团董事长、仰恩基金会理事长，要体体面面地走，到了那边，不能让人家小看！

装束完毕的吴庆星，比卧病的时候体面多了，可惜已经是冰冷的遗体。

向院法师为遗体做了防腐处理，移入玻璃棺中，僧侣们为他诵经。林惠和四个女儿披麻戴孝，为他守灵。这个行列里唯独少一个人，那是吴庆星的爱子阿弟，在父亲最后的时刻，他竟然不能前来送上一程，只能由母亲和姐妹们代劳，诚为人生一大憾事！

在同一时刻，远在北京协和医院的病房里，静卧在病床上的阿弟，身上披着一套孝衣，虽然不能给父亲送行，也仍然要为父亲披麻戴孝，因为他是吴庆星的儿子，唯一的儿子。没有人知道此刻阿弟的心里在想些什么，也许他什么都明白，但是无法用言语、用行动表达，只能静静地在心中寄托无限的哀思。

吴庆星去世的消息迅速传遍马甲，传遍泉州，传遍福建，传向北京，传向全国。贾庆林、王兆国、习近平等曾经在福建工作过的领导同志发来唁电，表达沉痛哀悼之情，并向林惠女士表示亲切慰问。唁电、唁函雪片似的从各地飞来，飞向马甲这个在全国地图上找不到的地方，因为这里失去了一位惊天动地的人。

第二天，玻璃棺安放在楼下大厅。就是在这里，两个多月前曾经举办吴庆星七十大寿的庆祝晚会，红红火火，热热闹闹，而今却变成了悲凉肃穆的灵堂，大喜大悲如此剧变，令人难以接受。

吊唁的人群从四面八方赶来，一连七天，络绎不绝。他们之中，有省、市的领导同志和经常与仰恩接触的干部，有仰恩大学和附中、附小的领导、老师和学生，有往届毕业后走上工作岗位的校友，有普普通通的马甲乡亲。从十几岁的孩子到七八十岁的老人，乡亲们跪倒在吴庆星的灵前，痛哭流涕。在吴庆星生前，有些人只闻其名，却从未谋面，但又是实实在在的受益者，吴庆星创办仰恩和开发马甲的惊人之举使他们走进了崭新的学校，住进了现代化的楼房，迈向了脱贫致富之路，吴庆星对他们有再造之恩，恩深似海。

吊唁的人群缓缓移动，有一个人却久久地伫立在灵前，不忍离去，这是仰恩大学党委书记官鸣。多年好友，一朝分手，官鸣心里有许多话要对吴先生说，可惜已经没有机会了。

几年前的一幕又浮现在官鸣的眼前。

那是在一个夜晚，他和吴先生对坐在那张圆桌旁，一边喝茶，一边讨论学校的工作安排。讨论完毕，夜已深了，吴庆星递过来一支香烟，问道："老官，你是学哲学的，你说说，这个世界上，什么东西才是永恒的？"

官鸣一愣，没有想到吴先生会和他谈论"哲学"问题，而且他所提出的还是一个令古今中外多少大哲学家苦苦思索的问题。

"说到永恒……"官鸣的脑际顿时闪过一些先哲的影像，他们的名言仿佛回响在耳畔。

"不要说，"吴庆星却朝他摆摆手，"你现在不要说，仔细地想一想，等想清楚了再回答我。"

官鸣欲言又止。的确，他需要在认真思索之后，再回答这个严肃的提问。

一位哲学家和一位非哲学家的对话，就此留下了待解的谜，还没有等到官鸣作出解答，提问者已经匆匆过世了。

怀着深深的遗憾，官鸣走出吊唁大厅，擦了擦泪眼，抬头仰望夜空，突然发现，东方的双髻山顶，一颗星星在熠熠闪烁，格外耀眼。这时，德国伟大的哲学家康德的名言在他耳畔响起："世界上只有两件东西是永恒的：头顶的灿烂星空和心中的伟大精神。"

官鸣的眼前一亮，吴先生当初的提问，这就是答案！

2005 年 9 月 23 日，吴庆星遗体告别仪式在仰恩阁一楼大厅隆重举行。

吴先生的遗体安放在鲜花、翠柏丛中，上方的青色横幅写着："沉痛哀悼爱国华侨吴庆星先生"。大厅正中的橙色帷幕上悬挂着吴先生的遗像，神态安详，宛若生前。遗像两侧，巨幅挽联高悬：

一腔热忱报国家，数嘉庚特出以来，赤子风猷又谁拟；
廿载劬录倾心血，看仰恩崛立之际，哲人勋业何与齐？

又一联：

无处访先生，落叶幸还归厥根，音容永驻湖山里；
一人称典范，老天虽不增其寿，姓字早播寰宇中。

灵堂四周，摆满了中央和省市领导、党政机关和社会团体、亲朋好友、社会各界、兄弟院校师生等敬献的花圈。

前来向吴庆星先生遗体告别的人群挤满了大厅，队伍一直排到门外。

上午8时30分，向吴先生遗体告别仪式开始，低回的哀乐声中，人们向吴先生肃立默哀三分钟。

仪式由泉州市副市长曾华彬主持。

曾华彬说：

吴庆星先生因病于2005年1月26日住院。住院期间，福建省委、省政府，泉州市委、市政府主要领导对吴先生的病情和医治工作高度重视，省市分别成立专家治疗小组，并由省委老干部保健中心办公室组织协调省内外专家共同确定治疗方案，进行精心治疗。但因病情恶化，经救治无效，于2005年9月17日18时30分逝世。

吴先生患病住院期间，专程前往探望的国家有关部门领导有：国务院侨办主任陈玉杰，副主任、纪检组组长林文肯，全国人大华侨委员会副主任王建双，全国政协港澳台侨委员会副主任何少川，国家教委原主任朱开轩，教育部发展规划司司长韩进。前往探望的省领导有：卢展工、黄小晶、陈明义、王三运、梁绮萍、李宏、何立峰、荆福生、刘德章、张燮飞、唐国忠、张家坤、陈营官、朱亚衍、汪毅夫、王美香、叶双瑜、倪英达，以及省委教育工委、省教育厅、省侨办等有关部门领导。前往探望的泉州市领导有：郑道溪、朱明、傅圆圆、林荣取等四套班子领导和丘广钟、林大穆、施永康、尤垂镇、薛祖亮等。

吴庆星先生逝世后，前来吊唁、发来唁电向亲属表示深切慰问和敬献花圈、花篮的单位有：国务院发展研究中心、教育部、国务院侨办、中国侨联、全国政协港澳台侨委员会，中共福建省委、省政府、省委教育工委、省教育厅、省侨办、省安全厅、省政协港澳台侨和外事委员会，中共泉州市委、泉州市人大常委会、市政府、市政协、市纪委、市法院、市检察院，北京市侨联、福建省侨联、江西省侨联、云南省侨联，漳州市政府、宁德市政府、人民日报社华东分社，厦门大学、华侨大学、福州大学、福建医科大学、泉州师范学院、仰恩大学等高等院校，缅甸华侨商会、北京缅甸归侨联谊会、江西省缅甸归侨联谊会、澳门缅华互助协会、澳门黑猫(缅华)体育会、仰恩大学各地校友会、历届毕业生学生会，省内外有关工商界以及泉州市各县(市、区)机关、社会团体、海内外华侨社团组织等近千家单位。

吴庆星先生逝世后，前来吊唁，发来唁电，敬献花圈、花篮的领导和个人有：中共中央政治局常委、全国政协主席贾庆林，中共中央政治局委员、全国人大常委会副委员长王兆国，最高人民检察院检察长贾春旺，全国政协副主席廖晖，全国人大常委会原副委员长王汉斌，全国政协原副主席林丽蕴，中国侨联主席林兆枢，全国人大华侨委员会副主任王建双，全国政协港澳台侨委员会副主任何少川，南京军区副司令员林炳尧；中共福建省委书记卢展工，省长黄小晶，中共浙江省委书记习近平和夫人彭丽媛，中共重庆市委书记黄振东，福建省政协主席陈明义，福建省政协原主席游德馨；有关领导同志何立峰、刘德章、张燮飞、唐国忠、张家坤、陈营官和夫人游枫慧、朱亚衍、汪毅夫、王美香、黄瑞霖、潘心城、金能筹、邹哲开、倪英达；老同志林开欣、施胜谋、苏培昌和夫人郑素文、张明俊和夫人刘秀芳、陈荣春、郭荣辉、叶品樵；省军区领导文可芝，省直有关部门领导鞠可强、艾国清、黄少萍、周卓为、黄晓炎、李欲晞、李红、丘广钟、施永康、薛祖亮、卢士钢、郑祖宪、唐建辉；泉州市郑道溪、朱明、傅圆圆、林荣取等四套班子领导，泉州市中级人民法院、市检察院领导以及老同志林大穆、涂瑞南、尤垂镇、连士泉和有关地、市领导洪永世、张昌平、陈修茂、何锦、张健、杨俊峰；吴庆星先生生前好友朱开轩、邵华泽和夫人张瑞华、高文和夫人刘希林、沈仁道、尤兰田、宝音德力格尔、庄善裕、陈觉万、林树哲、黄敬、林坚、古宣辉、柯群恒、苏天宝、骆锡隆、卓英国，以及海内外华侨社团、泉州市各县(市、区)机关、社会团体、大中专院校、工商界等单位有关人员及仰恩大学师生和马甲乡亲。

参加向吴庆星先生遗体告别仪式的领导有：福建省人民政府副省长汪毅夫，省政协原主席游德馨，全国人大华侨委员会副主任王建双，全国政协港澳台侨委员会副主任何少川，内蒙古人大常委会副主任宝音德力格尔，福建省人民检察院检察长倪英达，省政府副秘书长艾国清、方彦富，省教育厅厅长鞠维强，副厅长李红、郑祖宪，省侨办副主任沈能荣，中国侨联副主席、省侨联主任李欲唏，省旅游局局长黄晓炎，省贸促会副会长李朝阳，省侨办原主任林铭侃，省教委原主任郭荣辉；泉州市郑道溪、朱明、林荣取、周振华、骆灿堂等四套班子领导，国务院发展研究中心东南亚室主任张海波，人民日报社华东分社总编孙健，中安公司董事长孙峰，省财险总经理谢文华，广东省政府第三办公室代表林清凉、江志浩，仰恩大学校长陈传鸿、党委书记官鸣等领导。

参加向吴庆星先生遗体告别仪式的还有：省直机关、市直机关、有关部门领导和洛江区及有关县(市、区)领导等；吴庆星先生医务人员代表；仰恩大学、厦门大学、华侨大学、福州大学、福建师范大学、福建农林大学、集美大学、福建中医学院、泉州师范学院、福建华南女子学院等高校代表；仰恩大学历届毕业生代表和附属中小学师生代表；海内外华侨社团代表；工商企业界有关人士代表；有关新闻媒体代表；马甲镇、仰恩村有关负责人和乡亲及吴庆星先生的生前好友等。

福建省人民政府副省长汪毅夫致悼词。
汪毅夫说：

今天，我们怀着沉痛的心情向吴庆星先生的遗体告别。

吴庆星先生 1935 年 7 月 2 日出生在缅甸仰光。幼年时，随父母一起在缅甸生活，后因日本入侵缅甸，一度随父母回泉州马甲老家生活。50 年代中期，吴庆星先生回到祖国北京求学，亲身感受到祖国的祥和温暖，学成后又回到缅甸。在祖国不断加快改革开放和现代化建设的新时期，吴庆星为实现他爱国爱乡的远大志向和父母遗愿，主动舍弃在国外、境外优越的生活条件，毅然举家回国，开始了他投资兴业、筹资办学的宏伟事业。

二十多年来，在兴办企业、促进家乡经济建设的同时，吴庆星先生始终秉持"爱国兴学、为国育才"的宗旨，在亲友中倡议设立了仰恩基金会，多方融资办学，先后共投入十五亿元巨资，在家乡兴办了仰恩大学及其附属中小学、幼儿园，为深化教育体制改革、发展民办教育做出了积极探索，积累了许多成功的工作经验；为改善家乡面貌，提高家乡群众基础物质和文化生活水平做出了重要贡献。仰恩大学作为新中国第一所民办本科院校，在教育部和福建省各级党委、政府和有关部门的高度重视和社会各界的支持下，学校的办学规模不断扩大，教育教学改革不断深入，教学设施日趋完善，已成为一所环境优美、教学生活设施齐全、具有较高教学水平、在海内外有一定影响的全日制普通教育高等学校。目前，学校占地二千五百多亩，校舍面积八十多万平方米，共设有八个系十八个专业，聘请教师五百多名，在校本科生达一万两千多人，为经济建设和社会发展培养输送了大批高级专门人才。

吴庆星先生坚持从严治校，从严管理，亲自制定了"学会做人，守信笃行；学会做事，创业有成"的校训。他要求学校坚持把育人放在首位，弘扬民族精神，大力开展爱国主义教育，大力加强学生的人文素质和创新精神的培养，学校人才培养质量和水平已得到了社会各界的充分肯定。为了表彰吴庆星先生的办学成就，2004年，省政府授予他"福建省民办高等教育事业发展突出贡献奖"，学校还分别被中国侨联和福建省确立为"爱国主义教育基地"。

吴庆星先生的一生是爱国爱乡的一生，是为仰恩学校建设发展殚精竭虑、呕心沥血、无私奉献的一生，即使在他病危期间，最为牵挂的仍然是学校的各项事业。吴庆星先生虽然离开了我们，但他一生的事业、一世英名，为我们树立了一座永不磨灭的丰碑；他热心教育、倾资办学、造福桑梓的崇高精神和光辉业绩，将永远留在我们心中；他的办学思想、办学理念、办学目标，将永远是仰恩学校最重要的精神财富和发展动力。在加快海峡西岸经济区建设，构建社会主义和谐社会的今天，我们一定要弘扬吴庆星先生改革创新、艰苦创业的精神，学习吴庆星先生关爱师生、乐育英才的精神，继承吴庆星先生的遗志，团结进取，努力奋斗，把吴庆星未竟的事业发扬光大，不断把仰恩办出水平，办出特色，以告慰吴庆星的英灵。

吴庆星先生安息吧！

在一片唏嘘涕泣声中，吴庆星遗孀林惠女士致答谢辞，她代表吴先生的亲属向前来参加吴先生悼念活动的中央和省、市各级领导，各界来宾，故乡的父老乡亲表示衷心感谢。同时，衷心感谢在吴先生患病期间，中央领导同志和国家有关部委领导，福建省、泉州市领导，以及各界人士对吴先生及其亲属的关心、慰问和支持，感谢为吴先生治疗、护理的医生、护士及工作人员，以及前来探望问候的各位领导和亲朋好友。

林惠说，吴先生秉承父母遗愿，怀抱赤诚的爱国之心，倾其一生所有，毕其一生精力，在家乡创办和建设仰恩大学，经过二十年的辛勤努力，把仰恩大学办成了中国私立大学的佼佼者，成为我国第一所进行教育改革试点的民办高等院校，并得到了福建省委、省政府的表彰和嘉奖。吴先生把仰恩大学看得比他自己的生命都重要，即使在他病危弥留之际，仍然念念不忘祖国的教育事业，念念不忘仰恩大学的改革和发展。

林惠说，吴先生过早地离开了我们，但他爱国爱乡的精神，将永远留在我们心中。我们一定要继承吴先生的遗志，发扬光大吴先生的爱国精神；我们一定要化悲痛为力量，团结拼搏，在社会各界一如既往的关心和支持下，努力把吴先生的未竟事业继承下去；我们一定要把仰恩大学办好，办出新水平，使之成为国内外知名的一流大学，以告慰吴先生的在天之灵。

送别的人群开始缓缓移动，人们依次来到遗体前，向吴先生三鞠躬，做最后的告别，与吴先生的遗属一一握手，表达亲切的慰问。

当年被吴庆星"谢绝参观"的那位朋友，并没有出现在遗体告别现场，因为他知道，像吴庆星这样一位顶天立地的汉子，一定不喜欢躺着接待客人，那就尊重他的意愿，在远方向他致以最深切的悼念和敬意吧。其实，吴庆星并没有倒下，他已将生命铸成一座永远屹立的丰碑。

9 时 40 分，告别仪式结束，吴先生的遗体由玻璃棺移入木棺。11 时整，起丧。佛号深沉，喇叭呜咽，八名壮硕的汉子，抬起紫红色的木棺。按照闽南风俗，抬棺的人必须是亡者的亲堂，当然非马甲的吴氏族人莫属。棺前，披麻戴孝的林惠女士和丽冰、丽玲、丽云、丽菁四个女儿，一步一叩首，送吴先生出门。

送葬的队伍出了仰恩阁，在仰恩村绕行一周，与乡亲们做最后的辞行。今天的马甲，万人空巷，道路两旁站满了黑压压的人群，乡亲们手捧鲜花和花圈，夹道相送，殷殷深情，难以言表。

灵柩出了村子，进入仰恩大学，沿着吴先生生前散步的路线，把美丽的校园都走个遍，然后再"上山"——闽南称入葬为"上山"。按照闽南风俗，此时，送葬的宾客就可以在孝子的跪谢之后返回了，可是，今天要送的是吴庆星啊，人们依依不舍，送了一程又一程，一直送到他最后的归宿——社仔山。

社仔山是吴庆星最喜欢的地方，曾亲自选址，在山顶上修建了一式一样、左右并列的两幢双层别墅。按他的计划，等到他老了，就搬到这儿来养老，让阿弟也搬来，父子俩一人住一幢，充分享受世外桃源之乐。哪承想，别墅盖好了，人没了！

吴庆星生前没有留下遗嘱，身后埋葬在何处，家人和亲朋好友共同商议，林惠说："社仔山！那是庆星最喜欢的地方，就把他葬在那里吧！"

"可是，山上刚刚盖好别墅……"

"拆掉！"林惠毫不犹豫，斩钉截铁，"人已经没有了，房子还有什么用？阿弟也不可能来住了，拆吧！"

不惜千金为夫君，林惠做出了吴庆星去后的第一个决定，她相信，丈夫一定会喜欢这个风水宝地。

现在，两幢别墅已经不复存在，在山顶平台上，已经挖好一个硕大的墓穴，用红砖砌成内壁，这里将是吴先生的长眠之地。

送葬的队伍正在沿着山路缓缓前行，几万人的队伍组成一条巨龙，声势浩大，蔚为壮观，这在马甲的历史上是从来没有过的，在泉州、在福建、在整个中国也是罕见的。

社仔山顶上的墓穴旁，有一个人在凝神沉思。这是刚刚受聘于仰恩大学前来任教的一位教师，他叫徐岳。他其实并不认识吴庆星，只是久闻其名，而来到仰恩的时候，吴先生已在病中。等到他终于有机会走近传说中的英雄，在刚刚结束的追悼会上，他见到的是吴先生的遗容。但这并不影响他对吴先生的哀思和怀念，因为，校园里的每一棵树、每一根草、每一朵花，都会动情地告诉他，它们是先来到吴先生的心中，然后才落根于仰恩的湖畔、花坛和房前屋后的。仰恩湖上的长虹飞桥，湖畔的高楼雅舍，今天都仿佛有了生命，伴随着青山翠谷间的绿风，奏起声震寰宇的大合唱。他看到了那位总指挥，没有穿燕尾服却穿着溅有泥巴的白衬衫，汗水浸透了宽厚的肩背。那个高大的背影，越过湖面，越过原野，飞向高山之巅。谁说我没有见过吴先生？我懂得了你，也就认识了你。你出生于缅甸，喝的是缅甸水，血管里依然流的是中国血。为了实现父母兴学报国的遗愿，你含辛茹苦，宵衣旰食，披肝沥胆，百折不回。你有谋事的心酸，你有游子的孤独，你有奔走江湖的无奈，你有游说官场的厌倦，但为了大局，你强忍常人所不能忍。你想的是祖国，念的是家乡，爱的是年轻的一代。我看到你了，你正在湖畔肃然迈步，看着你的上万名学生把五星红旗升上蓝天；你正在教室里正襟危坐，听老师给孩子们讲《孙子兵法》，把产生于群雄争霸时代的高超谋略，化为民族复兴的卓越智慧；你正在花坛草坪旁驻足静听，倾听来自英语角的琅琅书声……

　　徐岳，一个和吴庆星非亲无故的陌生人，被吴先生的事迹所吸引，来到了仰恩，亲眼看到、亲耳听到、亲身感受到吴先生的魅力。他没有跟随送葬的队伍缓慢地上山，自己寻找了一条捷径，率先登上了山顶，在墓穴旁等待吴先生的到来。天上落下来的那颗星，燃烧一生、发光一生的那颗星，将要在这里安息，永久地安息。他记得一位哲学家说过："人虽然能做他想做的，但不能要他想要的。"那么，吴先生呢？他做了他想做的，却什么也没要。最后属于他的，只是这么一口墓穴。吴先生，听说你生前就非常喜欢这里？是的，在这里，可以看到仰恩村、仰恩湖、仰恩大桥和仰恩校舍，看到校园里走过的一代又一代仰恩学子；再极目西南，还可以看到缅甸、仰光，曾经养育你的第二故乡。这个地方好啊，吴先生，安息吧！

　　鞭炮声和哀乐由远及近，打断了徐岳的遐想，送葬的队伍来到了墓地。向院法师主持下葬仪式，在二十六名僧侣的诵经声中，人们饱含热泪，把吴先生紫红色的灵柩徐徐放下墓穴。这是送行的最后一程，再见了！悲痛欲绝的林惠和四个女儿以及她们的亲属，用双手捧着黄土，用衣襟裹着黄土，轻轻地撒下去，撒下去，堆成一座硕大的新坟。一位传奇英雄，将在此长眠；"吴庆星"这三个字，已成为一个爱国主义的符号，升入星空，永放光芒。

第十二章

地久天长

2008 年 9 月 17 日，吴庆星逝世三周年纪念日。

社仔山下，一个身影在缓缓移动。这是吴庆星的遗孀林惠，她一身素服，手捧一束白花，蹒跚而上，朝着山上吴庆星的陵墓走去。

三年了，夫君离她而去已经整整三年了。她永远也不能忘记三年前与老吴生离死别的时刻，刹那间天塌了，地陷了，仿佛自己的生命和周围的一切都不复存在。从 1959 年两人结成伉俪，到 2005 年一朝永别，他们共同生活了四十四年。人生能有几个四十四年！虽然，这四十四年之中他们并不是终日厮守，吴庆星时而天南，时而地北，满世界奔忙，但不管他飞到哪里，总会给妻儿一个音信，只要有他在，林惠的心里就踏实，手里就有力气，干什么都不觉得累。几十年间，他们聚少离多，在短暂的团聚中还要为许多大事小事烦恼甚至争吵，但那是每一个家庭都免不了的，谁会记着呢？在老吴病重的最后日子里，他飞不动了，也说不了话、发不了火了，家里反而显得沉闷了。即便到了那时候，只要老吴一息尚存，这个家就是完整的，这艘航船就有罗盘，林惠的肩膀就有依靠。可是，突然之间，这一切被彻底打碎了，没有了老吴，也就没有了这个家，没有了她林惠！在那天昏地暗的日子里，她食不甘味，夜不安寝，多少次从噩梦中惊醒。直到她把老吴送走，亲眼看见那座坟茔，才终于确信，老吴已经永远地离开了她，而她，却不能随老吴而去，孩子们已经没有爹了，不能再没有娘！只要有娘在，这个家就散不了！一个家是如此，一个学校也是如此，老吴走了，林惠还必须活着，因为还有一个需要她支撑的家，还有躺在病床上需要母亲爱抚的阿弟，还有老吴视若生命的仰恩大学，为了这些，她不能死，必须活下去！

在过去的几十年中，林惠一直隐身于吴庆星背后，不仅操持一个家庭的烦琐事务，亲手为卧病的阿弟烹制饭食并且在医院陪护照料，她还要打理和昌集团的生意，因为吴庆星的事业——仰恩大学是需要钱支撑的，钱从哪里来？吴庆星把一颗心都扑到学校里，林惠就是他的后盾。她默默地做着这一切，不显山，不露水，只把自己当成丈夫的一部分，无须刻意让人们认识自己，记住自己。1990年，林惠第一次来到马甲，仰恩大学的师生员工和仰恩村的村民们敲锣打鼓放鞭炮夹道欢迎她，这是当地人迎接贵宾的规格。为什么她会受到如此的礼遇？因为这些人都怀着感恩的心，他们受惠于吴庆星一家太多、太多了！

吴庆星在世的时候，人们无法设想，如果没有吴庆星，仰恩会怎样？却不料，这一天真的到来了，校主吴庆星撒手西归，把仰恩撇在人间。历史没有留给林惠消沉和休整的时间，她必须从痛苦中挣扎出来！残酷的现实把她从台后推到台前，继任和昌集团董事长、仰恩基金会理事长。

2005年11月17日上午，仰恩大学第14届运动会隆重开幕，林惠和校领导陈传鸿、梁嘉顺、梅国平、杨缅昆、程如平一起登上主席台，那是她继任仰恩基金会理事长之后第一次在公众场合露面。她的出现，立即吸引了全场的目光，因为这一位置历来是属于吴庆星的，而如今，那个铁打的硬汉不在了，林惠没有让它成为空白，在吴先生身后，她走来了。她在致辞中说，仰恩基金会一贯十分重视学校的体育教学和体育运动。吴庆星先生生前，为把仰恩学子培养成为德、智、体、美全面发展的新一代大学生，呕心沥血，不遗余力。仰恩大学是全国唯一坚持体育教学四年一贯制的大学，学校始终坚持体育教学与军事列队训练相结合，与学生的纪律教育和体能训练相结合，已经形成独树一帜的仰恩大学培养模式，得到了社会各界人士的高度认可。她相信，本届运动会将是展现仰恩健儿风采、检阅仰恩大学体育教育成果的一次盛会，一定能实践吴庆星先生的遗愿："仰恩大学的运动会，要办得一届比一届好！"

她的讲话，激起了全场万余人雷鸣般的掌声，动人之处也许并不在这些言辞，而在于她代表那个不在场的吴庆星，抚慰了一颗颗激情勃发的心，为"更高、更快、更强"的奥林匹克精神又增添了几分悲壮。

林惠，接过了吴庆星手中的大旗，站在丈夫原来的位置上，成为仰恩大学新的掌门人。仰恩大学的师生员工一万多双眼睛在盯着她，社会上千千万万双眼睛也在盯着她，这目光是热切的期待，也不能排除隐隐的担心，因为人们还难以预料，没有了吴庆星，仰恩大学前景如何？

林惠当然清楚自己的处境，由一个弱女子去继续做男人的事业，将是多么艰难。但同时，她也知道，前面的路即使再艰难，也要义无反顾地走下去，而且只许胜利，不许失败，如果失败了，毁掉的绝不是她自己，而是整个仰恩大学和吴庆星全部生命的意义！

和吴庆星的暴烈脾气正好相反，林惠是一个平和、细致的人，几十年来，她不但极尽妇道，侍奉公婆，照料丈夫，生儿育女，而且倾力协助吴庆星打理和昌集团的繁忙业务和无穷无尽的庞杂事务，一个女人所能够承担和包容的一切，她都做到了。其实，当年的"女篮5号"林淑蕙身上并非只有温柔，是漫长的岁月以滴水穿石、铁杵成针的方式给她磨去了棱角，销蚀了火气，造就了贤妻良母的坚忍和宽容。现在，她又要扮演一个更为重要的角色——仰恩大学的校主，该怎么去做，才能做好？她明白，自己不是吴庆星，所以不可能像吴庆星那样颐指气使，发号施令；她不是教育专家，不可能对学校的事情样样精通，因此也不可能像管理一个家庭那样事无巨细亲力亲为。最聪明也最可靠的，是依靠吴庆星时代的元老重臣，走专家治校、良师兴教之路。像陈传鸿、官鸣诸君，既是知名教授，又富于领导工作经验，要倾听他们的意见。

仰恩阁里的灯光又亮了，当初经常在此聚会的原班人马又集合起来，包括校长陈传鸿，党委书记、副校长官鸣，副校长梁嘉顺、梅国平，校长助理杨缅昆，党委副书记程如平，除了陈校长来校时间不算长，其余都是老资格了，大家仍然像过去一样，围坐在那张熟悉的圆桌周围，只是东道主吴庆星不在了，换成了他的夫人林惠。此情此景，不能不令人抚今追昔，联想起无尽往事，心里有多少话要说啊！

林惠的虚心求教得到了回报，他们真诚地建言：今天的仰恩，正面对历史的机遇与挑战。为了谋求进一步发展，我们必须解决一些亟待解决的困难和问题：学校办学的某些基本条件和整体水平还不能满足办学规模快速发展的需要；师资短缺，师资队伍建设水平仍是制约学校发展的"瓶颈"；专业数量偏少，专业结构和学科建设还不能主动适应国家和地方经济和社会发展的需要。因此，我们要增强紧迫感和忧患意识，抓住机遇，迎接挑战，努力开创学校工作的新局面。要不断提高办学实力和办学水平，进一步提高教育教学质量，切实贯彻"良师兴校"的方针，提倡名师上大班课，讲基础课。要认真办好新开设的专业，配备充实的教师阵容，做好人才的引进工作。要努力改善教工的待遇，加强对年轻教师的培养，关心他们，对他们多做思想工作，讲学校的发展前途，鼓励年轻人以事业为重，以仰恩为家。要加大对教学的投入，规划建设好一批实验室，改善教学、科研仪器设备的数量和质量。要努力更新教学内容，改进教学方法，严格教学管理，树立优良的教风和学风。建立一支与学校事业发展相适应的高素质、高水平的教师队伍，一支技术精湛、保障有力的实验技术、图书资料队伍和一支精简高效的管理干部队伍，为把仰恩大学建设成为国内外知名的一流私立大学奠定坚实的基础。

"三顾频烦天下计，两朝开济老臣心。"他们的肺腑之言、真知灼见，汇聚成了一份重要的文件——《仰恩大学建设与发展规划（2005—2020）》。《规划》提出："要在本世纪头二十年内把我校建成一所办学规模适当、学科结构合理、师资力量较强的教学型综合大学；为把仰恩大学建设成为国内外知名的一流私立大学奠定基础。"

有了这份《规划》，林惠心中有数了。从今以后，她要紧紧依靠校党委和校务委员会，大力实施人才强校战略，加大教学投入，深化教学改革，推进学校内部管理体制改革，与全校师生员工同舟共济，努力奋进。从今以后，她要像吴庆星一样，立足仰恩阁，住在仰恩，吃在仰恩，行在仰恩，思在仰恩，每一根神经都和仰恩相连。而同时，她还要频繁地飞来飞去，兼顾着长住在北京协和医院的阿弟，和总部设在香港的和昌集团，以及蛛网般遍布全国的业务关系。超负荷的工作日程一直在挑战人的血肉之躯所能承受的生理极限，已经累死了一个吴庆星，现在轮到考验林惠了，她明明知道前车之鉴，却仍然奔波不止。不是她不怕死，而是她别无选择。

三年过去了。三年，一千零九十五个日日夜夜，都是在没有吴庆星的情形下走过来的，走得太不容易！不，其实老吴并没有走远，就在社仔山上看着林惠，就在她心里陪着她，给她勇气，给她力量，就像把两个人的生命合在一起，继续在这个世界上奔走，做他们孜孜以求、乐此不疲的事，不然，她哪里会走到今天？还怎么敢想明天？

三年来，林惠曾无数次来社仔山看望老吴，学校里的事，家里的事，都对他说说；心里的烦恼、苦闷、孤独，也向他倾诉。在他坟前吐出一番絮语，洒下一行热泪，黄昏中再独自立起身来，支撑起疲惫的双腿，走回去，继续做没有做完的事。现在，林惠又一次向社仔山上走来。不同于以往的是，9 月 17 日是一个特殊的日子，老吴辞世三周年的忌日；2008 年又是一个特殊的年份，仰恩大学经历了一次严峻的考验，打了一场大仗，这些，她都要对老吴说！

她要告诉老吴：我把《仰恩大学建设与发展规划》给你带来了，你看一看，仔细地看一看，你一定会喜欢。这份《规划》，虽然是你走了之后才制订的，可是根据的是你的办学理念，体现的是你的办学精神，我相信，这里面的每一句话都说到了你的心里。《规划》是仰恩大学的办学纲领，是全校师生员工努力奋斗的目标，也是我林惠的主心骨，有了这份《规划》，就知道劲往哪里使了。

她要告诉老吴：这三年，我们的仰恩大学又发展壮大了，新建了普照教学楼、普照文体中心，更新了教室的多媒体设备，投资建设了物理实验室、金融实验室，加强了图书馆特别是电子图书馆的建设，陆续成立了计算机与信息学院、经济学院、财政金融学院、人文学院、管理学院，现在的仰恩大学已经拥有五个学院、十五个系、五个部、三十二个专业，在校本科生一万四千余人，占全国民办高等院校本科生的七分之一，这个规模是前所未有的，你如果回来看到了，也会大吃一惊的！

她要告诉老吴：这三年，我们大力实施"良师兴教"战略，积极引进人才，新聘请了一批校外专家、教授和优秀教师来校任教，大力加强骨干教师队伍的建设，注重加强对中青年教师的培养，对新聘的应届本科毕业生专门配备了指导老师，开办了硕士学位课程进修班，选送部分青年教师脱产到外校进修培训，鼓励青年教师在职攻读硕士学位。为了免除他们的后顾之忧，学校着力改善教师的待遇，提高教师工资，落实教职工守则关于行政人员每年十四天假期的规定，并为中青年教师办理了"三保"和住房公积金，各系、部办公条件，教职工工作和生活条件，都得到改善。为了推进素质教育，促进学生的全面发展，树立和构建以学生为中心的教学模式，我们修订了教学计划，优化了课程结构体系，给学生更多的自主学习的时间。我们改革了对毕业班的教学安排，取消月考，取消补考费，实行学生免费医疗，都得到了广大学生的拥护。我们大力推进科研工作，举办学术讲座、学术研讨会，鼓励教师发表学术论文，有的论文在核心刊物或权威刊物上发表，产生了广泛影响。学校创办的第一份学术刊物——《学术问题研究》，不仅为全校教职工提供了一块发表学术研究成果的园地，而且刊物学术水平受到了社会的认可，已被中国期刊网（CNKL）收录，毫无疑问，这将大大增进期刊与世界各地作者、读者的紧密联系，扩大期刊在海内外的影响，提高仰恩大学的知名度，而且，对于促进我国基础设施工程各方面的现代化、信息化进程，也将发挥积极的作用。学校成立了"仰恩大学中青年学术研究会"，并召开了首届学术研讨会，中青年教师科学研究的积极性明显提高，学术交流的氛围更加浓厚。

她要告诉老吴：三年来，仰恩大学以突出的成就赢得了一系列荣誉。2006 年 3 月，中共福建省委授予仰恩大学"福建省党的建设和思想政治工作先进高等学校"光荣称号。2007 年荣获"福建省大中专学生志愿者暑期'三下乡'社会实践活动先进集体"光荣称号。2006 年和 2007年，武汉大学中国科学评价研究中心发布的中国大学排行榜，在国内200 多所民办院校中，仰恩大学稳居榜首，成为全国民办高等院校的一面旗帜。

她要告诉老吴：2007年7月6日，出席"2007年两岸侨联和平与发展论坛"的与会代表一行三百多人，在中国侨联党组书记林军的带领下，前来仰恩大学参观考察，参观了泽钏电脑中心、图书馆、普照语音实验室等设施。中国侨联副主席林明江在致词中，盛赞吴庆星先生的爱国爱乡、创办全国一流民办大学的壮举，希望仰恩大学越办越好，为祖国培养更多的优秀人才，并号召全体华人华侨向吴庆星学习，为祖国的繁荣富强贡献力量。随团前来的缅甸南洋中学的全体校友，还深情地唱起了南洋中学的校歌，用这歌声表达对南洋中学杰出的校友吴庆星的深切怀念，可惜，听众之中看不到你的身影！老吴，我相信，你的在天之灵一定会听到这熟悉的歌声，会忆起风华正茂的往昔岁月！

她要告诉老吴：2007年10月9日，中共仰恩大学代表大会在第一校区和昌教学楼胜利召开，一百二十名党员代表参加了开幕式。大会选举产生了中共仰恩大学新一届委员会，陈传鸿、李学锋、张思民、郑兆领、胡海智、黄如彬、梅国平、程如平、潘颂平为委员。10月10日，新党委举行第一次会议，选举陈传鸿为书记，黄如彬、程如平为副书记。还记得五年前仰恩刚成立党委的时候你就说过："仰恩人做什么像什么，如今也有了党委了！"现在，仰恩的党员已从当初的几百人发展到上千人，更新换代产生了新党委，你一定会高兴的！

她还要告诉老吴：仰恩大学最近经历了一场严峻考验——由教育部所做的本科教学工作水平评估。

这项评估，原定在2007年进行，后来又改为2008年。说实在话，听到这个消息，林惠心里很紧张，仰恩大学从创办到现在，已经二十年了，还是第一次经受这样的评估，这是教育部代表国家、代表人民来验收啊，我们能不能通过国家和人民的检验？"革命尚未成功，同志仍须努力！"

在这种忐忑不安的心境中，2008年新年的钟声敲响了。

这个春天有点冷。一向气候温和的闽南，遭遇了长时间的低温冻雨天气，直到元宵节前后，才露出了晴天朗日。伴随着梅桐岭露天剧场的锣鼓声和仰恩校园里的花灯劲舞，新学期开始了。

2月15日，仰恩大学新学期班主任工作会议在第一教学区和昌楼召开。

3月4日，仰恩大学经济学院迎评动员大会在第三教学区行政楼二楼会议室召开。

3月6日，仰恩大学人文学院"学生迎评工作实施方案"大会在第三教学区行政楼二楼会议室召开。

随后，仰恩大学计算机学院、管理学院等其他各院系也陆续召开了迎评动员大会。

3月28日，仰恩大学全校辅导员、班主任迎接评估动员大会在第三教学区和昌教学楼召开。党委书记、校长陈传鸿，党委副书记黄如彬，副校长官鸣，党委副书记程如平等校领导和全校辅导员、班主任出席了会议。

陈校长在会上做了迎评动员报告。他说，本科教学评估是国家对高等教育工作的宏观指导，也是高校自主办学过程中自我约束的需要，评估的结果直接影响到学校的社会声誉。本科教学工作水平评估的目的，是为了提高高等学校教育教学质量。我校在贯彻落实评建工作二十字方针时，把"重在平时，重在建设，务求实效，扎扎实实推进评建工作"作为迎评工作的指导思想，坚持以平常心对待评估，不搞表面形式，不搞突击应付，坚持评估工作在教学的常态下进行，不影响正常的教学秩序。要把教学评估作为提高教学质量的难得机遇，作为推动学校发展的强大动力和自觉要求，把评估过程作为一个凝聚人心的工程。希望全校每一名师生员工都以主人翁的精神参与评估，与学校共荣辱、共命运！陈校长说得好啊！

大战即将开始。

4月8日，仰恩大学欢迎预评估专家仪式暨预评估汇报会在第一校区行政楼会议室举行。预评估专家李建平、张诚一、白解红、庄宗明、胡维华、纪克敏、吕子玄、王贵成、朱锦懋，福建省教育厅高教处处长练晓荣，副处长林海峰，以及仰恩基金会、仰恩大学的领导和各院系、各部门的负责人全部出席，这个阵容，分明是实战之前的一次"实弹演习"！

林惠代表仰恩基金会致词。她说，此次预评估既是对学校办学水平和评建工作的一次全面检阅，又是推动学校深化改革的强大动力，衷心地期待专家们为学校的教学、管理等各项工作给予检查指导。话是这样说，可心里直打鼓，担心人家在鸡蛋里挑骨头，过不了这一关！

福建省教育厅高教处处长练晓荣说，把仰恩大学办成高水平的私立大学是社会各界的共同愿望，配合仰恩大学评建工作是福建省教育厅今年的重点工作之一。他充分肯定了学校在评建工作中所取得的成效，希望通过本次预评估，学校能够找出差距，做好整改，深化教学改革，加强教学建设，规范教学管理，使学校能够以高水平、高质量通过6月份教育部的评估。

预评估专家组组长李建平表示，专家组一定本着关心、热爱、支持仰恩大学的态度，认真负责、实事求是地进行评估，为仰恩大学的迎评工作提出务实的建议。

陈传鸿校长代表学校做了《仰恩大学本科教学工作水平评估校长报

告》。

4月9日至10日，预评估专家们考察了影像中心、计算机学院实验室、图书馆、语音实验室、新闻实验室、国际贸易实验室、仰恩体育中心等教学设施，以及学生宿舍、学生食堂等相关教学基础设施，走访了计算机与信息学院、财政金融学院、经济学院等院系及学校办公室、教务部、评估办等有关职能部门，参观考察了学校素质教育实践基地闽台缘博物馆、实践教学基地泉州农业银行。同时，召开了仰恩基金会和学校领导、管理干部、教师学生等座谈会，并进行了两场技能测试。

4月11日，预评估专家意见反馈会在第一校区行政楼会议室举行。

预评组组长李建平代表专家组宣读对仰恩大学预评估工作的考察意见。专家组全体成员对吴庆星先生的爱国精神和捐资办学的义举深表敬意，对仰恩大学办学指导思想明确、重视师资队伍建设、着力改善教学条件、教学管理运行有序、重视学风建设、立德树人理念落实在教育教学过程中、重视本科教学工作水平评估等八个方面做了充分肯定。同时，专家组也对学校办学体制和机制、科学发展、师资队伍和新办专业建设以及评估支撑材料的充实等五个方面向学校提出了建议。

省教育厅高教处副处长林海峰代表省教育厅向专家组表示感谢，希望学校以此为起点和动力，针对专家组提出的具体意见和建议，进一步动员全体师生员工，切实做好整改，以更加饱满的热情和更加积极的姿态，做好评建冲刺阶段的各项工作。

"预演"还算顺利，可林惠不敢松一口气，毕竟这还不是正式评估。刚才林副处长说的"冲刺"这个词，让她想起自己在四十多年前作为运动员顽强拼搏的情景。是啊，仰恩正面临着最后的冲刺！

实战终于开始了。

6月1日，教育部本科教学工作水平评估专家组进驻仰恩大学，在此进行为期一周的评估考察。专家组共有 11 名成员，由北京工商大学副校长李朝鲜教授任组长，湖北大学副校长顾豪爽任副组长。

6 月 2 日上午，教育部本科教学水平评估汇报会在第一教学区行政会议楼举行。专家组全体成员，省教育厅厅长鞠维强，泉州市副市长潘燕燕，仰恩基金会和仰恩大学的领导以及各院系、各部门负责人，以及教师和学生代表参加了会议。

会上，专家组认真审阅了《仰恩大学本科教学水平评估自评报告》，并听取了陈传鸿校长关于学校本科教学工作的情况汇报。专家组表示，将按照教育部有关文件要求和评估指标体系，通过听、看、查、访等形式，对仰恩大学本科教学水平进行全面评估。

6 月 2 日至 6 月 5 日，专家组认真查阅了教学评估相关支撑材料和原始档案，集体（分组）考察了三个教学区的教学环境与教学基础设施，走访了管理学院、人文学院等十二个院、系、部，以及学校办公室、学生事务部、党委组织部和宣传部等十二个职能部门，召开了包括校领导、教师、学生管理员等在内的四场座谈会，考察了学生食堂和学生晚自习情况，并随机听课三十三门，调阅了学生毕业论文、毕业设计一千一百九十五份和一千六百七十四份试卷、六百一十二份实验报告等材料，进行了英语、计算机两项基本技能测试。

6 月 6 日上午，仰恩大学在第一教学区行政楼会议室举行本科教学工作水平评估意见反馈大会及意见交流会，评估专家组全体成员、省教育厅副厅长杨辉、仰恩基金会领导和全体校领导，以及各院、系、部负责人，教师和学生代表参加了大会。

评估专家组组长李朝鲜教授代表评估专家组做出评估考察意见。他指出，依据教育部《普通高等学校本科教学水平评估方案（试行）》等相关文件，专家组按照相关程序，实事求是地对仰恩大学进行了评估，专家组经过认真研究和讨论，认为仰恩大学在福建省委、省政府的领导下，学校领导班子带领广大师生员工始终坚持社会主义办学方向，认真贯彻党的教育方针，学校定位准确，办学思路清晰，大力弘扬吴庆星先生"爱国爱乡、重教兴学"的精神，团结奋斗，艰苦创业，奋发向上，开拓创新，提出了良师兴校、从严治校、从严管理、从严施教和开放办学的方针，确立了立德树人的办学特色和特色立校、人才强校的方略，学校秉承吴庆星先生建校之初提出的"学会做人，守信笃行；学会做事，创业有成"的校训精神，紧紧抓住改革开放和高等教育发展的战略机遇，在教学基础设施建设、学科专业建设、教育教学改革等方面取得了长足的进步。学校高度重视本科教学工作，大力贯彻"以评促建，以评促改，以评促管，评建结合，重在建设"的评估方针，评建思路清晰，措施得力，学校呈现良好的发展态势，校领导班子励精图治，团结务实，乐于奉献，勇于开拓，广大教职员工爱岗敬业，艰苦奋斗，齐心协力，埋头苦干，广大学生尊师爱校，学风优良，呈现出良好的精神风貌，人才培养质量稳步提高，办学特色鲜明，社会评价良好，为把仰恩大学办成国内一流私立大学奠定了坚实的基础。

林惠要告诉老吴："冲刺"的成绩终于揭晓，仰恩大学以优异成绩通过评估，成为福建省第一所通过教育部本科教学工作水平评估的私立大学。老吴，请记住这一天，2008年6月6日。你值得为此而骄傲！

这些话，她都要对老吴说，慢慢地说，让他听得清，记得牢。

上山的路很长，她一步一个台阶，朝着山顶走去。

后 记

1989 年春节期间，我应吴庆星先生之邀，到他位于北京西郊华侨公寓的家中做客。那时，他五十三岁，体格魁梧，肤色黧黑，上唇一抹修剪得齐整的短髭，双目炯炯有神，正是年富力强的时候，很健谈。

谈话当然从他最感兴趣的话题仰恩大学说起。

我问他：近年来，有很多华侨回国来投资办企业，而回乡办学的却很少见，您为什么选择了这条路？

他说：为了实现父母的遗愿。我的家乡在泉州北郊马甲山区，我们吴氏祖祖辈辈生活在这里，这方水土对我们有养育之恩。我父亲就是出生在这里，少年时代背井离乡，到南洋谋生，但是故土难忘。我虽然出生在缅甸，但在七岁那年，为了躲避日寇的烧杀抢掠，跟着父母，不远万里，回到故乡，在这里生活了四年，故乡对我也有养育之恩。所以，在我们父子两代人的心里，有一个牢牢的"报恩"情结，报故乡之恩，也就是报祖国之恩。1983 年底，我父亲回故乡探亲，看到这里仍然是荒山秃岭，人均耕地不足二分，人均年收入不足二百元，乡亲们生活在连温饱都不能保证的低水平，心里很难过，决心为家乡做点事。但是做什么呢？他要做的，不是遍地撒金银式的广舍钱财，那样做，即使把家财散尽，也救不了多少人，改变不了家乡的贫困面貌。父亲认为，治贫要先治愚，家乡现在连一所小学都没有，孩子们读不了书，没有接受教育的机会，缺乏文化科学知识，长大了只能重复上一辈人的命运，低水平地恶性循环，这样一代一代下去，就毁了家乡子弟的前程。所以，他决定从教育入手，嘱咐我捐资为家乡建一所小学。父亲交代了这件事之后不久就去世了，这也就成了他的遗嘱。为了实现父亲的遗嘱，我踏上了办学之路，一开始就想办一所小学，后来觉得不过瘾，提升到中专，仍然不过瘾，终于办成了一所大学，可以说超额完成了父亲的遗愿。

这一番话，并没有详细历数办学之路的艰难坎坷，也没有刻意渲染爱国爱乡的一腔豪情，但已经令我震惊。我本祖籍泉州，虽然不是在那里出生，也没有在那里长期生活，但毕竟去过多次，自认为对泉州还是很熟悉的。自古泉州有"东方第一港"的美名，改革开放以来，经济快速发展，在福建省名列前茅。但我并不知道，就在富足优雅的泉州城外，竟然还有一个如此贫困的马甲山区，解放几十年了，乡亲们还没有越过温饱线，若不是海外归来的侨胞伸出援手，不知还要再等多少年。更令我震惊的是吴善仰、吴庆星父子两代人"愚公移山"式的英雄行为。在穷山沟里建大学，把原本不为人知的穷乡僻壤变成现代化的大学城和风光旖旎的旅游胜地，就像搬走太行山和王屋山那样不可思议，而吴庆星却把神话梦想变成了现实。

这次谈话之后，我写了记述吴庆星事迹的两篇散文《新春夜话》和《东方情结》，分别发表在《人民政协报》和《人民日报》，随后又率摄制组赴泉州拍摄专题片《深情注仰恩》，在中央电视台播放。今天回头看来，当时的文章和专题片都显得太简略了，仅仅勾勒了几幅速写，但是，那毕竟是我关注吴庆星、关注仰恩大学的开始。之后的十多年中，我成了仰恩大学的常客，多次跟踪采访，近距离地观察吴庆星，饶有兴致地研究这个人物。

20世纪80年代的中国，正处于一个"拨乱反正"的时期，许多早已"盖棺论定"的历史事件、历史人物被重新评价。出于对"文革"时期文艺作品中英雄人物"高大全"的逆反，当时文学创作中出现了一种倾向：回避崇高，贬损英雄，在英雄人物身上寻找缺点，在反面人物身上挖掘"人性"。文艺作品是社会生活的折射，并且反过来影响人们的价值观念。信仰的缺失，使得一些人不再相信世上有真善美，即使亲眼见到他人的善行，也怀疑那是当事者精心伪装、刻意表演的欺世盗名之举。他们似乎难以相信，作为一个和我们生活在同一个地球上、呼吸着同样空气的人，怎么会有那么高尚的精神境界？怎么可能做出那么了不起的行为？就在这样一个否定英雄的时代，吴庆星做出了捐资办学、为国育才的英雄之举。

诚然，吴庆星并非完人，他脾气暴躁，独断专行，在他手下工作的人都曾对此有所领教，却没有一个人敢于批评他，即使批评了也没有用，这些毛病他是根本改不了的。然而，正是带着这些"毛病"的吴庆星，做出了常人无法企及甚至无法想象的英雄行为，有缺点的英雄仍然是英雄，远胜于虽无可挑剔却又乏善可陈的庸人。

解读吴庆星的英雄行为，我以为，其根基在于"忠孝节义"四个字。

"忠"，就是忠于祖国，忠于民族。吴庆星虽然出生在海外，但自幼受家庭的影响，牢记着自己是中华子孙，身上流着中国血。在缅甸奥甘埠的家里，父亲要求孩子们必须用筷子吃饭，不许用手抓饭，以免"异化"。一个小小的细节，映衬出海外游子的拳拳爱国之心。在日寇铁蹄踏遍东南亚之际，正在危难之中的祖国收留、掩护了他们，吴庆星随父母不远万里回到泉州老家，度过了难忘的童年，这对于他日后的影响是深远的。中学阶段，他就读的南洋中学是缅甸进步组织创办的华人华侨子弟学校，浸润着浓郁的中华气息和爱国情怀。而在他长大成人之后，又曾赴北京参加全国篮球教练培训班，亲身感受母爱一般的国恩。这一切，汇聚成一个强烈的意念：报效国恩，为国尽忠。

"孝"在中国人的观念中至关重要，"百善孝为先"。一个连自己的父母都不爱的人，怎么可能去爱国家、爱他人呢？所以，善是一切行为的基础，孝是做人的底线。吴庆星是个孝子，一个脾气那么暴躁的人，在父母面前却百依百顺，言听计从。当然，他的父母也是正直、善良、爱国爱乡、令人尊敬的两位老人。他们教子有方，育儿成才。几十年的生涯中，他们乐善好施的品德不仅赢得了友邻的赞赏，也为儿孙默默地做出了榜样。吴庆星的孝，不仅是遵奉父母之命，而且继承了来自祖先和父母的传统美德和优良家风。吴善仰老人在生命即将结束的时候，留给儿子的遗嘱不是家族企业的发展，也不是财产的分配，而是捐资给家乡办学，以教育手段为家乡子弟从精神上"输血"，进而帮助他们从根本上摆脱贫困，这是何等高尚的精神世界？留下这样的遗嘱的老人了不起，实现这份遗嘱的儿子更加了不起！

"节"，不仅指民族气节，还有一个人的品德、操守。"富贵不能淫，贫贱不能移，威武不能屈。"吴庆星一身霸气，不怒自威，这是气质所决定的，不是装的，装也装不来。吴庆星并不是天生的富豪，小时候过过艰苦日子，娶妻生子独立创业的时候，也曾经历过七灾八难，但他从不肯在人前示弱，更不会乞求他人的怜悯，在他眼里，接受怜悯等于遭受侮辱。在吴庆星办学过程中，和大大小小的官员打交道，他也从来没有谄媚求宠、卑躬屈膝，而是平等地、朋友式地和他们交往。你敬我一尺，我敬你一丈。你不买我的账，我也不给你面子。"三军可夺帅也，匹夫不可夺志。"某次，福建省委书记陈光毅、省长王兆国请吴庆星吃饭，副省长黄长溪作陪。吴庆星起身敬酒，说："今天陈书记、王省长请我吃饭，深感荣幸。只是你们恐怕还不知道，在座的还有一位非法分子哩！"陈光毅和王兆国都莫名其妙，忙问是怎么回事。坐在一旁的黄长溪这才道出了原委。日前，仰恩大学成立董事会，黄长溪出任董事长，成立大会开得很热闹，登了报纸，上了电视，宣传得全世界都知道了，省里有关部门的某领导却说，这个董事会没有经过批准，是非法的，吴庆星不服，故有此论。"这个非法分子就是我啊！"黄长溪笑道。陈光毅、王兆国也不禁哈哈大笑，王兆国说："这个好办，补一个审批手续，让它合法化就是了嘛！"人们常说吴庆星是个"通天"人物，"不按常规出牌"，这正是他的过人之处。当然，如若没有他的著名爱国华侨身份和创办仰恩大学的功绩，对一个普通百姓来说，这也是不可复制的。

"义"，就是坚持公平正义，牺牲自我，无私奉献，吴庆星捐资办学就是一项义薄云天之举。吴庆星自己也有孩子，他的儿子因病长年躺在医院里，丧失了正常人的生活，丧失了学习的机会，而作为父亲的吴庆星该怎么办？如果他放下一切，守在儿子的病床前，几十年如一日地照顾儿子，一定会感动中国，感动世界，我们已经见过很多这一类的报道。而吴庆星选择的却是，把儿子交给妻子，他自己把一切献给了仰恩大学，献给了千千万万个他本不认识，也没有血缘关系的孩子。这么一个脾气暴躁、性如烈火的人，身边的工作人员都被他骂遍了，却从来没有骂过学生，在这些学生眼里，他是最慈祥的父亲！可是，又有谁知道，这位父亲的内心深处，隐藏着怎样的痛苦和对亲生儿子的歉疚？这样的父亲，难道不更应该感动中国、感动世界吗？

中华民族的传统价值观"忠孝节义"造就了吴庆星这一当代英雄，造就了仰恩大学这一人间奇迹，造就了一个爱国华侨光辉灿烂的中国梦。

2005 年 9 月 17 日，吴庆星溘然长逝。听到这个消息，我很震惊，刚刚七十岁的人，怎么说走就走了呢？我对他的观察、采访还没有完，就这样戛然而止，真让我有措手不及之感！当时，我正在参加全国政协视察团的视察工作，无法分身去出席他的葬礼，在他安葬之后，我受他的遗孀林惠之托，为他撰写了碑文。作为和吴庆星一家交往几十年的老朋友和长期关注仰恩大学的写作者，我有这个责任。

吴庆星已经成为历史人物。回过头来再翻看我过去和他谈话的记录，当时拍摄的照片和影像素材，以及其他一些零零散散的资料，感慨万千。我觉得，把这些整理起来，写成一本书，现在是时候了。当然，仅凭现有的资料是不够的，我必须从头开始，去采访相关的人物，搜集活在人们心中的资料，沿着吴庆星的生命轨迹，探寻他的心路历程。这项工作陆续进行了好几年，寻访了许许多多与吴庆星相关的人物，从他们的记忆中挖掘有用的史料。真实是纪实文学的生命，写人、记事，处处都要有所依据，没有虚构的空间，所以下笔之前，必须最大限度地占有史料，而且，还要对史料进行去伪存真的严格筛选。这个活儿犹如沙里淘金，工作量非常之大，往往踏破铁鞋、费尽唇舌毫无所得，而说不定什么时候，偶然间却会出乎意料地有所发现，令人惊喜不已。我要特别感谢仰恩大学原训导主任、代校长陈怡祥先生，原校长、党委书记官鸣先生，校党委副书记程如平先生，他们都给了我很大帮助。陈怡祥是吴庆星在缅甸南洋中学读书时的同学和好友，20世纪80年代，他作为中国侨联生产福利部负责人，最早介入吴庆星捐资办学这件事，从出面联络、现场踏勘到建校，从小学、中专到大学，他经历了创办仰恩的全过程，后来还曾到仰恩工作，对仰恩了如指掌。他手头至今还保存着当年吴庆星以父亲吴善仰的名义请他协助办学的委托书，他和吴庆星之间的往来信件，由他收、发的关于仰恩办学的信件和文件，仰恩建校过程中由建校委员会印发的大量简报，以及其他有关文件。一些由他起草的文件和信件，甚至连反复修改的草稿都还保存着。这些第一手资料，最大程度地保留了历史原貌，排除了掺假或误记的可能，其价值远在事后追记的回忆录之上。当我翻看这些发黄的纸页时，仿佛时光倒流，重新亲身经历一次那不平凡的创业年代。官鸣从 1999 年 10 月来仰恩，到 2005 年吴庆星去世，前后六年，是校领导当中和吴庆星合作时间最长的，而且在吴庆星去世之后，他又于 2011 年再度出山，重任校长，辅佐林惠，可谓两朝重臣。官鸣是一位学者型的领导干部，谈吐儒雅，性情平和，与吴庆星的合作取得了"互补"的良好效果。官鸣自己也喜欢舞文弄墨，仰恩大学校歌的歌词就是他写的。在吴庆星去世之后，他发表的文章《庆星普照，光耀千秋——丙戌清明深切怀念校主吴庆星先生》充满感情且有文采。程如平的记忆力很强，对于多年前的一些往事，能够说出具体日期，甚至精确到时、分，没有稿子，也不用查对，因为这些都记在他的心里。吴庆星的外甥陈文凯先生、族侄吴其灿先生也为我提供了不小的帮助。阿凯长期生活在舅舅身边，作为吴庆星的直系亲属，工作、生活中的亲密助手，他的视角是别人不可代替的，他看到的是一个真实的、活生生的吴庆星，这也正是我所需要的。吴其灿是霞井延陵侨亲联谊会理事，多年来致力寻根问祖、联络海内外族人、续修族谱等等家族公益事业，为我了解吴庆星家族的来龙去脉以及马甲地区的历史沿革，提供了可靠的资料。我在调查研究中涉及泉州的行政、军事方面的历史，曾向泉州市地方志办公室的同志请教，也得到他们的配合和协助。感谢许多同志和朋友所给予的帮助，使本书的内容更加充实、可信。

《仰恩之子》终于脱稿。又逢清明，谨把它当作一束鲜花，奉献于我所尊敬的朋友和兄长吴庆星先生灵前。对于他的后人和千千万万个仰恩学子，这本书更像一封"家书"，在你们怀念他的时候读一读，让自己的心灵和这位伟大的前辈交流吧。我还特别希望有一天，阿弟能够站起来，捧读这本书，接受这份由父亲传下来的精神遗产。

霍　达
甲午清明，记于北京

附　录

仰恩大学建设与发展规划

（2005—2020）

第一部分　学校基本情况

仰恩大学于 1987 年由爱国华侨吴庆星先生及其家族设立的仰恩基金会创建，经国家教委批准为全日制普通高等学校。1988 年由福建省政府办学。从 1994 年 7 月起，仰恩大学作为中国教育改革的试点，由仰恩基金会独立办学，是全国第一所具有颁发国家本科学历证书和授予学士学位资格的私立大学。

仰恩大学位于海上丝绸之路的起点——历史文化名城泉州市北郊。校园依山傍水，风景秀丽，环境幽雅。学校占地 2500 多亩，湖面面积 1200 亩，校舍建筑面积 80 多万平方米，风雨体育场面积达 20 多万平方米。学校教学、生活设施先进齐备，条件优越。数字化校园设施日趋完善。学校管理严格，重教育人，是学习求知和陶冶情操的理想场所。学校高度重视爱国主义教育和民族精神教育，是中国侨联和福建省教育系统的爱国主义教育基地。

仰恩大学作为教育改革的试点，深受中央领导、教育部、福建省政府重视和国外大学的关注。十多年来，办学规模日益扩大，教育教学质量不断提高。现设有 8 个系，设有国际经济与贸易、经济学、统计学、工商管理、行政管理、市场营销、会计学、财务管理、金融学、财政学、信息管理与信息系统、计算机科学与技术、信息与计算科学、电子信息工程、汉语言文学、广告学、英语、法学等 18 个专业，面向省内外招生，在校本科生 12000 多人。

仰恩大学选聘国内外学有专长、教学经验丰富、水平高、事业心强的教师来校任教。目前教授、副教授占教师比例 50% 左右。同时，根据教学的需要，聘有来自美国、英国、加拿大等国家几十名专家、教授在校执教。仰恩大学具有开放式的办学特色，学校重视同国内外著名大学的交流与合作。

仰恩大学根据教育规律和社会经济发展的需要，科学地制订培养计划，合理配置课程，实行学年制和学分制相结合的双轨制教学管理模式。学校重视英语和计算机教学，实行汉英双语教学，重视国外先进专业知识和专业理论的学习。通过四年的学习，培养出基础扎实、具有创造精神和创新能力、适应性和竞争能力强的高级专门人才。学校重视学生爱国主义教育、行为规范的养成教育、劳动教育和思想情操的陶冶。学生在毕业后可用中文、英文直接处理有关业务，具备在国内外谋职创业的能力。毕业生深受国内外用人单位欢迎。

第二部分 办学定位和建设目标

一、机遇与挑战

仰恩基金会独立办学十多年来，仰恩大学抓住了我国高等教育发展的历史性机遇，从办学初期，在校生只有几百人，发展成为万人大学。学校不仅建得好，而且办得好。办学条件不断改善，教育教学改革不断深入，教育教学质量明显提高，积累了丰富的办学经验，在全国民办高校中独树一帜，为今后的发展奠定了坚实的基础。

21世纪是知识经济的世纪。高等教育将成为知识经济形成和发展的基础和动力，对人才资源的开发，科技进步和社会经济发展的重要作用将更加凸显，福建省建设海峡西岸经济区发展战略的实施，不仅为高等学校的发展提供了前所未有的机遇，也同时提出了严峻的挑战，对学校的发展提出了新的和更高的要求，对我们的教育思想、教育体制、教育模式以及教学内容和方法等都将提出新的挑战。

面对历史的机遇与挑战，从发展的现状看，我校还面临着一系列亟待解决的问题和困难，主要是：学校办学的某些基本条件和整体水平还不能满足办学规模快速发展的需要；师资短缺，师资队伍建设水平仍是制约学校发展的"瓶颈"；专业数量偏少，专业结构和学科建设还不能主动适应国家和地方经济社会发展的需要；科学研究还十分薄弱，不能适应研究生教育的基本要求；教学改革的深入和教学质量进一步提高任务十分艰巨等等。因此，我们要增强紧迫感和忧患意识，抓住机遇，迎接挑战，努力开创学校工作的新局面。

二、办学定位

我校从1987年建校以来经历了初创期(1987—1993)，仰恩基金会独立办学快速发展期(1994—2004)。目前已基本形成了以经管为主，文、法、理工等多学科发展的格局，并富有发展潜力。在教育教学质量、管理和办学效益方面已经名列国内、省内同类民办高校的前列。我们要以邓小平理论和"三个代表"重要思想为指导，坚持全面、协调、可持续发展的科学发展观，贯彻规模、结构、效益、质量协调发展的原则，自觉遵循教育教学规律，不断提高办学实力和办学水平，全面提高教育教学质量，在本世纪头二十年内把我校建成一所办学规模适当、学科结构合理、师资力量较强的教学型综合性大学。立足福建，面向全国，开放办学，为把仰恩大学建设成为国内外知名的一流私立大学奠定坚实的基础。

三、建设目标

1. 人才培养

到 2010 年本科在校生达近 20000 人；争取 2008 年获得硕士学位授予权。到 2010 年，硕士在校生达到 300 至 500 人。2010 年以后，本科教育规模基本稳定在 20000 人，以内涵发展为主。积极发展研究生教育，到 2020 年研究生在校生达 2000 人左右。

2. 学科建设

到 2010 年本科专业从现在的 18 个增加到 35 至 40 个。争取 2008 年获得硕士学位授予权。到 2010 年，建设硕士点 8 至 10 个。到 2020 年本科专业在调整结构的基础上略有增加；除新办专业外，争取大部分专业达到硕士点的水平；若干专业具有获得博士学位授予权的水平；若干个学科达到省级重点学科水平。

3. 队伍建设

坚持"以人为本"，建立一支与学校事业发展相适应的、高素质、高水平的教师队伍，一支技术精湛、保障有力的实验技术、图书资料队伍和精简高效的管理干部队伍。

到 2010 年，教师队伍规模不低于 1200 人，其中全职专任教师不低于 1000 人。生师比达到 18∶1。建成一支"数量充足、相对稳定、结构合理、素质较高"的教师队伍。争取具有硕士以上学历的教师占教师总数的 60%，其中每个专业具有博士学历的教师不低于 2 名。

到 2020 年，教师队伍规模不低于 1450 人，其中全职专任教师不低于 1200 人。具有硕士以上学历的教师占教师总数的 70%，其中具有博士学历的教师不低于 15%。师资队伍结构更加优化，整体素质更高，有一批学术带头人和学术创新群体，具备独立地与国际同行进行学术交流的能力。

进一步提高外籍教师的数量和质量。

重视实验技术、图书资料队伍的建设。到 2010 年，全职聘用的实验技术、图书资料队伍规模达 200 人，其中 60% 以上具有本科以上学历；到 2020 年，全职聘用的实验技术、图书资料队伍规模达 300 人，其中 80% 以上具有本科以上学历；30% 以上为高级实验技术、图书资料人员。

加强管理队伍建设。全校行政管理人员编制原则上控制在全校教职员编制的 8%。到 2010 年，全校行政管理人员控制在 110 人以内；到 2020 年，全校行政管理人员控制在 150 人以内；其中 80% 以上具有本科以上学历。

4. 科学研究

到 2010 年，我校科学研究薄弱的情况得到基本改变，教师既搞教学又搞科研的风气已基本形成。每年得到国家、省、市科研课题及横向课题达 20 项以上，科研经费达 60 万元以上。科研成果不断涌现，每年发表科研论文达 100 篇以上，应用性成果初见成效。学校学术气氛浓厚，每年举办的全校性学术讲座保持在 150 场以上。建成若干个先进的专业实验室，成为培养研究生的基地。

到 2020 年，我校科学研究已形成规模，建立了有效规范的科研管理体制和运行机制。在若干研究方向上建设了高水平学术梯队，基地建设完善，科研经费充足，科研成果丰硕，建设一批实力强、有特色的研究所，成为培养博士生的基地。具备申请省级重点学科的条件。有一批科研成果获国家、省级奖励。

5. 办学条件

建设数字校园、绿色校园、和谐校园；加大对师资队伍、教学基本设施和教学运行经费的投入；建设一批专业实验室；加强学校公共服务体系(网络、图书馆等)的建设和管理；改善师生的生活、工作、学习条件等。

第三部分　战略措施

一、深化教学改革，不断提高人才培养的质量

1. 牢固树立人才培养是高等学校的根本任务、教学质量是高等学校的生命线、教学工作是高等学校的中心工作的观念。

2. 坚持仰恩大学在人才培养和教育教学改革的基本经验，坚持加强爱国主义和民族精神教育，进一步加强英语和计算机教学。在过去取得成绩的基础上，进一步深化英语教学改革，提高学生英语综合应用能力，改革教学模式和方法，提高学生自主学习和使用网络学习的能力，提高教学效率。坚持英语教学四年一贯制，适当增加英语教学总学时，在提高英语教学效果上下功夫。以英语教学改革，推动全校公共课的改革。

3. 根据21世纪经济社会发展对各类高级专门人才的需要，加大人才培养模式的改革，按照知识、能力、素质的总体要求，构建新的人才培养目标和人才培养模式，进一步强化基础，拓宽专业口径，注重素质教育和个性发展，突出能力，特别是创新能力和实践能力的培养。

4. 以社会对人才的需求为导向，以结构调整为主线，加大学科专业调整改造力度，增强人才培养的社会适应性；同时，注重学科专业内

涵的改革与建设，拓宽专业口径，加强不同学科专业的相互交叉与融合，培养复合型人才。增加专业数量，调整专业结构。增设、调整专业要符合社会经济和科技发展的需要，符合宽基础、重应用、强素质的原则，发挥我校原有学科专业的优势。同时，也要保持专业建设的相对稳定性。2006 年至 2010 年每年增设 3 至 5 个新专业。实现到 2010 年本科专业从现在的 18 个增加到 35 至 40 个的建设目标。

5. 保证教学经费的投入，改善教学条件，切实贯彻"以评促建、以评促改、以评促管、评建结合、重在建设"的方针，以每五年一次的本科教学工作水平评估工作为动力，深化教学改革，加强教学管理，全面提高人才培养质量。

6. 以优化课程设置、控制课堂教学总学时、强化学生自主学习能力和实践能力为重点，修订教学计划，教学总学时控制在 3000 学时之内。

7. 做好规划，建设一批专业实验室和学生创新实验室，逐步建立金融实验室、信息与计算科学专业实验室、精算实验室、模拟法庭、数学建模实验室、基础物理实验室和计算科学与技术专业和电子信息工程专业实验室。加强实验室管理、实现资源的合理配置和共享。

8. 加强实习基地建设，要在校外建立一批相对稳定的教学基地，保证实践教学质量的稳定和提高。

9. 建设精品课程、加强课件建设。学校每学年立项建设十门精品课程。

10. 总结"大班"(100 人或 100 人以上)上课的经验，在教师安排许可的条件下，逐步把专业技能课和实践性较强的专业课改为小班(50 人以下)上课。对以大班上课为主的课程，也要安排部分小班的讨论课或习题课。

11．设立教学研究基金，大力开展教学研究活动，在采用国内外优秀教材的同时，鼓励自编优秀教材出版，奖励教学研究成果。

12．继续加强双语教学，使之进一步成为仰恩大学的教学特色和品牌。

13．进一步完善英语角，英、汉语演讲比赛，每人学会一种乐器以及书法训练等富有仰恩特色的第二课堂教学。搞好《孙子兵法》必修课的教与学。

14．继续实行学年制和学分制相结合的双轨制教学管理模式，改革和完善学分制，逐步推行弹性学制和学生自主跨专业选修制度。

15．充分发挥仰恩大学体育设施完备充分的有利条件，上好体育课，积极开展课外体育活动，增强学生体质。

16．加强教学管理和教学研究、完善教学质量评估和监督体系。

二、千方百计培养、吸引、用好人才，建设一支高素质高质量的教师队伍

1．人才资源是第一资源，人才竞争越来越成为最具全局影响力的竞争，要充分认识当前人才竞争的严峻形势，认真贯彻仰恩基金会关于"良师兴校"的方针，充分认识建立一支"数量充足、相对稳定、结构合理、素质较高"的教师队伍是我校当前和今后若干年的紧迫任务。

2．加大教师队伍建设的投入力度，下决心把不低于每年学费收入的三分之一用于队伍建设。进一步改善教师的待遇，使之略高于公立高校同类教师的待遇。适时、合理地依法解决年轻教职工的"三保"（社会保险、失业保险和公共医疗保险）问题。

3．要立足于培养。要加强教师的继续教育。办好青年助教硕士学位课程班；鼓励和支持在职教师以各种形式攻读硕士、博士学位；组织

教师参加以同等学力申请硕士学位教师进修班。有计划地选派一批中青年骨干教师到国内重点大学进修或做访问学者，开展教学与科研的交流与合作，提高教师的教学水平和学术水平。

4. 加强人才引进工作。设立专项基金，引进一批高层次的、中青年学术带头人。设立双聘岗位，引进一批专业骨干教师。要采取灵活多样的引智形式，引进国内外知名专家到校兼职，指导和参与学科建设和人才培养。

5. 制订中青年教师的培养规划并认真落实。继续贯彻我校青年助教培养条例。通过脱产或在职进修的方式，使在十年内50%的有本科学历的教师获得硕士学位，15%的有硕士学位的教师获得博士学位。

6. 逐步完善教师职务聘任制度，全面推行按需设岗。公开招聘、平等竞争、择优聘任、严格考核、合同管理的用人机制。进一步完善教师考核评价标准，建立以业绩和能力为导向，科学合理的教师考核评价机制和全面考核体系。工作量的计算和考核应包含教学、科研、师德、社会工作等要素。积极创新并完善有利于尊重和保护创新学术思想的评价制度，正确处理好过程管理和目标管理；数量评价和质量评价的关系。要求教师教学水平和学术水平兼备，德学双馨、教书育人。做好教师的职称评定工作。

7. 要使用好人才。进一步优化人才成长和创业的环境，努力做到用事业造就人才，用环境凝聚人才，用机制激励人才，用法制保障人才，创造一个使优秀人才脱颖而出的新局面。

8. 切实加强教师队伍的职业道德建设。认真贯彻落实《教育部关于进一步加强和改进师德建设的意见》（教师〔2005〕1号），紧紧围绕全面实施素质教育、全面加强青年思想道德建设和思想政治教育的目标要求，以热爱学生、教书育人为核心，以"学为人师、行为世范"为准则，以提高教师思想政治素质、职业理想、职业道德水平为重点，弘扬高尚师德，强化师德教育，优化制度环境，不断提高师德水平，造就忠诚于人民教育事业、为人民服务、让人民满意的教师队伍，维护学校在社会的良好形象。

9. 努力改善教师工作条件和生活条件。为教师的教学和科研提供良好的条件和设备。

10. 充分发挥教师的主人翁精神和聪明才智，以人为本，民主办学，建设和谐校园。要充分发挥教授在治学方面的主导作用，使他们真正成为推动学校事业尤其是学科建设的重要力量。要进一步协调好学校领导班子和教师的教学、学术管理机构的关系，依法理顺学校学术管理权限，进一步扩大和落实教授在办学、治校方面的知情权和参与权，努力实现依法治校、科学决策、民主办学。

三、大力加强科学研究，提高科研创新能力，整体提高学科建设水平

1. 充分认识人才培养、科学研究、社会服务是高等学校的三大功能，坚持以人才培养为中心，科学研究和社会服务协调发展。充分认识一流的学校必须以一流的科学研究为基础，而一流的科学研究不仅是建立一流学科的主要标志之一，也是学校提高办学层次和提高学校知名度的关键所在。

2. 加强科研学术创新团队的建设。抓紧培养和造就大批具有创新能力和发展素质的中青年学术带头人和学术骨干；要充分发挥高校多学科优势，进行组织创新和管理创新，消除各种不必要的行政壁垒，搭建科研创新的大平台；要凝练学科方向，凝聚学科队伍，构筑学科基地，组建一批多学科集成的创新团队和创新群体。加强国内外学术交流与

合作。

3. 深化科研管理体制和运行机制的改革，调动广大教师开展科学研究的积极性；鼓励教师积极申请国家、省市社会科学基金和自然科学基金。科学研究要紧密结合地方经济、社会、科技发展的需要，积极争取横向课题，努力做到以服务求支持、以贡献求发展。学校要继续实行对国家、省市课题和横向课题的配套奖励政策。学校设立校级课题，鼓励教师积极开展教学研究。

4. 加强科研基地的建设。根据学科建设的需要，依据我校的人才结构，适时建立若干学科的研究所或研究院。先期拟筹建软件工程研究所、闽南文化研究所、民营企业研究所、民办教育研究所、世界贸易组织研究所等。努力为国家和地方经济和社会发展服务。

5. 《仰恩大学学报》是我校教师开展教学科研活动，与国内理论界联系和交流的平台，要下决心办好《仰恩大学学报》，不断提高学术质量和学术层次。

6. 坚持和完善校学术讲座、系学术讨论会和学术沙龙活动，营造学校学术氛围。坚持和完善科研奖励制度和设立青年育苗基金。

四、进一步改善办学条件，为学校的发展提供优质的保障和服务

1. 学校占地 2500 多亩，湖面面积 1200 亩，校舍建筑面积 80 多万平方米，风雨体育场面积达 20 多万平方米。学校教学、生活设施先进齐备，条件优越，已基本满足在校生 20000 人规模的需要。逐步更新部分教室的多媒体设备。随着办学规模的逐步扩大，还需规划增建几幢学生宿舍楼。我校现有三个相连的校区，要进一步做好各校区的办学功能定位规划。校区的功能定位规划，要便利师生、整体协调、有利于资源的整合和共享。增建科研大楼，以适应我校科研事业发展的需要。做好

学校的教学、科研、行政、生活用房的规划。

2．加强校园网建设和管理。大幅改善校园网的运行环境，为学校教学科研和管理工作日益增长的信息需求提供方便快捷的通道，建成一个全校范围的高速畅通、开放共享、安全可靠的信息服务平台。

3．加强校图书馆建设。争取到 2008 年，馆藏有形图书达到 100 万册；到 2020 年，达到 200 万册。加强数字图书馆建设，增加图书馆开放时间，争取每周开放时间达 70 小时。扩大图书馆服务项目。加强图书馆管理队伍的建设。加强系资料室建设。以建设计算机网络为核心，构建一个开放、便捷的数字化信息服务体系，把图书馆建设成与教学、科研相适应的多功能的图书文献信息中心，重点建设文献资源与数据库，为我校教学科研提供现代化的文献信息检索和传递服务，使之成为我校教学科研的重要保障。

4．进一步做好校园的绿化美化工作。加强后勤队伍建设，进一步提高后勤服务水平，加强校医务所的建设。购置必要的新设备。充实人员，提高服务水平。

5．我校目前学费比本省独立学院的收费标准要低，随着社会经济的发展和人民生活水平的进一步改善，可以逐步提高学费。用于改善办学条件和为学生提供更多的奖、助学金。

6．充分利用我校潜在的丰富办学资源，适当开展多种形式办学，主动为社会经济发展服务。

五、推进管理体制改革，以改革促发展，以管理促教学科研水平的提高

1．认真贯彻执行《高等教育法》和《民办教育促进法》。认真研究民办高等教育的规律和我校的办学经验，努力探索符合我国国情的、有活

力的、有特色的民办高校的管理体制和运行机制。

2. 健全院、系设置，逐步建立经济学院(含经济学系、国际贸易系、财政金融系)、管理学院(含工商管理系、财会管理系、行政管理系)、文学院(含中文系、外语系、新闻系、哲学系)、法学院(含法学系、社会学系)、理工学院(含信息与计算机科学系、计算机科学与技术系、电子信息工程系)等院系。

3. 建立和健全校、院(系)两级管理体制，实现管理重心下移。学院成立院务委员会，负责本院的教学、科研和学科建设工作。配齐院长、系主任、专业教研室主任。学院配备专职办公室主任、行政秘书，系配备专职教学科研秘书；校级职能部门要加强调查研究、决策咨询、宏观指导和评估检查等工作。

4. 加强教务委员会、学术委员会、学位委员会和职称评定委员会的建设。充分发挥教授在民主管理、办校治学中的重要作用。

5. 建设一支精干、廉洁、高效的管理队伍。不断改进工作作风，民主办学。深入基层，努力为师生员工服务。

六、加强和改进党建和思想政治工作

1. 贯彻落实《中共中央关于加强和改进思想政治工作的若干意见》《中共中央国务院关于深化教育改革全面推进素质教育的决定》和《中共中央关于进一步加强和改进学校德育工作的若干意见》等文件精神，进一步加强和改进我校的党建和思想政治教育工作，教育引导学生树立正确的理想信念，加强思想修养，成为有理想、有道德、有文化、有纪律的一代新人。

2. 强化阵地意识，坚持马克思主义在教育教学领域中的指导地位。进一步加强和改进思想政治理论课，全面加强思想政治理论课的学科建设、课程建设、教材建设和教师队伍建设。加强形势政策教育。

3. 切实加强党的基层组织建设和党员队伍建设。做好学生党员发展工作，争取逐步做到低年级有党员，高年级有党支部。充分发挥党组织在学校各项工作中的战斗堡垒作用和先锋模范作用。

4. 充实学生管理干部队伍。努力建设一支素质较高的以教师为主体，专兼职相结合的学生思想政治工作队伍。大力推动全体教职工教书育人，管理育人，服务育人，鼓励和支持优秀中青年教师兼任班主任。加强班主任队伍的管理和建设，继续执行班主任岗位津贴制度。

5. 做好贫困学生的助学贷款的发放和管理工作，做好学生奖学金的评定工作。关心学生的健康成长，做好学生的心理健康教育，大力开展文化体育活动。

6. 加强党对共青团、学生会工作的领导。加强对社团活动的指导。充分发挥学生组织在学生"自我教育、自我管理、自我服务"中的作用。

7. 建设以爱国主义为主旋律的校园文化，遵循"学会做人，守信笃行；学会做事，创业有成"的校训精神，积极开展以成长成才为主题的各项活动、建设优良的校风和学风。

8. 切实把毕业生的就业指导和服务工作摆在重要位置，进一步加强对毕业生的毕业、就业、创业教育，帮助学生确立与市场经济体制、与大众化高等教育相适应的职业观、择业观，帮助毕业生了解就业政策法规，引导毕业生到基层和艰苦的行业、地区建功立业。努力提高毕业生的就业率。

仰恩大学历届校领导、校务委员会名录

公办时期的校领导名录

1988．6—1989．6(华侨大学仰恩学院)

代院长　庄善裕

副院长　吴道明　季进彬

1989．8—1992．3(独立办学的仰恩学院)

院　长　苏东水

副院长　樊祺泉　陈笃平

1992．3—1994．6(仰恩大学)

书　记　吴炳奎

校　长　樊祺泉　吴雨水

私立仰恩大学历届校务委员会名录

1994.7—1995.6
主　任　李聪普(副校长)
委　员　梁嘉顺　黄少山　高墀温

1995.7—1995.8
主　任　张永谦(校长)
委　员　李聪普(副校长)　梁嘉顺　王文峰

1995.8—1996.7
主　任　张国庆(副校长)
委　员　梁嘉顺　王文峰

1996.7—1997.6
主　任　张国庆(副校长)
委　员　梁嘉顺(副校长)　王文峰

1997.7—1998.1
主　任　陈怡祥(代校长)
委　员　钟金凤(副校长)　梁嘉顺(副校长)　吴明亮(副校长)

1998.2—1998.5
主　任　夏华强(代校长)
委　员　梁嘉顺(副校长)　吴明亮(副校长)

朱秀文(副校长)　　陈怡祥(副校长)

1998.5—1998.8

主　任　夏华强(代校长)

委　员　梁嘉顺(副校长)　　张国庆(副校长)　　朱秀文(副校长)

1998.9—1998.12

主　任　夏华强(代校长)

委　员　朱秀文(副校长)　　梁嘉顺(副校长)　　谭少青

1999.1—1999.6

主　任　张国庆(校长)

委　员　朱秀文(副校长)　　梁嘉顺(副校长)

　　　　谭少青　　夏华强

1999.6—1999.10

主　任　朱秀文(副校长)

委　员　梁嘉顺(副校长)　　谭少青(副校长)

　　　　程如平　　徐原久

1999.1—2000.1

主　任　官　鸣(副校长)

委　员　余扬政(副校长)　　梁嘉顺(副校长)

　　　　谭少青(副校长)　　程如平

2000. 2—2000. 8

主　任　官　鸣(副校长)

委　员　余扬政(副校长)　梁嘉顺(副校长)

2000. 9—2001. 10

主　任　官　鸣(代校长)

委　员　余扬政(副校长)　梁嘉顺(副校长)
　　　　梅国平(副校长)

2001. 11—2002. 8

主　任　官　鸣(代校长)

委　员　梁嘉顺(副校长)　梅国平(副校长)

2002. 9—2003. 12

主　任　官　鸣(代校长、书记)

委　员　梁嘉顺(副校长)　梅国平(副校长)
　　　　程如平(副书记)

2004. 2—2005. 1

主　任　陈传鸿(校长)

委　员　梁嘉顺(副校长)　梅国平(副校长)
　　　　杨缅昆(校长助理)　程如平(副书记)

2005. 2—2007. 6

主　任　陈传鸿(校长)

委　员　梁嘉顺(副校长)　梅国平(副校长)

　　　　杨缅昆(校长助理)　官　鸣(书记)

　　　　程如平(副书记)

2007．7—2008．1

主　任　陈传鸿(校长、书记)

委　员　官　鸣(副校长)　梁嘉顺(副校长)

　　　　梅国平(副校长)　杨缅昆(校长助理)

　　　　黄如彬(副书记)　程如平(副书记)

2008．2—2008．10

主　任　陈传鸿(校长、书记)

委　员　官　鸣(副校长)　梅国平(副校长)

　　　　杨缅昆　(校长助理)　黄如彬(副书记)

　　　　程如平(副书记)

2008．11—2009．7

主　任　陈传鸿(校长)

委　员　官　鸣(副校长)　梅国平(副校长)

　　　　杨缅昆(校长助理)　董如彬(副书记)

　　　　程如平(副书记)

2009．8—2009．9

主　任　官　鸣(副校长)

委　员　杨缅昆(校长助理)　黄如彬(书记)

程如平(副书记)

2009. 10—2010. 2

主　任　官　鸣(副校长)

委　员　黄如彬(书记)　程如平(副书记)

2010. 3—2010. 7

主　任　吴本湘(校长)

委　员　朱秀文(副校长)　蒋陆军(副校长)
　　　　黄如彬(书记)　程如平(副书记)

2010. 8—2011. 3

主　任　唐安阳(校长)

委　员　靳小钊(副校长)　陈焕生(副校长)
　　　　黄如彬(书记)　程如平(副书记)

2011. 4—2011. 5

主　任　唐安阳(校长)

委　员　陈焕生(副校长)　程如平(副书记)

2011. 6—2011. 7

主　任　官　鸣(校长)

委　员　陈焕生(副校长)　程如平(副书记)

2011. 8—2011. 9

主　任　官　鸣(校长)

委　员　程如平(副书记)

2011. 9—2011. 10

主　任　官　鸣(校长)

委　员　杨建义(副书记)　程如平(副书记)

　　　　林奋强(副校长)　谢火木(副校长)

　　　　林圣造(副校长)

2011. 11—2012. 5

主　任　胡全军(校长)

委　员　杨建义(副书记)　程如平(副书记)

　　　　林奋强(副校长)　谢火木(副校长)

　　　　林圣造(副校长)

2012. 5—2012. 7

主　任　朱秀文(校长)

委　员　吴本湘(常务副校长)　杨建义(副书记)

　　　　程如平(副书记)　林奋强(副校长)

　　　　谢火木(副校长)　林圣造(副校长)

2012. 8—2013. 3

主　任　朱秀文(校长)

委　员　吴本湘(常务副校长)　杨建义(副书记)

　　　　程如平(副书记)　俞正明(副校长)

胡家秀(校长助理)

2013．3—2014．1

主　任　朱秀文(校长、副书记)

委　员　吴本湘(常务副校长)　程如平(副书记)
　　　　俞正明(副校长)　胡家秀(校长助理)

2014．2—2014．10

主　任　朱秀文(校长、副书记)

委　员　吴本湘(常务副校长)　程如平(副书记)
　　　　俞正明(副校长)

2014．10—2014．12

主　任　朱秀文(校长、副书记)

委　员　庄哲峰(书记)　吴本湘(常务副校长)
　　　　程如平(副书记)　俞正明(副校长)

(附录文件由仰恩大学提供)

图书在版编目（CIP）数据

霍达文集. 卷七，报告文学卷：仰恩之子 / 霍达著.
—北京：北京十月文艺出版社，2017. 12
　ISBN 978-7-5302-1717-7

　Ⅰ.①霍…　Ⅱ.①霍…　Ⅲ.①中国文学—当代文学—
作品综合集②报告文学—中国—当代　Ⅳ.①I 217. 2

中国版本图书馆 CIP 数据核字 (2017) 第 200781 号

仰恩之子
YANG'EN ZHI ZI
霍　达　著

出　　版　北京出版集团公司
　　　　　北京十月文艺出版社
地　　址　北京北三环中路 6 号
邮　　编　100120
网　　址　www.bph.com.cn
发　　行　新经典发行有限公司
　　　　　电话（010）68423599
经　　销　新华书店
印　　刷　北京金秋豪印刷有限责任公司
版　　次　2017 年 12 月第 1 版
　　　　　2017 年 12 月第 1 次印刷
开　　本　880 毫米 ×1230 毫米　1/32
印　　张　10.25
字　　数　254 千字
书　　号　ISBN 978-7-5302-1717-7
定　　价　49.80 元
质量监督电话 010-58572393
如有印装质量问题，由本社负责调换。